Karlos Zurutuza

UNA TRINCHERA EN MARTE

Historias de Baluchistán

Prólogo de Mikel Ayestaran

PRIMERA EDICIÓN: abril de 2024

Calle San Bernardo 97-99, entresuelo 8
28015 Madrid

ISBN: 978-84-19119-68-1
DEPÓSITO LEGAL: M-6368-2024
CÓDIGO IBIC: 1FBN, 1FKP, 1FCA
IMAGEN DE CUBIERTA: Marc Wattrelot
MAQUETACIÓN: María O'Shea
CORRECCIÓN: Melina Grinberg e Isabel Bolaños
IMPRESIÓN: Kadmos

El papel utilizado para la impresión de este libro ha sido fabricado a partir de madera procedente de bosques y plantaciones tratados con los más altos estándares de sostenibilidad, lo que garantiza una gestión de los recursos responsable con el medio ambiente y las personas.

IMPRESO EN ESPAÑA - PRINTED IN SPAIN

Las tipografías son League Gothic y Baskerville.

Índice

Baluchistán no es solo remoto geográficamente,
sino también en nuestra imaginación.

MOHAMMED HANIF

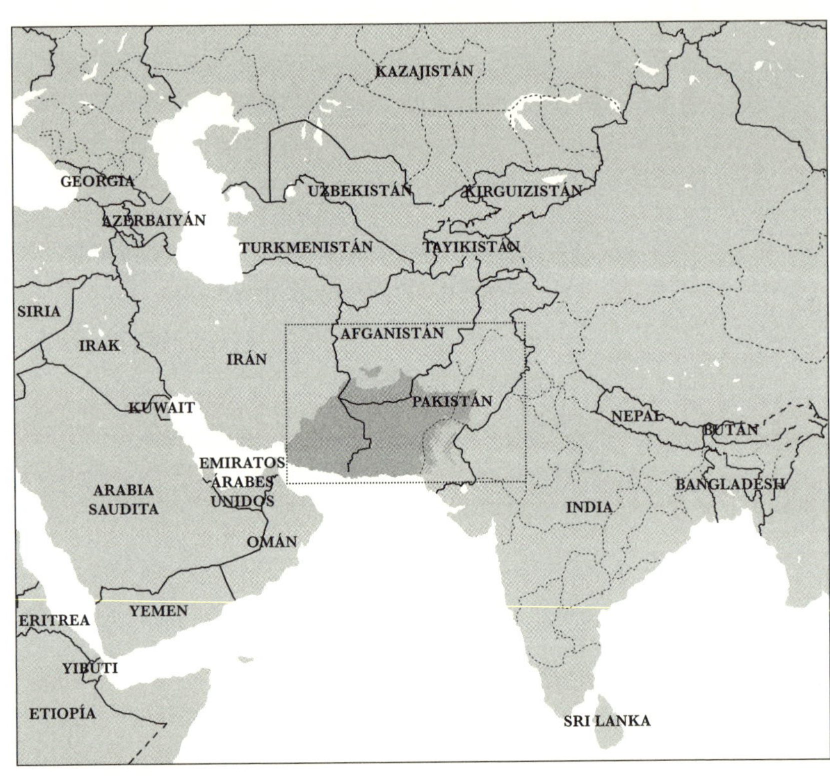
KAZAJISTÁN
GEORGIA
UZBEKISTÁN
KIRGUIZISTÁN
AZERBAIYÁN
TURKMENISTÁN
TAYIKISTÁN
SIRIA
AFGANISTÁN
IRAK
IRÁN
PAKISTÁN
KUWAIT
NEPAL
BUTÁN
EMIRATOS
ÁRABES
UNIDOS
ARABIA
SAUDITA
BANGLADESH
INDIA
OMÁN
YEMEN
ERITREA
YIBUTI
ETIOPÍA
SRI LANKA

Bamiyán
Herat
Kabul
AFGANISTÁN
Islamabad
IRÁN
Río Helmand
Kang
Kandahar
Lahore
Zabol
Zaranj
Kerman
Spin Boldak
Quetta
Zahedán
Dera Bugti
Taftán
Chagai
Kalat
PAKISTÁN
Dalbandín
Juzdar
BALUCHISTÁN
Saraván
Wad
Río Indo
Iranshar
Awarán
INDIA
Pishin
Turbat
Hyderabad
Chabahar
Gwadar
Karachi

PRÓLOGO

Son 1120 kilómetros desde Teherán a Zahedán, la capital del Baluchistán bajo control persa. Desde el punto de vista informativo, la distancia resulta ya interestelar, sobre todo cuando Irán está a punto de acudir a las urnas para evitar que Mahmud Ahmadineyad siga otros cuatro años en el poder. A comienzos de junio de 2009, las calles de la capital de la república islámica eran un foro al aire libre en el que seguidores de Ahmadineyad y de Mir Husein Musavi debatían la mejor opción política para la presidencia del país. Miles de teheraníes picaron el cebo del régimen, se emocionaron con este ejercicio de aparente democracia y vivían con pasión cada minuto antes de acudir a las urnas.

No había momento mejor para trabajar en las calles de Irán que una campaña electoral, unos días en los que las autoridades levantaban el pie del freno opresor para animar a la gente a votar y fortalecer así la legitimidad de un régimen prematuramente envejecido bajo los pesados turbantes de los ayatolás. La semana previa a las elecciones generales el régimen tenía la costumbre de abrir la puerta a enviados especiales de todo el mundo, que podíamos viajar y trabajar con visados de una semana de duración que expiraban justo un día después del sufragio.

Todos enviábamos de manera puntual las solicitudes de visado a las embajadas iraníes de turno y después, una vez en

Teherán, pasábamos por el Ministerio de Cultura y Guía Islámica (Ershad) para retirar la acreditación, previa contratación de los servicios de una de las agencias paralelas establecidas para «guiar» al reportero durante la cobertura. Este sistema mafioso sigue vigente y sirve para que los altos funcionarios salten al sector privado, monten una agencia y cobren miles de dólares a los reporteros a cambio de casi nada, porque casi todo está prohibido.

¿Todos los periodistas cumplíamos con el guion marcado por Irán? No. Como la aldea gala en los libros de Astérix, un reportero donostiarra se resistía a pasar por este tipo de trámites formales y viajaba como turista con una misión marciana para los demás: seguir las elecciones en la provincia de Sistán y Baluchistán, una parada previa a su paso a Pakistán. Ese periodista se llama Karlos Zurutuza y nos citamos a las puertas del Gran Bazar de Teherán. Debía ser un encuentro casual en el que mis acompañantes del ministerio no se dieran cuenta de que era periodista. La confidencialidad estaba garantizada gracias al euskera, un idioma fuera del radar de los traductores que imponen las agencias del régimen, normalmente jóvenes recién graduados que hablan inglés y a quienes les exigen informar sobre el comportamiento y movimientos de sus clientes.

Teherán se había convertido en una urna enorme en la que los ciudadanos cobraban forma de papeleta. Aunque fueran cuatro los candidatos aprobados por el Consejo de Guardianes, solo dos rostros aparecían en las paredes de la capital: Ahmadineyad y Musavi. Los seguidores del primero usaban los colores rojo, verde y blanco, los de la bandera nacional, los de Musavi se quedaron con el verde para protagonizar lo que se bautizó como la «revolución verde». El más puro debate entre conservadores y reformistas cobraba de nuevo un interés máximo en la república islámica, y por momentos uno tenía la sensación de estar trabajando en la campaña de unas elecciones en un país democrático, con debate televisivo cara a cara incluido.

A Zurutuza los nombres de Ahmadineyad y Musavi no le emocionaban lo más mínimo y mucho menos el gentío en las calles y la fuerte presencia de enviados especiales de todos los medios del mundo. Zuru trataba de unir las piezas de un pueblo legendario repartido hoy entre Irán, Afganistán y Pakistán para tener la fotografía completa de un rincón perdido en el mundo llamado Baluchistán. Su preocupación no era la «revolución verde» de Musavi o que Ahmadineyad repitiera mandato, estas eran historias del *breaking news* alejadas de la leyenda de clanes con cualidades mágicas como los Marris, los Mengal o los Bugtis que ocupaban su cabeza en esos momentos. Yo tenía que contar el día a día de Irán, mientras que Zuru tenía ante sí una historia de la que quedaba todo por contar: la historia de los baluches.

Descubridor incansable de historias sin titulares, perseguidor de personajes en mayúsculas, Zuru es ese tipo de persona observadora, silenciosa, reservada y sigilosa capaz de meter Baluchistán en su mochila para luego traerlo hasta nosotros y explicarlo como un padre lee historias a su niño antes de dormir. El padre piensa que el objetivo se alcanza cuando el pequeño cierra los ojos. Se equivoca. El objetivo se cumple cuando a la mañana siguiente el pequeño te pregunta nuevos detalles de la historia que se quedó a medias cuando el sueño le sorprendió. El objetivo se cumple cuando la historia sigue viva en su cabeza.

El encuentro iraní entre reporteros fue fugaz, sin tiempo ni para un té. Nos despedimos con un *«gero arte»* (hasta luego), seguros de que nuestros caminos se volverían a juntar muy pronto. Nos citamos en Pakistán como quien se cita en el reloj del Bulevar de Donostia para tomar un café y nos deseamos suerte. El mundo es inmenso, pero siempre nos movemos los mismos, así que el reencuentro con Zuru era inevitable, aunque poco probable que se repitiera en una ciudad como Teherán, donde huelen a los periodistas a distancia y prefieren tenernos lo más lejos posible.

La brújula de Zuru apuntaba al sureste, la mía estaba fija en Teherán. Por un error de las autoridades, mi visado no expiraba el día siguiente a la votación, sino una semana después. Esto me permitió asistir a la victoria oficial de Ahmadineyad y a la explosión de ira de una «revolución verde» que acabó teñida de sangre por la brutal represión en las calles. A Musavi le pusieron en arresto domiciliario desde entonces y no se lo han levantado. A mí me incluyeron en una lista negra de la que tampoco he salido y que me impide desde entonces trabajar en Irán.

Mientras el mundo miraba a Teherán, Zuru se adentraba en silencio en los inexplorados caminos del Baluchistán. Esa mochila que ha ido cargando desde entonces se ha vaciado en este viaje que el lector está a punto de comenzar. Cuando termine el libro, pensará que poniéndolo en la estantería de casa ya ha concluido el viaje. Como el padre lector de historias, se equivoca. Cerrar este libro es abrir una enorme ventana a una trinchera en Marte.

Jerusalén, 31-01-2024
Mikel Ayestaran

TODO POR CONTAR

—¿Puede repetir lo que acaba de decir?

El verano de 2009 licuaba sin piedad la megalópolis de Karachi, en el sur de Pakistán. Las aspas de aquel ventilador girando sobre nuestras cabezas apenas aliviaban el castigo, pero seccionaban cada frase de aquel venerable anciano.

—¡Perros, he dicho perros! —carraspeó el nonagenario.

Temía resultar impertinente y dejé pasar unos segundos para que Khair Bux Marri recuperara el aliento antes de continuar. Para los baluches, aquel hombre de barba blanquísima y piel extrañamente rosácea era lo que el Che para los cubanos, o Ahmad Sha Massud para los tayikos de Afganistán. De hecho, era muy posible que hubiera conocido a ambos, pero él seguía vivo. Y se sentaba justo enfrente mío.

Mi viaje había arrancado ocho meses antes en una barbería al oeste de Londres. Enmarcada en la pared, entre fotos de cortes de pelo a la navaja y un par de diplomas, una noticia amarilleada recortada de *The New York Times* informaba de que Kalat —el antiguo reino que corresponde aproximadamente a la actual provincia pakistaní de Baluchistán— era un «Estado independiente y soberano desde el 12 de agosto de 1947».

—Una vez tuvimos nuestro propio país, ¿sabe usted?

Aquel barbero bajito de camisa de cuadros recién planchada se adelantó a mi pregunta. Hasta ese preciso segundo,

«Baluchistán», «Beluchistán», «el Beluchistán», elijan ustedes, no había sido más que un eco lejano del Gran Juego entre rusos y británicos, poco más que una ilusión óptica en uno de esos mapas militares del siglo XIX pegados en tela. Desde luego, es un topónimo rotundo, sonoro y, sobre todo, evocador, aunque el procesador de textos insista en subrayarlo siempre en rojo. Gedrosia es como llamó Alejandro Magno a aquella tierra; allí decidió castigar a sus hombres obligándolos a marchar por el desierto tras negarse estos a aventurarse más al este. Ya dice un proverbio pastún que Dios no encontró páramo más inhóspito ni periferia más lejana para arrojar los escombros de la creación. Aquel lugar al que ni siquiera llegó Julio Verne fue una vez catalogado por geólogos norteamericanos como «lo más parecido a Marte» en nuestro planeta; uno busca «Baluchistán» en eBay y casi todo son piedras: axinitas, brucitas, tremolitas, fluoritas... Pero también es oro, uranio, petróleo y gas, mucho gas, lo que se esconde bajo las sandalias de esta gente. Hay que hacer un pequeño esfuerzo para entender todo esto: uno ha de dirigir su mente hacia Oriente y pensar en aquel peluquero de Londres como un superviviente de un naufragio del que nadie informó. También sobrevivieron camelleros y taxistas, estudiantes, profesores, escritoras, guerrilleros, refugiados, nómadas e incluso aristócratas como Marri. Sus historias coinciden en que empiezan, o acaban, en uno de los lugares más desconocidos del globo. Ni siquiera sufrir el conflicto más longevo del sur de Asia lo pone en el mapa; Marte vuelve a convertirse en un símil del que echar mano cuando descubrimos que las noticias de allí son más escasas que las que llegan desde el planeta rojo. ¿Exagerado? Piensen que, de vez en cuando, nos enteramos de que se ha encontrado hielo en su superficie o bajo ella, o incluso se ha calculado que los huracanes pueden superar los trescientos kilómetros por hora. Ahora intenten recordar la última noticia sobre Baluchistán.

A través de Google Earth sobrevolamos una superficie ocre del tamaño de Francia, dividida por las fronteras de tres de los países más convulsos del mundo: Irán, Pakistán y Afganistán. La salida de los británicos del subcontinente indio en 1947 posibilitó que los baluches declararan un Estado propio durante siete meses, antes de que fuera anexionado a Pakistán. El pequeño recorte de prensa en aquella peluquería era una prueba tan elocuente de su existencia como la libra palestina que Arafat llevaba siempre encima para denunciar la ocupación de su tierra. Era una historia de manual: tras la retirada de las potencias coloniales, el pez grande siempre se comía al pequeño; desde el Sahara Occidental hasta la pequeña isla de Papúa.

Los «perros» a los que se refería Marri en Karachi eran los colonos punyabíes desplegados por el Gobierno pakistaní, que succionaban las riquezas del subsuelo y a los propios baluches de su tierra. El anciano desgranaba su discurso con un hilillo de voz que bordaba un inglés exquisito, a pesar de que vestía siempre ropa tradicional y se declaraba un gran aficionado a las peleas de gallos. Durante aquella entrevista en su residencia en Karachi, se dejó fotografiar como lo hacía siempre: junto a un muflón disecado en un gesto altivo y desafiante. Además de ser el líder tribal del clan de los Marri, también era considerado como el actor más influyente del movimiento nacionalista baluche. Su abuelo era Khair Bux el Grande, quien había liderado la resistencia contra la ocupación británica en el siglo XIX; su padre, Meherullah Khan Marri, cabecilla del movimiento clandestino contra Londres.

De este tomó el testigo para seguir liderando un movimiento insurgente tras reorganizar la guerrilla en el exilio afgano. Es cierto, abruma tanto nombre y tanta historia. Lo sé porque así me sentía yo entonces, con la presión añadida de tener que entender aquello literalmente sobre la marcha.

Nunca fue fácil. Un antropólogo americano que pasó un año entre los Marris documentó «cualidades mágicas y sobrehumanas» que los miembros del clan atribuían a sus líderes, algo que, subrayaba el investigador, se reservaba únicamente a hombres santos en Oriente Medio. Pronto descubriría por mí mismo que no era algo exclusivo de los Marris, sino que los Mengal o los Bugtis —los otros dos grandes clanes baluches— funcionaban en las mismas claves. Además, la saga de los Marri continuaba más allá de mi contertulio. Khair Bux era el padre de Balach Marri, líder insurgente asesinado en 2007 en Afganistán. La icónica imagen de Marri hijo, enfundado en un casquete baluche rojo y mostrando un fusil de asalto M16 bajo su barba negra, era omnipresente en bazares y casas de té, así como un recurrente salvapantallas en teléfonos móviles. Bajo el estertor de aquel ventilador sobre nuestras cabezas, Khair Bux Marri pareció honrar la memoria de su hijo con unos segundos de silencio antes de seguir.

—Los ingleses se portaron como se puede esperar de una potencia colonial más, pero lo peor que pudieron hacer fue dejarnos en manos de estas bestias.

Marri decía que la única alternativa era la lucha armada, «una herramienta para combatir una enfermedad, así como un instrumento de propaganda, aunque esta sea mala». También servía para demostrar «la misma existencia de la nación». Por supuesto, renegaba de la política institucional; él mismo había participado en ella en su juventud, algo de lo que nunca se arrepentiría lo suficiente. Era todo mucho más sencillo: los partidos baluches solo podían presumir de ser nacionalistas cuando actuaran como el IRA, Hamás o los Tigres Tamiles. La única política válida en aquella tierra era la del AK-47.

¿Cómo podía el que era considerado el líder baluche más hostil al Gobierno de Pakistán, una auténtica leyenda viva, recibirme en un barrio residencial de Karachi con una legión de criados a su servicio sin ser molestado? Años atrás, un amago de arresto por parte de la policía pakistaní se había saldado con una movilización masiva en el barrio de Lyari, un arrabal marginal al sur de Karachi y hogar para cientos de miles de baluches. A las pocas horas, Marri volvía a beber té con leche bajo el ventilador de su salón: meterlo en el calabozo habría significado gestionar una guerra abierta en pleno motor económico del país.

—Simplemente, están esperando a que me muera —dijo el anciano, en un alarde de humildad que no parecía impostada. Sabía que su tiempo ya había pasado.

Abandoné la casa con una desagradable sensación de la que intenté desprenderme caminando hasta el mar. En una inmensa playa donde el Índico hedía a acequia y se ofrecían paseos en camello, pensé que aquel encuentro había llegado demasiado pronto, sin apenas tiempo para entender y asimilar la magnitud de aquel personaje. Marri murió cinco años más tarde. Nunca he lamentado haber malgastado una entrevista tanto como aquella.

Quedaba todo por contar.

1.
PERIFERIAS (PAKISTÁN)

No hay fuerza en la Tierra que
pueda deshacer Pakistán.

MUHAMMAD ALI JINNAH

LOS PUROS Y LOS IMPUROS

—¿Qué opináis de Mussolini?

Es un día más de 1932 a punto de extinguirse sobre el Támesis. Chowdhary, Pir y Waja, estudiantes de Derecho, pasean a menudo por sus dos orillas y se han acercado al puente de Lambeth por primera vez. Lo acaban de inaugurar, hay mucha gente. Todos quieren palpar la criatura con las plantas de sus pies.

La pregunta de Chowdhary sigue suspendida en el aire mientras contemplan juntos esa masa de agua que transita compacta hacia el Atlántico, o los últimos rayos de sol estrellándose contra Westminster y Victoria. Es fácil sentirse en la capital del mundo cuando uno está en la capital del mundo. Pero Chowdhary, Pir y Waja saben que no pertenecen a este lugar. Su tez oscura les delata como gente de la periferia, no ya de Londres, sino del Imperio. Tres sombras alargadas sobre las aguas marrones del Támesis ignoran que son pakistaníes. ¿Cómo saberlo, si faltan aún quince años para que ese país exista? Un inglés acaba de descubrir los neutrones y un americano la guitarra eléctrica, pero nadie ha oído hablar nunca de una región, provincia, distrito, condado, cantón… nada que se llame «Pakistán».

Solo Chowdhary lo ha visto.

No sabemos si Chowdhary Rehmat Alí llegó a formular aquella pregunta, pero sí que fue él quien acuñó ese término y, dicen, durante aquel paseo. Otra teoría apunta a que el vocablo apareció como un letrero luminoso en su cabeza mientras atravesaba Londres en el segundo piso de uno de esos autobuses rojos. Da igual. Lo importante es saber que «Pakistán» es una palabra inventada, y que significa «la tierra de los puros». Un año más tarde, Alí, todavía un estudiante de Derecho en Cambridge, publicó un panfleto titulado *Ahora o nunca*, que abogaba por un Estado propio para los musulmanes del subcontinente indio: se trataba de segregar, de separar a los «limpios», a los más «puros» del resto, algo que sintonizaba con las corrientes supremacistas al alza en la época. No en vano, el ideario fascista también prendió entre esos estudiantes punyabíes que pertenecían a las clases más privilegiadas del subcontinente pero que, por supuesto, jamás ascenderían al escalafón más alto de la sublimación clasista que era el Imperio británico. Sin embargo, nadie apuntalaría como ellos el sistema de castas: «nosotros», la élite punyabí, somos los elegidos para gobernar el destino de «los otros»; baluches, pastunes, sindis, bengalíes y el resto de los pueblos que quedarán atrapados en eso que se llamará «Pakistán». Esa es la voluntad de Dios.

Muhammad Alí Jinnah, otro abogado punyabí formado en Inglaterra, sería el encargado de convertir la idea en realidad. Si bien inicialmente este defendía la unidad política entre musulmanes e hindúes, Jinnah acabaría apostando por un Estado independiente que protegiera a los musulmanes de la marginación que sufrirían en un país donde quedaran en aplastante minoría. El 13 de agosto de 1947, Jinnah ofreció un banquete para despedir a lord Mountbatten, el virrey británico; a la mañana siguiente ambos saludaban a las multitudes en Karachi desde un Rolls Royce. *«Pakistan Zindabad»* («larga vida a Pakistán»), gritaba una masa borracha de euforia en cada pausa entre discursos y apretones de manos. «El mundo entero se maravilla ante esta revolución sin precedentes», dirá Jinnah durante el discurso inaugural de la Asamblea Constituyente.

Desde luego, el recién nacido no dejaba indiferente a nadie. Carecía de una forma reconocible sobre el mapa y, por si fuera poco, contaba con un enclave desconectado a dos mil kilómetros de distancia. El eje Lahore-Karachi era «Pakistán occidental», mientras que la provincia india de Bengala —actual Bangladesh— sería la parte oriental. Frente a la rotundidad y a la coherencia cartográfica con la que se presentaría India un día después, Pakistán era como un accidente, tan aleatorio como los salpicones de sangre sobre el delantal de un matarife tras la faena. Solo una minoría hablaba el urdu, la lengua nacional, y todas sus fronteras estaban disputadas por sus vecinos: desde China hasta Irán y desde Afganistán hasta, por supuesto, India. Como todos habían anticipado, delimitar las lindes comunes entre ambos Estados iba a ser algo más que un mero ejercicio cartográfico. Para octubre del 47 ya había muerto más de medio millón de personas (hasta dos millones según la fuente) y se había desatado un éxodo bíblico. El recuerdo aún latente de aquello es la inestabilidad endémica en Cachemira, un territorio en el que han estallado cuatro guerras hasta la fecha (1947, 1965, 1971 y 1999). Y luego, claro, está Baluchistán.

El escueto relato nacional pakistaní podría provocar complejo de identidad a un país de la edad de un AK-47, pero eso se arregló enseguida: el islam no era sino la última capa de una unidad cultural y ancestral que rivalizaba con la de Egipto, y que llevaba siglos esperando a ser llamada «Pakistán». Su liderazgo político y militar caería en la administración punyabí occidental, la que había sido la mano derecha del poder colonial británico para contener los deseos de libertad del resto. Baluches, pastunes, sindíes, bengalíes… Todos eran musulmanes y, en teoría, gente «pura» dentro de esa ecuación despejada en Punyab. Pero no lo suficiente.

Tres días antes de aquel paseo triunfal en Rolls Royce de Jinnah y Mountbatten, los baluches habían declarado su propia independencia, una emancipación que, paradójicamente, el propio Jinnah y su nueva patria llegaron a reconocer como «legítima». Sin embargo, Pakistán no era exactamente el país que aquel punyabí había esbozado en Londres. Su visión iba mucho más allá, incluyendo gran parte del Afganistán e Irán. Por supuesto, tampoco anticipaba el baño de sangre que lubricó la partición de la India en 1947.

Chowdhary Rehmat Alí volvió a Lahore en 1948 y, lejos de disimular su frustración, se dedicó a llamar «traidor» públicamente ni más ni menos que a Jinnah. ¿Por qué se conformaba con una versión de Pakistán tan pequeña? En sus propias palabras, el mismísimo padre de la nación estaba a la altura de Vidkun Quisling, el líder colaboracionista noruego durante la ocupación nazi. No hubo sorpresas. Como manda el protocolo en estos casos, Alí fue considerado «indeseable» y deportado tras confiscársele todos sus bienes. Volvió a Inglaterra en octubre de 1948, donde moriría solo y casi en la indigencia tres años más tarde. Apenas había pasado seis meses en el país que él mismo bautizó.

Nacionalistas hiperventilados los ha habido siempre y en todas partes, y Baluchistán no es una excepción. Algunos remontan sus orígenes hasta tres mil quinientos años atrás en el tiempo y hasta Mesopotamia en el espacio: su tierra original estaría en la actual Siria, y su árbol genealógico incluiría deidades babilónicas, el rey caldeo Nemrod, el profeta Abraham y Noé. Pero la ciencia lo discute. Basándonos en análisis puramente lingüísticos, el baluchi es una lengua indoeuropea de la rama irania, prima del farsi y casi hermana del kurdo. Tras entrevistas o simples encuentros con los Marris u otros baluches residentes en Londres, siempre acabábamos sentándonos alrededor de una mesa en un restaurante persa al oeste de la capital británica. Me fascinaba comprobar cómo los camareros, la mayoría kurdos de Irán, se entendían sin aparente dificultad con los comensales baluches. Ya lo decía una balada del siglo XII: ambos pueblos son miembros de una misma tribu que partieron juntos desde el norte de la actual Siria.

La ciencia, lingüistas, antropólogos e historiadores sitúan la casilla de salida de los baluches en algún punto del sur de la región del Caspio; de ahí comenzaron a migrar en los siglos VII y VIII, durante el periodo sasánida, en una odisea que se prolongó durante cientos de años. Aquel pueblo nómada tuvo que capear los embates de la naturaleza más hostil mientras soportaba el acoso de árabes, seléucidas, mongoles y varias dinastías persas. Acabaron instalándose donde nadie más se atrevió, en el rincón más hostil, siempre organizándose a través de vínculos de sangre. El sardar era el cabeza de la tribu, el custodio absoluto, un ser superior. Administraba y dictaba justicia entre los suyos porque para eso heredó ese poder de su padre, el mismo que le pasará a su hijo. No es lo más justo, pero es mejor que nada. Es una alternativa al caos. Los conflictos por el territorio, por las rutas de tránsito, el ganado o el agua se encadenaron durante siglos. Fue en el XV cuando, a medio camino entre el mar de Arabia y la India, Vasco de Gama descubrió puertos como el de Gwadar, así como las posibilidades que esa costa ofrecía para aprovisionarse y comerciar en su ruta hacia las Indias. De hecho, en el sur de Baluchistán sigue siendo habitual dar con baluches de piel muy oscura y rasgos subsaharianos. Se habla de «afrobaluches» para referirse a los descendientes de aquellos esclavos traídos por los portugueses hace quinientos años o por los árabes mucho antes.

Los portugueses eran excelentes navegantes y comerciantes, pero también brutales allí donde desembarcaban. Fue en el siglo XII cuando se forjó una alianza de cuarenta y cuatro clanes bajo el mando de Mir Jalal Khan; le seguirán la de Rind-Lashari en el XV, y luego la de los Malik, los Dodai, los Boladai, los Gichki... Así hasta la fundación en 1666 del Kanato de Kalat. Esta confederación de tribus vivió su época dorada durante los cincuenta años de mandato de Nasir Khan I (1749-1795). Khan —«una auténtica combinación de virtudes», «un fenómeno entre los príncipes de Asia» en palabras del coronel inglés Henry Pottinger— compró semillas, regó, manufacturó y comerció; selló una alianza estable con su homólogo afgano, incorporó importantes plazas costeras al kanato, canalizó la hasta entonces rígida jerarquía baluche hacia un modelo más inclusivo y creó un ejército de veinticinco mil hombres y mil camellos. Así nació el protoestado baluche.

Hasta que llegaron los británicos. Corría la segunda mitad del siglo XIX y Kalat era clave no solo para defender su colonia —la India— de rusos, franceses y alemanes, sino también para apuntalar a Irán y Afganistán como «barreras» que impidieran cualquier avance de Moscú. «Su Excelencia desea que el capitán Sandeman se dirija a la mayor brevedad a las montañas de los Marris para recabar información sobre disputas tribales entre ellos y los Bugtis, los afganos y los brahuis», fueron las órdenes que Robert Sandeman, oficial del Imperio británico, recibió en 1875. Se encadenaron varias expediciones por todo el territorio hasta que, ya con el rango de coronel, el peso de la administración colonial cayó sobre sus hombros. No habría sorpresas en el modelo. Con las excepciones de Irlanda (integrada en el Reino Unido) y Argelia (dividida en tres departamentos franceses), los imperios europeos se cimentaban con el asentamiento de colonos procedentes de la metrópoli. Era aquella gente «superior» la más capacitada para dirigir las vidas de las poblaciones autóctonas mayoritarias. Como todo planteamiento supremacista, sonaba sencillo, pero era una tarea ímproba, sobre todo en un lugar como Baluchistán, que llevaba siglos más o menos cohesionado y gestionando sus propios asuntos. Sandeman, no obstante, tenía un plan para dinamitar la unidad baluche y suprimir cualquier conato nacionalista: había que diluir el poder del kan de Kalat entre los sardares, dándoles a estos el control total sobre sus respectivas áreas. «Pacificación tribal» llamaron a un sistema que no dejaba nada al azar. Jóvenes reclutados a la fuerza que rendían cuentas ante su líder tribal, y también al asistente «indígena» de los oficiales políticos británicos, generalmente alguien que no procedía de la misma zona tribal.

Así se hizo hasta que los británicos se fueron y el Kanato de Kalat emergió como una monarquía constitucional que restauró el poder al kan. Ese era el «Estado independiente y soberano desde el 12 de agosto de 1947» que mencionaba *The New York Times*. «Te conmino a unirte a Pakistán inmediatamente», le escribió Jinnah al kan de Kalat el 2 de febrero de 1948. El mandatario baluche se remitía al Acuerdo de Paralización que había firmado meses antes junto al propio Jinnah y a lord Mountbatten, y por el que Pakistán reconocía a Baluchistán como Estado soberano. Es más, el Parlamento de Kalat decidió que su relación con Pakistán había de ser «la establecida entre dos Estados soberanos a través de la amistad y no la anexión». Pero Jinnah cambió de opinión: no había trato. Su plan era quedarse con Kalat a través del mismo mecanismo burocrático utilizado con los territorios de la Corona que decidieron ser parte de Pakistán. Cayó Lasbela, luego Kharan, Makran, Pasni, Jiwan, Turbat… Eran ya «territorio anexionado» sobre el papel antes de ser pisoteados por la infantería pakistaní. El kan capituló el 27 de marzo de 1948 para evitar un baño de sangre: era el fin de una independencia de trescientos años. A Punyab solo le quedaba rescatar de un cajón el antiguo manual de instrucciones de administración colonial británico y reactivarlo sin saltarse una línea. Por algo eran, y son, el nuevo poder colonial.

PLANETA A LA DERIVA

Me dejaba hipnotizar por el tráfico en Quetta. Uno podía hasta meditar contemplando aquel río de Toyotas que arrastraba camiones decorados como catedrales barrocas, minibuses tragando y escupiendo gente en marcha, y hasta autobuses que parecían llegar no solo desde otro continente, sino desde otra era. Fue casi una hora de ensoñación, hasta que me empezaron a resultar familiares los puestos de comida, las colas en las panaderías, las pilas de neumáticos frente a los talleres... Le pregunté al conductor de mi *tuktuk*, mi motocarro-taxi, si sabía realmente dónde estaba la dirección que le había mostrado en un papel. Me explicó con gestos que no sabía leer.

Como ocurre en muchos lugares de Oriente Medio, la mayoría de las direcciones en Pakistán también son orientativas: «detrás de la panadería»; «una puerta roja frente a la estación de autobuses»... Ocurre también que, en Quetta (pronúnciese *cueta*), la mayoría de los conductores son refugiados pastunes llegados de Afganistán que se ven prácticamente obligados a vivir en un pequeño vehículo que ni siquiera es suyo. Casi siempre son analfabetos, demasiado jóvenes para haber conocido el Afganistán donde había escuelas. Confían en que el pasajero reconozca el lugar en cuestión o, simplemente, se canse y pida bajarse. Aquel día lo hice en la avenida Jinnah, la arteria principal de Quetta. La habíamos atravesado tres o cuatro veces aquella mañana.

Aquel viaje de 2009 lo haría sin acreditación de prensa. Mi idea era fundirme entre aquel magma humano y resultar invisible. Suele ser una cuestión de sentido común, como no llevar cámaras a la vista ni nada que te delate como extranjero, evitar repetir trayectos y rutinas, nunca dar a un taxista (ni a nadie a ser posible) la dirección del hotel donde te alojas... Ya en un grado superior de sofisticación podemos incluir lo de no caminar con las manos en los bolsillos (nadie lo hace por allí, ni tampoco en Oriente Medio) o llevar siempre una bolsa de plástico colgando de una mano; que parezca que vas a alguna parte, que simplemente circulas, y no observas. Lo de no pasar más de tres días en el mismo hotel lo arregló alguien de quien hablaré más tarde. «Es un amigo turco de la familia», le dijo al recepcionista. También que no me registrara ni se quedara con una copia de mi pasaporte para evitar ser rastreado por la policía. No fue caro, ni tampoco esa habitación sin ventanas que presidía una pecera enorme. Solía saludar al encargado desde la cama cuando entraba cada mañana a darles de comer, siempre antes de que saliera el sol. Supongo que me identificaba con aquellos peces tropicales que nadaban a 1600 metros de altura y bajo una nube perpetua de polvo en suspensión.

Durante la ocupación británica, a Quetta se la conocía con el sobrenombre de Little London («pequeña Londres»). Restos de aquella época colonial son, entre otros, la leche que los locales añaden al té o que el tráfico circule por la izquierda. Se habla de Quetta como la capital de la provincia pakistaní de Baluchistán, pero lo cierto es que los baluches se encontraban en minoría ante las decenas de miles de desplazados llegados desde Afganistán. Desde Quetta se tarda una hora a la frontera afgana y dos a Kandahar. Es el lugar en el que ardían los camiones de la OTAN antes de llegar a cruzar el puesto de frontera, así como uno de los grandes nudos neurálgicos del tráfico de armas y de opio. Ciertamente, la vida en la calle realmente recordaba a la de Kandahar o cualquier otra ciudad afgana del sur de Afganistán, aunque quizá más cosmopolita. Vengan de donde vengan, todos visten el *shalwar kamiz*, ese conjunto de camisa holgada hasta las rodillas y pantalones bombachos cuya hegemonía resulta aplastante en Asia Central y el subcontinente indio. En el caso de las mujeres, el burka también es la norma, aunque algunas se desmarcan del azul dominante en Afganistán por otros de color amarillo, blanco o incluso rojo.

Quetta hacía honor a su nombre (significa «fortaleza» en la lengua de los pastunes) como el lugar en el que se refugiaba el mulá Omar, el misterioso y escurridizo líder de los talibanes. Tras la invasión de Afganistán en 2001, la cúpula talibán se había establecido allí con la ayuda de las agencias pakistaníes. Aquella ciudad fronteriza era el lugar preferido de los insurgentes afganos para descansar y recuperarse antes de volver a plantar cara al ejército más poderoso del mundo. También donde se tomaban las decisiones más importantes y se cerraban acuerdos con todo tipo de actores: desde grupos armados hasta oenegés occidentales (nadie levantaba un hospital en el sur de Afganistán sin pasar antes por Quetta).

El papel de Islamabad en el respaldo a los insurgentes afganos y a toda una plétora de células islamistas ya había sido ampliamente documentado por Ahmed Rashid en su libro *Descent into Chaos* (Penguin, 2008): el Ejército pakistaní se había embolsado el 90 % de los diez mil millones de dólares que la Administración de EE. UU. había destinado al país para desarrollo desde el 11-S; dinero de sobra para articular tentáculos que lucharan contra los enemigos de Pakistán: desde Cachemira a Baluchistán, pasando por Kabul. Células yihadistas como Lashkar-e-Jhangvi se convertían en el azote de las minorías en la región. Y si por un casual alguno de sus miembros era capturado, acababa escapando «misteriosamente» de prisiones de alta seguridad, aunque se tratara del mismísimo acantonamiento militar de Quetta. Nadie olvida que fue en una casa a escasos metros de un complejo militar pakistaní donde los Navy SEALs mataron a Osama bin Laden en 2011.

A la luz del día, era una ciudad pakistaní más. La vida fluía entre su tráfico correoso, un bazar en el que se vendían desde globos hasta pósters de Osama bin Laden, alguna tienda de alcohol regentada por cristianos o la versión local de una conocida cadena de comida rápida americana (Quetta Fried Chicken). Pero de noche todo era muy distinto, como si aquella gente se buscara para matarse cuando caía el sol. Solían ser tres disparos seguidos —dos en la cabeza y uno en el pecho, o igual al revés—, signo casi inequívoco de asesinato selectivo. Ocurría casi a diario y uno se enteraba del parte de bajas mientras desayunaba té verde y sopa de lentejas. El último en caer podía haber sido un conocido líder tribal pastún, un refugiado hazara, un militar pakistaní o, como aquella primera noche, un líder baluche. Se llamaba Murid Bugti y era uno de los hombres más significados del Partido Republicano Baluche. Dos días más tarde, sus cuadros llamaban a una «jornada de lucha».

¿Que qué se hace en una «jornada de lucha» en Quetta? Fácil. Se colocan nuevas banderas de las facciones baluches —siempre tricolores pero de distintos diseños según quién las enarbole— en postes y farolas y se aprovecha para repintar aquellas ajadas por el sol en muros y fachadas. Tampoco se descuidan los eslóganes. «¡Abajo Pakistán!», es el más recurrente, además de las siglas BRA (Ejército Republicano Baluche) y BLA (Ejército de Liberación Baluche), dos de la miríada de grupos armados que luchan contra Islamabad. También hay neumáticos que arden bloqueando carreteras y levantando una cortina de humo negro, y gente marchando de forma más o menos ordenada. En los barrios baluches, el cierre es total. Es un «seguimos aquí y vamos a dar guerra».

—Esta es la única ley que funciona en Quetta —aseguraba Tahir, un farmacéutico baluche del clan de los Marri, desde la trastienda de su local cerrado aquel domingo. Se refería a los asesinatos selectivos—. Cuando no se trata de los propios servicios de seguridad, los crímenes son muchas veces reivindicados por grupos de los que nadie ha oído hablar nunca. La mayoría de las veces se achaca a *vendettas* tribales, pero lo cierto es que muy pocos saben quién está realmente detrás.

Las razones para matar a tu vecino en Quetta iban mucho más allá de disputas políticas o desencuentros entre clanes. Los antiguos propietarios de un local estratégico en el bazar principal de Quetta habían tenido que marcharse tras recibir cartas que les amenazaban de muerte. Muchas de estas misivas llevan la firma del maquis baluche, aunque podía tratarse de cualquiera que quisiera ampliar su negocio. Desde el piso que compartía con otros cuatro estudiantes, un chaval de nombre Jamal que decía ser miembro del BSO Azad —la organización estudiantil más activa entre los baluches de Pakistán— negaba categóricamente que dichas cartas fueran reales.

—Se amenaza al propietario de un buen local bajo las siglas de la insurgencia para que se largue y poder hacerse así con su puesto. Sabes que es mentira porque en el bazar apenas verás a un solo baluche, son todos pastunes —defendía Jamal sobre una taza de té verde y un puñado de caramelos de frutas en un cuenco que no tocó durante aquella conversación.

Decía que era cierto que la guerrilla estuviera amenazando a los ocupantes punyabíes con ejecutarlos si no abandonaban su tierra, pero, insistió, no era el caso de las tiendas del bazar.

Los locales de la avenida Jinnah permanecieron cerrados todo el domingo, pero la estampa era totalmente distinta a las afueras, en el bazar de Suraj Ganj. Ante la amenaza a coches y furgonetas, el transporte del género corría a cargo de los sufridos motocarros, que hacían el agosto en un solo día. Nasir, un pastún en la treintena llegado desde Kandahar, había abierto su puesto como un día cualquiera. Admitía que apenas quedaban tenderos baluches ni punyabíes, pero decía tener una explicación:

—Los pastunes, seamos de Afganistán o Pakistán, hemos sido siempre un pueblo de comerciantes, mientras que los baluches son nómadas campesinos —explicó, mientras se afanaba en abrir cajas repletas de juguetes *made in China.*

La versión del tendero era una verdad a medias, ni siquiera eso, que pretendía arrojar algo de luz en un primer nivel. Ocurre que las siguientes capas de la cebolla bajo las que se oculta Quetta están hechas del hormigón tras el que se protegen los líderes de cada clan. Llegar hasta ellos me habría resultado imposible sin la ayuda de Jiand. No puedo revelar su identidad, solo que lo había conocido meses antes de llegar a través de internet. Fue uno de los pocos que había respondido a decenas de e-mails enviados al éter virtual cuando las redes sociales aún no acababan de globalizarse. Solo con el tiempo llegué a entender lo mucho que aquel baluche arriesgaba ayudando a un periodista extranjero en una ciudad tan peligrosa.

Jiand cogía el teléfono y, a veces casi inmediatamente, a uno le venía a buscar un grupo de hombres armados en una *pick up*. Los de Mahmud Khan Achakzai, líder del Pashtunkhwa Milli

Awami Party, el partido de los pastunes de Baluchistán, guardaron silencio durante todo el camino hasta atravesar los muros de la residencia de uno de los hombres más poderosos del sur del país. Sentado sobre una alfombra persa, Achakzai se lamentaba en un inglés sin mácula de la asociación automática entre su pueblo, el pastún y los talibanes. Era cierto que tanto el mulá Omar como el resto de aquellos insurgentes eran de esa etnia pero, según Achakzai, aquella gente no sumaba más del 1 % de entre casi 60 millones de pastunes repartidos a ambos lados de la frontera. Por cierto, ¿sabía yo cómo se había trazado esa linde? Achakzai quería empezar por ahí, por la Línea Durand: casi tres mil kilómetros desde China hasta el sureste de Irán que, por supuesto, trazaron los británicos. Se trataba de convertir a Afganistán en una zona colchón entre su imperio y el de los zares en una partida más de eso que se llamó el «Gran Juego» entre Londres y Moscú. La visión de sir Henry Mortimer Durand —un diplomático británico nacido en India— acabó convirtiéndose en una pesadilla cartográfica que partió la tierra de los pastunes en dos.

Achakzai se tomó su tiempo para desahogarse. Pakistán, decía, era un país levantado sobre una república islámica en la que no existía la libertad de credo; un país que interfería en Cachemira y Afganistán y expoliaba «sistemáticamente» los recursos de pastunes y baluches en el sur del país. Ese era el resumen de un discurso que ya le había costado la vida a su padre en un atentado con bomba en 1973, también en Quetta. Que Islamabad siguiera sin reconocer la existencia de Pastunistán era otra cuestión central.

—¿Le parece normal que sigamos usando el término «Provincia de la Frontera Noroccidental» para designar nuestro territorio?

Era como una broma de mal gusto. En sus siglas en inglés, NWFP, ni siquiera daba para un acrónimo. Sin embargo, eso no evitaría que la principal minoría del país se articulara en un movimiento más transversal e inclusivo poco después: en 2014, ocho estudiantes plantaron el germen de lo que acabaría convirtiéndose en el Movimiento para la Defensa de los Pastunes (PTM), o Tahafuz. Por supuesto, miembros y simpatizantes de aquel movimiento fueron perseguidos, «desaparecidos» y asesinados como mandan los cánones en Pakistán. Por supuesto, la represión no logró detener la marea. En 2018, una protesta contra la represión del Estado liderada por Mansur Pashteen, un joven de veintiséis años, y secundada por otros veinte, se transformó en una marcha de miles hacia Islamabad en lo que se dio en llamar la Gran Marcha Pastún. Fue una inesperada demostración de fuerza contra el Estado, pero también una llamada de atención. En 2022 serían invitados a la Yirga Nacional Pastún, la gran asamblea de este pueblo, junto a representantes políticos y sociales de todo el espectro. Mahmud Khan Achakzai acudió en representación de los pastunes de Baluchistán: son mayoría en el norte de la provincia, mientras que los baluches lo son en el centro y en el sur. Hablamos de territorios étnicos bastante definidos, divididos por líneas tanto geográficas como culturales.

El Estado profundo pakistaní nunca escatimó esfuerzos a la hora de provocar tensiones étnicas entre ambos pueblos más allá de cuitas en el bazar: desde atentados de bandera falsa hasta el despliegue de cuerpos paramilitares exclusivamente pastunes, como los Frontier Corps. Pero los baluches seguían sin reclamar territorio alguno en áreas mayoritariamente pastunes y viceversa. Era como en esa novela de Julio Verne en la que un cometa roza la Tierra llevándose consigo una pequeña parte del norte de África. Sobre aquel nuevo planeta a la deriva viajan una guarnición francesa, un destacamento de ingleses de Gibraltar, un grupo de españoles... Al principio nadie entiende lo que ha pasado hasta que de pronto descubren que están condenados a vivir juntos, que no queda otra que entenderse. No será fácil. La falla entre baluches y pastunes se abrió peligrosamente en 1970, cuando Baluchistán se estableció oficialmente como provincia. Al ser mayoría, fueron los baluches los que se hicieron con el control del Gobierno provincial. Aquello provocó una escisión en el Partido Nacional Awami, una coalición de partidos nacionalistas de izquierdas de todo el país cuyo eje principal era plantar cara a los regímenes militares que se turnaban en el poder en Pakistán. Era esa batalla la que obligaba a Achakzai a seguir tendiendo la mano a antiguos aliados como Ajtar Mengal. Los hombres del líder del clan de los Mengal —probablemente el más grande de Baluchistán— y el presidente del Partido Nacionalista Baluche no tardarían en venir a buscarme.

—¿Qué nos ha dado Islamabad? —se preguntaba Mengal en voz alta, a mitad de aquella entrevista realizada en su residencia en Quetta. La escenografía de la habitación parecía cuidadosamente estudiada: dos rifles del XIX sobre un mapa de Baluchistán y un retrato del Che. La patria había de ser liberada «a la cubana». Ese parecía el mensaje. Mengal, que lucía siempre una barba cana de tres días, habló de una sociedad «marcadamente tribal», por esa razón no era «ni posible ni deseable» deshacerse de aquel modo de organización; sería «una evolución natural» la que haría desaparecer privilegios como los que él disfrutaba. Esa parecía ser la narrativa de todos los sardares que entrevisté, tanto en Baluchistán como a miles de kilómetros de allí. Probablemente tuvieran razón en lo de lo inoportuno de provocar cambios sociales «demasiado bruscos». También era una forma muy cómoda de justificar su enorme riqueza: sus privilegios acabarían por desaparecer, pero no les tocaría a ellos verlo.

No obstante, a Mengal no se le podía echar en cara haberse abandonado al lujo. Había sido primer ministro del Gobierno Regional de Baluchistán entre 1997 y 1998 —su padre, Attaullah, lo fue entre 1972 y 1973—, pero durante aquella primera entrevista tachaba a la cámara autonómica de ser un ente «puramente simbólico». Aquella desafección le valió un arresto bajo cargos de sedición en 2006, y no fue liberado hasta dos años más tarde, cuando se archivó el caso. Precisamente, en una de sus fotos más icónicas aparece sentado dentro de una jaula de hierro construida para su juicio. No solo no se le permitió sentarse junto a sus abogados, sino que se le obligó a permanecer de pie durante todo el proceso como un animal enjaulado. El mensaje del régimen no podía ser más explícito: si podían hacer eso con un sardar, ¿qué podía esperar un baluche sin apellido?

Tras cerrar aquel capítulo de su vida con media sonrisa, Mengal reclamaba atención internacional señalando que la baluche era también «una cuestión de Oriente Medio». Si el mundo ponía el foco ahí, él le recordaba que su tierra era la «antesala» del golfo Pérsico. También el patio trasero de Afganistán y hasta el futuro comercial de China. Habló con detalle del puerto de aguas profundas de Gwadar que construía Pekín en la costa baluche, una infraestructura cuya inversión superaba los 60 000 millones de euros. Una vez concluida, acabaría unido a través de un corredor terrestre a la provincia china de Xinjiang como una de las puertas de entrada y salida del CPEC (Corredor Económico China-Pakistán).

El primer convoy llegado desde China fue desembarcado en 2016, año en el que también se inauguró la vía férrea que une al gigante asiático con Karachi, el principal puerto pakistaní. *«Gwadar, Dubái se Do Kadam Agay»* (Gwadar, dos pasos por delante de Dubái), rezaban carteles en las obras donde se construían barrios de lujo y autopistas de seis carriles. Pero el agua potable seguía sin llegar a los barrios viejos y las aldeas limítrofes a Gwadar eran evacuadas o, simplemente, destruidas. Decenas de miles de personas eran desplazadas. Mientras tanto, la insurgencia golpeaba objetivos chinos, fueran las propias infraestructuras o los ingenieros que las proyectaban. Donde Islamabad hablaba de «desarrollo» los baluches solo veían miseria, y también una bomba de relojería demográfica que atraería a gente del resto del país, convirtiendo a la población autóctona en minoría.

—No queremos un nuevo Karachi —deslizó Mengal. La megalópolis del Índico había pasado de tener 200 000 habitantes en 1947 a los más de 25 millones de hoy. Sigue siendo la capital de la provincia de Sind, pero los sindis, los nativos, apenas rozan los cinco millones y no llegan hoy ni al 20 % de la población total.

La sombra de Gwadar crecía sobre cada entrevista como la de un meteorito que se aproximara inexorablemente a la Tierra prometiendo un cráter gigantesco. Concederle un capítulo aparte sería restarle gravedad a una pesadilla cada vez más tangible sobre el terreno, pero también sobre la conciencia colectiva de todo un pueblo. ¿Que cómo pararlo? Muchos baluches le echaban en cara a Mengal su apuesta por la política parlamentaria para conseguir sus objetivos. En su defensa, el sardar decía que apoyaba a cualquiera que se levantara contra la presión de Islamabad, fuera «en el Parlamento, las calles o las montañas».

—Tenemos muchísimas, demasiadas razones para soltar amarras con un país que sigue secuestrado por el Ejército y los servicios secretos desde su creación en 1947 —remató Mengal su discurso.

¿Era posible que la provincia más grande y más rica en recursos de Pakistán pudiera convertirse en un Estado soberano? El baluche no arriesgó en su respuesta:

—Nadie podía imaginar que la URSS pudiera desintegrarse, y lo hizo casi de la noche a la mañana.

MICROCOSMOS

El misterio se desplegaba sobre una sábana negra. ¿A qué animal podían pertenecer todos aquellos huesos? Recién estrenado el siglo XX y tras un año excavando en las tripas de las montañas de los Bugtis, Guy Ellcock Pilgrim, paleontólogo del Servicio Geológico de la India, tenía todas las piezas de un puzle que no acababa de resolver. Parecía una criatura de cuello largo como el de una jirafa, pero con el cuerpo compacto y rotundo de un rinoceronte. Pilgrim calculó que pesaría unas quince toneladas repartidas en siete metros de altura (con el cuello estirado) y unos diez de longitud. Baluchiterio, «Bestia de Baluchistán», fue como bautizó al que se cree que ha sido el mamífero terrestre más grande de la historia. Desapareció hace veintiocho millones de años.

Recuerdo oírle decir a Manuel Martorell, periodista y escritor navarro, que Kurdistán había sido su casilla de salida para empezar a descifrar la complejidad de Oriente Medio. Al fin y al cabo, uno no puede entender al pueblo kurdo sin conocer a sus vecinos persas, árabes o turcos. Sigan buscando huesos en Mesopotamia y descubrirán también a los siriacos, los armenios, los circasianos... por no hablar de decenas de confesiones religiosas, de lenguas y tradiciones, de los puentes levantados entre orillas opuestas y de los dinamitados. Dónde y cuándo va a acabar ese viaje es una incógnita, pero eso es lo de menos. Al final, lo único que uno necesita es un lugar desde el que echar a andar.

Baluchistán es un kilómetro 0 tan válido para adentrarse en el subcontinente, o en eso que se da en llamar «AfPak», como puede serlo Cachemira, la provincia de Sind, o la cabaña de pastores más remota del Hindu Kush. O el campus de la Universidad de Baluchistán. Como cualquier otro edificio de la administración en Quetta —y probablemente en todo el país— su perímetro estaba rodeado por un muro que coronaba una madeja de alambre de espino. También había que atravesar un arco detector de metales a la entrada y dejarse registrar por un guardia armado. Una vez pasado el trámite, uno podía dejarse llevar hasta toparse con personajes tan interesantes como Taj Mohamed Breseeg. Nacido en Chabahar, en la costa baluche de Irán, Breseeg tenía su plaza en la Universidad de Uppsala (Suecia) pero aún se guardaba unos meses al año para impartir en Quetta. El sueldo en esta última no tenía nada que ver, pero era evidente que no lo hacía por dinero. Me había comprado su último libro —*Baloch Nationalism, Its origin and Development* (RBC, 2004)— en una librería de la avenida Jinnah y lo había devorado para cuando nos conocimos en persona. En un inglés pausado e impecable, aquel hombre de cabello y bigote grises y mirada melancólica subrayaba que la identidad de su pueblo estaba íntimamente ligada a su lengua. A pesar de demasiadas décadas de brutal asimilación tanto en Irán como en Pakistán, los baluches habían conseguido mantener su cultura y su tradición oral. Eso sí, cada uno escribía el baluchi en su propia variante, e incluso en distintos alfabetos: el arabo-persa los de casa y el latino muchos autores de la diáspora. Son legión los que hablan hasta cuatro lenguas pero no saben escribir en ninguna. Breseeg insistía en la necesidad de unificar la lengua y el alfabeto para poder enseñar el baluchi en las escuelas. Antes de la aprobación de la tan esperada Ley de Enseñanza, en 2014, la educación en baluche dependía de iniciativas privadas y aportaciones llegadas desde la diáspora en los países del Golfo.

Lo curioso es que no son una sino dos lenguas. Algunas tribus como los Mengal hablan, además del baluchi, el brahui. Catalogada como lengua dravídica, está emparentada con la de los tamiles, entre otras de esa gran familia surasiática. A los brahuis se les conoce también como «baluches negros» por el tono generalmente más oscuro de su piel. Por razones que aún se desconocen, quedaron desconectados del principal núcleo dravídico en el sureste de India, a miles de kilómetros de Baluchistán. ¿Llegaron desde allí o consiguieron aguantar en la región mientras el resto de los drávidas desaparecía a su alrededor? Sigue siendo un misterio. De lo que sobran certezas es de que compartieron el modo de vida baluche y han formado parte de esa sociedad desde hace siglos. Sin embargo, sus tribus no se cimentaron en la consanguinidad sino en la pura necesidad para sobrevivir. Eran clanes nómadas y «abiertos» que podían incluir a pastunes, baluches y hasta a esclavos liberados, todo aquel que no encajara en ninguna otra parte. Cualquiera podía integrarse e incluso participar de las decisiones que afectarían al destino de la comunidad. Tras certificar la adhesión desposando a una de las mujeres de la tribu, se garantizaba la continuidad de aquel linaje sin «pedigrí». Explotar un inexistente nacionalismo brahui fue uno de los proyectos de Islamabad para crear una división interna, pero aquello nunca cuajó. El propio Ajtar Mengal, cuya lengua materna era el brahui, me lo había corroborado, y también Breseeg. Que la propia familia real de Kalat fuera brahui despejaba ya toda sombra de duda.

Como baluche de Irán, Breseeg conocía de primera mano la doble represión de su pueblo bajo el yugo de los ayatolás: étnica (frente a la mayoría persa) y también sectaria (suníes en una teocracia chií). Era un castigo feroz que había empujado a muchos a convertirse al chiismo. Fueran hoy hinduistas, cristianos, ismailíes o sijs, casi todos los baluches habían sido zoroastrianos antes de la llegada del islam. Por todo el territorio, sobre todo en el área más próxima a la frontera de Irán, aún se descubrían nuevos templos, mausoleos, y hasta esas torres del silencio donde los adoradores del fuego ofrecían sus muertos a los buitres. Aquella práctica se iría abandonando progresivamente por la de la cremación o el enterramiento. Solo en Quetta se había encontrado un buen puñado de tumbas del periodo británico.

También pregunté a Breseeg por los zikris. Como si se tratara de un recuerdo dulce de su infancia, al académico se le encendió el rostro al hablar de ellos. Se extendieron por el sur de Baluchistán durante el siglo XV y llegaron dominar toda la costa baluche durante tres siglos. Si alguien contribuyó a un temprano florecimiento de la cultura baluche fueron esos sacerdotes y poetas que rezaban y escribían en su lengua. Hoy se calcula entre medio y un millón el número de estos místicos del islam que insisten en reivindicar su unión con Dios sin intermediarios. También creen que el Mahdi ya ha llegado a la Tierra para dirigirla y librarla del mal antes de un fin del mundo que es inminente. Por supuesto, son «herejes» a ojos de la ortodoxia suní; incluso hubo un intento de declararlos «no musulmanes» por ley a principios de los noventa. Que aquello se quedara en proyecto no fue un obstáculo para que muchos grupos armados islamistas que operaban en Baluchistán se tomaran la justicia por su mano. Los zikris siempre han sido uno de sus objetivos más recurrentes.

No hay nada como el azar para dar con una buena historia. El truco funciona en cualquier parte del mundo, pero Quetta parecía un campo abonado a conciencia. Sobre aquel caos del tráfico ondeaban esas coloridas banderas y estandartes desde cada motocarro-taxi: las tricolores del partido pastún o del BNP baluche, las negras de los chiíes, las de rayas horizontales, blancas y negras, de los islamistas suníes... Parecían perseguirse unas a otras, como si compitieran entre ellas en una carrera sin un recorrido definido. Me pareció una buena metáfora de lo que allí ocurría. Mi primer *tuktuk* del día no ondeaba su identidad al viento, pero, como el resto, aquel conductor también era alguien o algo. Fueron unos pocos minutos de marcha hasta que el sol de cara le obligó a bajar el parasol y descubrí aquella estampita de la Virgen. Probablemente, se trataba de una aparición mariana reservada únicamente a cristianos locales o los escasos occidentales que se dejan caer por Quetta. La discreción de aquel hombre de piel muy oscura y cabello azabache era más que comprensible. Paró el vehículo en un callejón por el que no pasaba nadie y se bajó sin mediar palabra para colocarse entre la pared y el cacharro. Se persignó delante de mí varias veces y me pidió que le sacara una foto. Cuando le llegara la hora, Dios tendría en cuenta aquella prueba gráfica de su fe.

Los cristianos de Pakistán constituyen la minoría religiosa más numerosa por delante de la comunidad hinduista y la sij. Son unos tres millones —aproximadamente el 2 % de la población— en un país mayoritariamente musulmán suní. Los primeros cristianos en llegar fueron los jesuitas durante la dominación de los mongoles, pero la entrada más importante se produjo con los británicos en los siglos XVIII y XIX. La fe prendió descontrolada entre aquella sociedad de castas: los de las de arriba no le vieron ninguna ventaja a lo de convertirse;

para los de las más bajas, era la única vía de escape a un sistema al que los niños llegan marcados ya desde el feto. A día de hoy hay infinidad de pueblos y aldeas cristianos en el corazón de Punyab, e incluso una comunidad considerable en Peshawar, el bastión pastún del noroeste del país. En realidad, cada ciudad pakistaní tiene un área donde residen tradicionalmente los cristianos, pero cada vez son menos. Quemarlos vivos a plena luz del día, descuartizarlos o, simplemente, secuestrarlos para cobrar un rescate son crímenes que quedan impunes. La propia policía suele arrestar a miembros de esta comunidad bajo acusaciones que rara vez quedan probadas. «Blasfemia» es una palabra comodín cuando se trata de justificar el acoso en esta parte del mundo.

Las leyes de la blasfemia datan del mandato británico y, en origen, eran aplicables a todas las religiones. Interrumpir un ritual, ofender cualquier credo o profanar objetos o lugares sagrados, los que fueran, se consideraba un crimen penado por la ley. Fue en 1980 cuando la ley se modificó para proteger exclusivamente al islam; desde entonces, se ha convertido en el azote de todo aquel que se atreva a desafiar la ortodoxia religiosa imperante en el país. Uno de los casos más conocidos fue el de Asia Bibi, una campesina de Punjab que se vio envuelta en una discusión con un grupo de mujeres musulmanas que la acusaban de haber bebido del mismo cuenco de agua que ellas. Tras ser acusada de blasfemia, Bibi fue llevada a prisión y condenada a muerte en noviembre de 2010. Mientras esperaba su ejecución, su familia permanecía en paradero desconocido tras recibir numerosas amenazas de muerte. Aquello tuvo una repercusión internacional lo suficientemente grande como para que se le acabara conmutando la pena en 2018. Bibi consiguió llegar a Canadá en 2019, y reside allí desde entonces. Su caso no es más que uno entre los miles denunciados por organizaciones como Human Rights Watch o Amnistía Internacional. Como el de Salman Taseer, asesinado tras visitar a Bibi en prisión y expresar públicamente su opinión sobre las leyes de la blasfemia en Pakistán. O Shahbaz Bhatti, cabeza del Ministerio Federal para las Minorías, que también fue asesinado por el mismo motivo. O Junaid Hafeez, quien cumplió cinco años de prisión en aislamiento antes de ser ejecutado en diciembre de 2020 por difundir «contenidos blasfemos» *online*. Medio centenar de pakistaníes esperan en el corredor de la muerte por cargos similares. Lo peor es la sensación de que cualquiera puede dictar sentencia. En la primavera de 2021, el pecado de Salim Masih, un chaval cristiano de veintidós años, fue refrescarse en un depósito de agua que pertenecía a un conocido terrateniente punyabí. Tras acusarlo de contaminar el agua, una turba lo torturó salvajemente hasta la muerte. A menudo, basta con que sepan dónde vives. Se siguen dando casos de familias que reciben misivas en las que se les da un plazo de diez días para abrazar el islam. Los que optan por quedarse sin convertirse lo pagan con la vida.

—Cuando llegaron las cartas muchos huyeron, y aún más cuando los talibanes cumplieron sus amenazas —me contaba Rufín, un cristiano metodista que lucía una gorra de béisbol, un pendiente en su oreja derecha y un crucifijo al cuello, al que conocí en su templo a las afueras de Quetta.

El objetivo, decía, era hacerles desaparecer «de una forma u otra». Me contó que los suicidios eran cada vez más habituales entre los suyos. Todo el mundo callaba. Rufín ni siquiera rozaba la treintena, pero decía sentirse «demasiado viejo» para buscarse la vida en Karachi. Hasta allí se desplazaban muchos cristianos, tanto de Quetta como del resto del país. El de aquel domingo de 2009 fue un encuentro fugaz. Aun así, me volví a acordar de Rufin en diciembre de 2017, cuando un ataque suicida reivindicado por el Estado Islámico se cobró la vida de nueve personas durante el servicio del domingo. Los colegios cristianos tampoco bajaban la guardia, pero había algo que les protegía del azote islamista: muchos mulás mandaban a sus hijos a colegios como el St. Francis Grammar School.

—Obviamente, nunca lo reconocerán en público, pero todo el mundo es perfectamente consciente de que la enseñanza en la red pública pakistaní deja mucho que desear —decía Younis Barkat, el director del centro. Luciendo una toga verde que no disimulaba su corpulencia, Barkat recordó que el propio general Pervez Musharraf —el entonces presidente de Pakistán— había sido educado en misiones cristianas de Karachi y Lahore. El St. Francis había sido en su día un centro exclusivo para los hijos de los británicos acantonados en Quetta durante la ocupación. Cuando la potencia colonial se retiró en 1947, dejó la institución en manos de los cristianos locales. Según Barkat, su matriculación, «alta y continuamente al alza», era la prueba de que se trataba de uno de los mejores colegios de Quetta. No distinguía entre los credos de sus más de dos mil alumnos aunque, como en cualquier otra parte del mundo, aquellas aulas no eran más que el fiel reflejo de lo que ocurría fuera de ellas. La convivencia entre cristianos, musulmanes moderados e integristas en el St. Francis era todo lo tensa que cabía esperar.

Barkat se ofreció a enseñarme la escuela. Los crucifijos y el resto de la simbología cristiana desaparecían más allá de su despacho o la pequeña capilla del centro; los pasillos, las aulas o el comedor podían ser los de cualquier centro laico, aunque no todo el mundo opinaba lo mismo. Dos meses antes, uno de los profesores había colgado en la pared de clase un calendario de una conocida marca de coches, pero, claro, era un calendario cristiano.

—El niño le dijo a su padre, un mulá, que nuestro maestro les adoctrinaba en el cristianismo, algo que este negó rotundamente —recordaba Barkat, tras señalar con el dedo la clase desde el patio—. Al final las amenazas de los integristas acabaron por obligarnos a expulsar a nuestro trabajador del centro. Incluso tuvo que abandonar Quetta.

Y podían ser muchos más los que se vieran obligados a huir en un futuro próximo. Como ocurría en las regiones pastunes de Swat, la eterna amenaza de las operaciones de contrainsurgencia en Baluchistán por parte del Ejército no hacía sino alimentar la sensación general de inseguridad reinante, especialmente entre los cristianos.

—¿Adónde iremos si nos obligan a abandonar nuestras casas? ¿A Afganistán? ¿A Irán? —soltó Barkat. No eran destinos recomendables para nadie, y menos para un punyabí católico como él.

La réplica femenina del St. Francis era el St. Joseph's Girls' School, una mole de piedra a escasos doscientos metros de distancia, gobernada por la hermana Magdalena. Nada más presentarse, aquella monja dominicana que superaba los setenta se disculpó por no poder enseñarme el centro: se evitaba a toda costa que cualquier hombre fuera visto por aquel claustro desde el que se distribuían las aulas. Desde un despacho austero, la hermana Magdalena subrayaba lo conservador de la mentalidad en Quetta donde, decía, ninguna mujer salía a la calle si no era para ir al mercado o al templo. Y se trataba de algo extensivo a todas las mujeres de la ciudad, aunque la hermana mencionó una excepción: las gitanas. Con su cabello descubierto y sus aros en la nariz, mendigaban descalzas por la avenida Jinnah, siempre ajenas a las inquisitivas miradas que recibían por su falta de respeto a las normas del decoro locales. Muchas de ellas eran asesinadas tras haber sido secuestradas y violadas. Eran presas fáciles por las cuales nadie iba a pedir cuentas después.

—La religión no es un gran inconveniente para una mujer aquí, ¿sabe usted? Ser mujer en Quetta es mucho más difícil —resumió la hermana, antes de despedirse abruptamente tras una llamada de teléfono. Una antigua alumna había sido rociada con ácido aquella misma mañana.

Cuando Jinnah fundó el país, esa raya blanca vertical en su bandera representaba a las minorías no musulmanas que aquel Estado levantado por y para los musulmanes debía proteger. Ha sido lo contrario. En 2023, Pakistán ocupaba el número siete —tras Nigeria y por delante de Irán y Afganistán— en la lista de los cincuenta países donde más se persigue el cristianismo que elabora Open Doors Watch cada año. En 2023, unos vídeos subidos a YouTube en los que un grupo de descerebrados quemaba o pateaba un Corán en Suecia se convirtieron en la última excusa para quemar iglesias en Punyab o apalizar a sus fieles. Kiyya Baloch, un colega baluche, me recordaba el sufrimiento de los cristianos pakistaníes cada vez que se producía un incidente antiislámico en la Unión Europea. Lo explicaba así:

—Ser musulmán suní te hace poderoso y te da una profunda sensación de ser un pakistaní extraordinario: puedes evadir impuestos, robar electricidad a un vecino, subir el precio de los alimentos durante la festividad musulmana del Ramadán, tirar basura en la calle, bloquear carreteras o incluso destrozar la propiedad de tus compatriotas para protestar contra la profanación del Corán en Europa. —Por supuesto, Kiyya hablaba desde el exilio.

Acosar a cristianos o, simplemente, a todo aquel no musulmán suní era una forma de reivindicar la identidad nacional pakistaní, siempre en crisis. También daban fe de ello los hinduistas y los sijs, quienes, además de «infieles», eran «colaboracionistas» de la vecina y archienemiga India. Se concentraban en la provincia sureña de Sind, donde eran habituales los secuestros de mujeres hindis y su posterior conversión forzosa.

Misma persecución sufren los kalash, los habitantes originales de la cordillera del Hindu Kush. Tienen una cultura y lengua propias que difieren radicalmente de las de sus vecinos. Su religión, su mitología y sus ritos guardan un gran parecido con las recogidas en los antiguos libros vedas, que muchos eruditos datan en el 3000 a. C. Para los kalash, los cuervos representan a los antepasados y son muy habituales los sacrificios rituales de animales (generalmente cabras). Los muertos no se entierran, sino que se descomponen dentro de ataúdes que nunca se cierran. Que la región afgana de la que proceden fuera bautizada como Kafiristán («tierra de infieles») ya adelanta lo que les espera en caso de tener un encuentro desafortunado.

Los ataques más brutales en Quetta eran, probablemente, los perpetrados contra la minoría chií. La mayoría eran hazaras llegados desde Afganistán a los que les resulta imposible disimular esos ojos rasgados sobre unos pómulos demasiado prominentes para los cánones locales. Las bombas reventaban mercados, salas de billar o autobuses abarrotados de peregrinos chiíes como los ismailíes (aunque a estos no les delaten sus rasgos).

La lista de perseguidos prosigue con los ahmadíes, la única secta del islam que cree en la llegada de un nuevo profeta más de diez siglos después de que lo hiciera Mahoma. Nacido en 1835 en el pueblo indio de Qadian, Mirza Ghulam Ahmad promovió el lema «Amor para todos, odio para nadie». El problema es que Ghulam Ahmad no es considerado un profeta por el resto de los más de mil millones de musulmanes. Y las diferencias teológicas se dirimen con brutalidad. La destrucción del templo centenario de Sialkot, en 2019, traía a la mente aquella cadena de atentados contra sus mezquitas en 2010 en Lahore. Así, muchos ahmadíes buscan refugio en la comunidad de Chenab Nagar, una ciudad que en 1999 se cambió su nombre —antes era Rabwah— contra la voluntad de la mayoría de sus setenta mil habitantes. También se les niegan casi todos sus derechos civiles, e incluso el de pronunciar palabras como *inshallah* («si Dios quiere») o *alhamdulillah* («gracias a Dios»).

No podría abandonar Quetta sin visitar la iglesia católica del Sagrado Corazón. Era un austero edificio de hormigón de estructura eminentemente defensiva, como ya lo eran hace un milenio aquellos robustos templos románicos en Europa. A aquel auténtico búnker de la fe se accedía a través de una puerta metálica en un callejón fuertemente custodiado por agentes de seguridad, tanto públicos como privados. Una vez dentro, la atmósfera se relajaba: hombres y mujeres se descalzaban antes de acomodarse en los bancos a ambos lados del pasillo central: ellos a la derecha y ellas a la izquierda. Desde el coro se escuchaba música de timbales y cantos en lengua punyabí que se armonizaban con la letanía que llegaba desde el púlpito. Entre los numerosos asistentes se encontraba Victor Gnanapragasam, el obispo de la diócesis de Quetta. Aquel tamil de tez oscura y unas ojeras visibles incluso tras sus gafas de sol había llegado desde Sri Lanka hacía más de treinta y cinco años. Al final de la ceremonia me dijo que apenas había pegado ojo tras un periplo de tres días, dos de ellos de viaje, para visitar a tres familias cristianas en mitad del desierto baluche. Decía que su gente estaba asustada, que todo esfuerzo era poco para evitar que huyeran de la región.

—Desgraciadamente para ellos, su visión del mundo no distingue razas, sino religiones: el cristiano es un «infiel» y, como tal, ha de ser castigado —resumió el obispo el día a día de su rebaño.

Según Gnanapragasam, las amenazas a los miembros de su comunidad habían comenzado con la invasión de Afganistán en 2001. Los talibanes les acusaban de destruir su pueblo.

—¿Se lo puede creer? ¡Nosotros! —alzó la voz el patriarca tamil entre las sonrisas con las que saludaba a los que abandonaban el templo.

Antes y después de aquel viaje al subcontinente visité varias iglesias en Bagdad que se parecían mucho a aquella de Quetta: alambradas y muros de hormigón, a veces tan altos que impedían que la luz se filtrara por las vidrieras. Todo me recordaba a lo que sufrían los cristianos de Irak, cuyo exterminio sistemático también arrancó con una invasión, esta vez en 2003. Para sus verdugos, todos eran «colaboradores de Occidente».

—Éramos felices como hinduistas, ¿por qué nos tuvieron que convertir ustedes? —bromeó el tamil.

Para entonces, las hileras de zapatos a la entrada del templo ya habían desaparecido. Los últimos hombres se despedían hasta el siguiente domingo con un apretón de manos y las mujeres se cubrían el cabello antes de atravesar el umbral de la iglesia. Esperé hasta verlos desaparecer a todos tras aquel tosco portón metálico. Justo al otro lado estaba Quetta.

CÓMO DESAPARECER POR COMPLETO

—Uno de ellos estaba sentado justo donde está usted ahora, ¿se lo puede creer?

Diría que me costaba menos a mí que a él. Kachkol Alí se llamaba aquel conocido abogado de Quetta que me recibía en su despacho. Dos meses antes, tres de sus clientes habían sido raptados allí mismo; allí, frente a su bigote poblado y negrísimo, en mitad de una reunión tras una vista en la que se presentaron cargos de «sedición» y «terrorismo», entre otros. Alí repitió que uno de ellos había sido arrancado de la silla en la que me sentaba. Solo pensarlo me hacía sentir incómodo por estar dándole la espalda a la puerta del despacho.

—Ya de camino a la oficina sentimos que nos estaban siguiendo. Justo a la entrada, un hombre con barba nos preguntó si podía pasar y esperar sentado a que el limpiabotas le devolviera sus zapatos. Sher Mohammmad, uno de los tres acusados, me dijo que aquel hombre era uno de los que le habían estado siguiendo durante varios días. Decidimos salir fuera y continuar hablando en baluchi para esquivar al inquietante visitante. Si nos seguía, entonces quedaba claro que se trataba de un agente, aunque la furgoneta gris aparcada justo enfrente del despacho ya despejaba toda duda.

Los baluches oyeron una voz a su espalda y, en cuestión de segundos, cinco hombres armados pero vestidos en ropa civil entran a la oficina. Les bastó un minuto para reducir a los tres acusados y llevárselos encapuchados y con las manos atadas a la espalda hasta la furgoneta gris. Convencidos de que los hombres habían sido secuestrados por las agencias de seguridad pakistaníes, Alí y varios colegas abogados acudieron a la comisaría de policía para poner una denuncia contra coroneles del ISI, la Inteligencia Militar, el Bureau de Inteligencia y el comandante de los Cuerpos de Frontera. El objetivo era que los jueces les interpelaran sobre el paradero y el estado en el que se encontraban los tres baluches. No ocurrió porque la Policía no tiene potestad para abrir un caso contra los servicios de inteligencia; tampoco sirvió la apelación que Alí hizo al Tribunal Supremo de la provincia, ni ningún otro mecanismo legal. Los cuerpos de los desparecidos aparecieron cuatro días más tarde en el distrito de Turbat. Decían que habían sido arrojados desde un helicóptero.

—La justicia no existe en Pakistán. El control del país está en manos del Ministerio del Interior y los servicios de inteligencia. No hay juez, ni político, ni policía que se atreva a enfrentarse a ellos —repitió Alí aquella cantinela ya coral en Baluchistán.

Un año después de aquello, tras sufrir todo tipo de amenazas, el abogado pidió asilo político en Noruega, donde reside desde entonces. Pero ocurre que la gente suele tener familia y, en 2014, era su hijo Nabil el que desaparecía en Karachi. El miedo que sintió su padre solo era comparable a la impotencia que sentía al estar a miles de kilómetros de allí. Fueron catorce meses de angustia durante los cuales numerosas organizaciones se adhirieron a una campaña masiva denunciando su desaparición. Nabil fue rescatado por un grupo de gendarmes cuando estos interceptaron el vehículo de un grupo de individuos sin identificar que pretendía cruzar la frontera hacia Afganistán. Secuestrar a los baluches y dejarlos en manos de facciones islamistas es una alternativa a los helicópteros. Además, siempre puedes decir que no has sido tú.

«Los cuerpos emergen silenciosamente, como corchos flotando en la oscuridad. Son dos o tres a la semana, arrojados en montañas desiertas o calles vacías. Los brazos y las piernas están rotos; las caras están magulladas e hinchadas. La carne se corta con cuchillos o se perfora con taladros; los genitales están quemados por pinzas eléctricas. En algunos casos, los cuerpos son irreconocibles, rociados con cal o masticados por animales salvajes. Todos tienen una herida de bala en la cabeza».

Así arrancaba uno de los artículos que le valieron la expulsión definitiva del país en 2013 a Declan Walsh, el corresponsal de *The Guardian* y *The New York Times*. Siempre se apuntaba como brazo ejecutor al ISI, los todopoderosos servicios secretos pakistaníes —entrenados en su día por la CIA, cuando los rusos estaban en Afganistán— y que opera como un auténtico Estado dentro del Estado.

La guerra rezumaba por todos los poros de Quetta con disparos que te hacían saltar de la cama en mitad de la noche, bombazos a plena luz del día o rumores de que había entrado un camión cargado de explosivos en la ciudad. Un día sí y al otro también se sellaba la avenida Noordar —la que alberga todas las oficinas gubernamentales— con bloques de hormigón, por lo que no quedaba otra que recurrir a rutas alternativas. También podía ser un grupo de mujeres enfundadas en sus coloridos vestidos tradicionales baluches el que amenazaba con apedrear a cualquiera que se atreviese a romper el bloqueo que habían levantado en cuestión de segundos. Era la viva imagen de la desesperación. Las madres, hermanas e hijas de los desparecidos eran tantas que en Quetta incluso se había levantado un campamento de protesta permanente frente al Club de Prensa. Ellas tampoco se libraban de aquella plaga. Se decía que muchas acababan convertidas en esclavas sexuales del personal militar antes de ser asesinadas. Algunas habían salido vivas de aquello, pero jamás levantaban la voz. Denunciarlo no solo añadía más peso a su miseria, sino que se convertía en un estigma para toda la familia. Se decía que las violaciones y los asesinatos de las baluches habían comenzado en 1971, tras la derrota en Bangladesh. La tropa pakistaní volvía a casa con la moral por los suelos, y también con una gran experiencia en saquear aldeas antes de incendiarlas y «deshonrar» a una nación entera utilizando la violación como arma de guerra. Pasaron muchos años hasta que la verdad de lo ocurrido en Bangladesh salió a la superficie. Parece que ese será también el caso en Baluchistán.

Es cierto que algunos, muy pocos, conseguían volver del país de los muertos. Como Imdad Baloch, un miembro de la Organización de Estudiantes Baluches que había sido raptado en Quetta en 2005 junto con seis compañeros y torturado durante dos meses. Sus raptores le entregaron después a la policía en la provincia de Punyab.

—Tuvimos los ojos vendados en todo momento. Sabíamos que nos habían metido en un avión, pero no a dónde íbamos —explicaba aquel joven tocado con un *kulla* (gorro tradicional baluche) rojo—. Tras entregar a cuatro de nosotros a la policía en algún lugar de Punyab, los periódicos al día siguiente publicaron que las fuerzas de seguridad habían capturado a unos terroristas baluches que planeaban poner una bomba en el aeropuerto de Hyderabad, al sureste de Pakistán.

Imdad decía desconocer las causas por las que finalmente fueron puestos en libertad. Fue entonces cuando empezó la segunda parte de su odisea: denunciar ante la Justicia lo que había ocurrido. «Lo has pasado mal pero ya estás libre. ¿Por qué te empeñas en buscarnos problemas a los dos?» le dijo aquel primer juez. Lo mismo que el segundo y el tercero. Cuatro años más tarde, Imdad seguía intentando interponer una denuncia.

Sin nada más importante que perder que su propia vida, eran los familiares de las víctimas los que luchaban por romper el silencio. En octubre de 2013, una iniciativa germinada en el campo permanente de protesta de Quetta acabó convirtiéndose en una marcha a pie hasta Islamabad (pasando por Karachi). Estaba compuesta por familiares de desaparecidos y liderada por un hombre de setenta y dos años al que se conocía como Mama Qadeer (*mama* significa «tío» en urdu). El cadáver de su hijo había aparecido tres años atrás a ochocientos kilómetros de Quetta, donde fue secuestrado en 2009. Tenía dos disparos en el pecho y uno en la cabeza, quemaduras de cigarrillos en la espalda, una mano rota y marcas de tortura por todo el cuerpo. Junto con otros familiares de desaparecidos, Mama Qadeer había fundado en 2009 la Voz para las Personas Baluches Desaparecidas (VBMP). Desde ahí llevan un registro de todos los casos —son ya más de veinte mil— y organizan protestas y campañas de sensibilización para que la memoria no se sume a la lista de víctimas.

Las cifras de la Gran Marcha por los Desaparecidos —así se la bautizó— fueron tan impresionantes como aterradoras: 2800 kilómetros en 106 días durante los cuales aparecieron 103 nuevos cuerpos sin identificar en tres fosas comunes. Los caminantes tenían que asimilar la noticia entre amenazas que se multiplicaban a medida que se acercaban a Islamabad. Corrían rumores de camiones preparados para arrollar al grupo, pero al final se optó por usar gas, cortar las líneas de teléfono y cerrar las puertas de los hospitales a una marcha que incluía desde hijos de los desaparecidos hasta sus abuelos. Por supuesto, la prensa tenía orden expresa de no dedicar una sola línea a todo aquello desde el kilómetro cero. Fue el 27 de febrero de 2014 cuando un grupo de veinte personas que incluía nueve mujeres y un niño de once años llegó a Islamabad.

Casi diez años más tarde, eran las baluches las que volvían a marchar desde la frontera con Irán hasta Islamabad. Para entonces, el mundo conocía la valentía de las iraníes que luchaban contra el patriarcado teocrático chií de Irán, y también a las afganas que pedían volver a estudiar tras ser expulsadas de las aulas por los talibanes. A medio camino entre Kabul y Teherán, las baluches exigían que les devolvieran a los suyos y se acabara la pesadilla. Como siempre, no llegaba señal desde esa región donde el mundo se funde a negro. Solo a través de las redes gestionadas por activistas locales veíamos imágenes donde miles de mujeres vestidas con el colorido *pashk* tradicional caminaban con los retratos de sus familiares desaparecidos. De entre una mayoría que protegía su identidad con esas máscaras quirúrgicas que nos trajo el covid-19 solo unas pocas no ocultaban su rostro. De entre ellas, una joven menuda de cejas rectilíneas y mandíbula cuadrada parecía asumir el liderazgo.

Se llamaba Mahrang Baloch. Me informé sobre ella antes de contactarla y enseguida entendí que no estaba allí por casualidad. Tenía trece años cuando la detuvieron por primera vez, cuando protestaba por la detención de su padre, un funcionario de la administración conocido por su activismo político. Tres años más tarde, en 2009, se lo volvieron a llevar. La familia quiso agarrarse entonces a la idea de que lo volverían a ver con vida, pero no fue así. Encontraron su cuerpo salvajemente mutilado en una cuneta dos años más tarde. El siguiente en la lista fue su hermano Nasir, a quien se llevaron en 2018. La baluche decía que aquello fue un punto de inflexión, que le quedó claro que nadie estaba a salvo. Nasir quedó libre tres meses después. Solo Mahrang y los suyos saben la angustia que vivieron en casa durante esa eternidad. Costó reconocer a Nasir dentro de ese cuerpo famélico y cosido a moratones.

Mahrang era ya un rostro muy conocido en todo el país cuando lideró aquella multitudinaria protesta estudiantil en 2019. Que la administración del campus de Quetta usara imágenes obtenidas desde cámaras de vigilancia para extorsionar a las jóvenes universitarias fue la espita de una reacción que solo se sofocó con dimisiones en el rectorado. Hubo muchas más protestas que Mahrang compaginó sin problemas con sus estudios de Medicina. «Doctora Mahrang» fue el contacto que me pasaron en diciembre de 2023.

—Somos las madres, las hijas y las hermanas de los desaparecidos y los asesinados. Somos miles —me dijo en una primera conversación.

El detonante de la protesta había sido la muerte a tiros de un baluche que estaba bajo custodia policial. Fueron veintiséis días de marcha en los que el grupo recogió una gran cantidad de adhesiones tanto en casa como desde el exterior: desde Malala Yousafzai hasta Greta Thunberg. ¡Cómo gustó que la sueca mostrara su solidaridad vistiendo aquel *pashk* rojo y burdeos! También fue muy comentado el gesto de Mohammed Hanif, famoso novelista británico-pakistaní, al renunciar a un premio recibido en 2018. «No puedo aceptar esta distinción de un Estado que secuestra y tortura a sus ciudadanos baluches», escribía Hanif en su cuenta de X (antes Twitter). Otra prueba visible del éxito de aquella protesta fue la movilización de los baluches de Punyab. Por razones obvias, siempre mantenían un perfil bajo, pero miles se echaron a la calle para sumarse al grupo.

Tras recorrer 1600 kilómetros, el objetivo era acabar la marcha con un acto en el Club Nacional de Prensa de Islamabad. Pero la policía les bloqueó el paso a las afueras de la ciudad. Mahrang se volcó en las redes sociales: aquí un vídeo de la baluche enfrentándose a un comandante de la policía («¡Es una protesta pacífica, no tenéis derecho a cortarnos el paso!»); aquí otro en el que se dirige a los suyos empuñando un micrófono («¡Nos tratan peor que a los animales!»)... «*¡Police mordabad!*», «muerte a la policía», grita un grupo de mujeres mientras son arrojadas dentro de autobuses.

La noche se cerró con gas, manguerazos y palos desde el cordón de seguridad, y también centenares de arrestos. Cuando vi que Mahrang llevaba demasiado tiempo inactiva en las redes y que no le entraban mis mensajes de WhatsApp, supuse que la habrían detenido junto al resto. Quise pensar que sería esa misma sobreexposición mediática la que la acabaría protegiendo, que el aparato no se arriesgaría a regalar un mártir tan obvio al enemigo. Mahrang restableció el contacto diez horas más tarde. Decía estar «mentalmente preparada» ante la posibilidad de pasar ella misma a engrosar la larga lista de desaparecidos.

—Hemos llegado a un punto en el que ni las desapariciones forzosas ni los asesinatos pueden pararnos —me soltó, consciente de que la prensa necesita frases rotundas a las que arrancar titulares.

Para entonces, nadie discutía ya que Mahrang se había convertido en una nueva estrella en el firmamento baluche: no era un líder tribal, ni su hijo o nieto, sino una chavala cuya corta estatura se asociaba a su procedencia de una tribu de montaña «sin apellido»; una Baloch más, una mujer anónima sobre la que los sardares, e incluso los mulás, guardaban un silencio prudente y revelador. Sabían que había menos sitio para ellos, que esa sociedad conservadora y tribal cada vez lo era menos. La transformación llegaba desde una nueva generación que se abría camino a través de plataformas como la Organización de Estudiantes Baluches (BSO Azad) o el Comité para la Unidad Baluche (BYC), que había impulsado la protesta. El cambio parecía inexorable.

Mahrang concentraba todas las miradas, pero aquellos vídeos llegaban a las redes repletos de figurantes ilustres. Gente como Makah Marri, de ochenta años y dueña de un rostro siempre presente en todas las protestas por los desaparecidos. Que pisara la capital del país por primera vez, o que ni siquiera hablara el urdu, daba una idea de la distancia entre el centro y la periferia. Que no supiera nada de su hijo Shahnawaz Marri desde que se lo llevaron en 2012 hablaba también de una falla por la que se desplomaban miles de biografías. Se hicieron virales las imágenes de aquella mujer huesuda portando la foto de su hijo, o siendo atendida en el suelo tras caer de agotamiento nada más llegar la marcha a Punyab. Conseguí entrevistarla por teléfono. Con un grueso acento Marri, según apuntó el chico que me traducía sus palabras, la anciana hablaba de la «tortura mental diaria» que sufrían los familiares y se refería a los autores de las desapariciones como «enemigos de la humanidad». Luego verbalizó algo tan obvio que corría el riesgo de escurrirse como agua entre los dedos antes de llegar a entenderlo. No solo le habían arrancado a su hijo; también a un padre a sus nietos.

La de las desapariciones era una de las historias más delicadas de contar por las consecuencias que podía acarrear tanto para los familiares como para el periodista que se metía en ese jardín. Luego estaba siempre la frustración que envuelve a la cuestión baluche, esa que siempre acaba por empañar la lente del periodista. Me explico. Uno puede dedicar su vida a denunciar el sufrimiento de, digamos, el pueblo palestino. Conozco a un puñado de reporteros irreductibles a los que sumar los colegas establecidos en Jerusalén, los que se dejan caer con cierta frecuencia por ambas orillas del Jordán y los que pasan por allí alguna vez y, ya que están, salvan una historia o dos para intentar cubrir gastos. Hablamos de miles que han escrito decenas de miles de páginas denunciando la injusticia ejercida de forma sistemática contra un pueblo desde la fundación del Estado de Israel en 1948. Si ese tapiz de testimonios tejido durante más de medio siglo no ha conseguido parar los buldóceres en Cisjordania ni evitar que Gaza se convierta en una pila de escombros, ¿qué pueden esperar los baluches? ¿Existe algún resquicio para la esperanza cuando el resto del mundo ni siquiera sabe que existes? Se pueden encadenar tantas preguntas como uno quiera, pero todas llevan a la misma:

¿Para qué sirve el periodismo?

Diría que cuento con los dedos de las manos a los periodistas baluches con los que he tratado, y con los de una a los colegas extranjeros que han pisado su tierra en alguna ocasión. A diferencia de los que se patean Palestina, no solo no somos legión, sino que encima nos dirigimos a una audiencia que, a menudo, nunca ha oído hablar de un lugar llamado Baluchistán. Además de ser una historia muy difícil de contar también es tremendamente frustrante. Los pocos que lo han intentado lo pueden corroborar. Por empezar con alguien cercano, mi amigo Pau Miranda, corresponsal de EFE en Pakistán durante años. El catalán hablaba de Baluchistán como «la región más hermética de Pakistán, incluso más que las zonas tribales del noreste del país». Ser descubierto allí trabajando sin permiso equivale a la deportación inmediata, por lo que los corresponsales establecidos en Islamabad como él no se la juegan. A lo máximo que pueden aspirar es a un tour organizado para periodistas por alguna razón poderosa como un terremoto. El de Pau fue el de septiembre de 2013. Firmó la cobertura en Quetta, pero lo más ajustado habría sido «cielo de Baluchistán» porque lo vio casi todo desde las alturas, volando en el helicóptero con el que rescataban a un puñado de desgraciados. Y luego a casa. Atrás quedaban centenares de muertos y cientos de miles de desplazados. Es lo que tiene vivir en una casa de adobe sobre una falla tectónica.

El veto a la zona no es exclusivo a los informadores. La ONU y la lista habitual de oenegés internacionales han intentado documentar violaciones de derechos humanos sin éxito: o es imposible llegar a la zona, o las contrapartidas por hacerlo hacen inasumible el desafío. Con nueve años a sus espaldas como corresponsal en Islamabad, Declan Walsh se encontraba entre los muy pocos que se habían atrevido a escribir sobre la brutalidad que sufrían los baluches. Daba igual que el irlandés fuera la pluma de *The Guardian* y luego de *The New York Times* en el país: fue expulsado de Pakistán el 11 de mayo de 2013, dos días antes de las elecciones generales. Setenta y dos horas le dieron para abandonar el país por «actividades indeseables». Walsh me contaba todo aquello al poco de llegar a Londres. La de Baluchistán, decía, no solo es una de las historias más difíciles de cubrir en Pakistán por lo restringido de su acceso sino también por ser una de las más peligrosas.

—Es una zona donde la violencia llega de todas partes: están los talibanes, los que persiguen a los chiíes, los insurgentes baluches… Al Gobierno no le gusta nada que periodistas extranjeros entren en la provincia sin ser escoltados y raras veces concede permisos.

Según el irlandés, que los informadores no pisaran el terreno era una prioridad para el Gobierno por dos razones: se trata de una provincia que apenas controla, pero también porque los servicios de seguridad pakistaníes mantienen lazos demasiado estrechos con muchos grupos violentos que son auténticos escuadrones de la muerte sin uniforme. Walsh esperó desde casa sin grandes esperanzas a que se levantara el veto sobre su persona. Nunca ocurrió. En cualquier caso, tuvo más suerte que Carlotta Gall, la veterana escocesa de *The New York Times*. Gall, quien se había estrenado como reportera de conflictos en las guerras chechenas en los noventa, y fue brutalmente golpeada en Quetta en 2006 por agentes de seguridad. La paliza la dejó inconsciente y con el cuerpo cosido a golpes. Su teléfono móvil, su ordenador portátil y el resto del equipo le fueron confiscados. Le dijeron que estaba en Baluchistán «sin permiso».

El mensaje de Islamabad a todo periodista extranjero que se salga del guion está claro. Para los informadores locales es mucho peor. Bastaba con preguntárselo a Ahmed Rashid, el periodista más reconocido sobre las guerras de Afganistán, Pakistán y Asia Central; el único capaz de convertir un libro sobre los talibanes en un *best seller* (un millón y medio de copias vendidas). Por un lado, Rashid echa la culpa a la precariedad bajo la que trabajaban los corresponsales en Quetta: muchos ni siquiera reciben un sueldo y son demasiadas las televisiones y los periódicos locales que no cuentan con un enviado en la región. Y luego están esas amenazas que llegan de todas partes: desde los servicios secretos pakistaníes a los grupos radicales suníes, y también los propios baluches. A menudo no se llega a saber quién está detrás de muchos de los ataques. Los reporteros locales sufren el mismo destino que activistas, simpatizantes o cualquiera que se cruce con el movimiento en algún momento de su vida. Le pasó a Abdul Razzaq, del diario baluche *Daily Tawar*. Tras su desaparición en 2013, se encontró su cuerpo cinco meses más tarde. Según Reporteros Sin Fronteras, el cadáver estaba tan brutalmente mutilado que la familia necesitó un día entero para identificarlo. El acoso es sistemático. A veces te visita alguien en casa o te para en mitad de la calle para mostrarte tu historial de llamadas, una manera eficaz de amedrentar no solo al periodista, sino también a sus fuentes. Muchos optan por la autocensura para seguir vivos.

—Simplemente no se habla de ello. Y si Baluchistán no está en el ojo mediático de Pakistán, tampoco llegará al exterior ya que la mayoría de los medios occidentales se nutren de las agencias de prensa —resumía Rashid, quien también se veía obligado a recurrir a la autocensura en el tema baluche si quería seguir viviendo en su Lahore natal. Su enorme proyección internacional le protegía, pero muchos de entre los que celebraban sus libros se quedaban ojipláticos cuando les decía que Rashid pasó diez años de su juventud con el maquis baluche en las montañas.

Autocensurarse, ser asesinado, «desaparecido» o largarse son las opciones para los periodistas locales. Mucho tendrán que cambiar las cosas para que Malik Siraj Akbar, periodista y escritor, director del primer periódico *online* en inglés sobre noticias y análisis de Baluchistán, pueda volver a poner el pie en su tierra natal. Akbar consiguió salvar la vida viajando a Estados Unidos en 2011 gracias a una beca. No obstante, el periodista no echaba la culpa de la *omertá* exclusivamente a Islamabad. Los medios occidentales que cubrían la región de AfPak, decía, se centraban en la «guerra contra el terror y el fundamentalismo islámico». El movimiento baluche, secular, nacionalista y en las antípodas del extremismo religioso, se quedaba al margen al no encajar en esos parámetros. Simplemente no existía. Era exactamente lo mismo que les había ocurrido a los kurdos en Siria: el mundo solo se fijó en ellos cuando el Estado Islámico al que hicieron frente los puso en el mapa. Una vez acabado el califato, volvieron a desaparecer del radar mediático.

En su informe de 2022 sobre la libertad de prensa en el mundo, Reporteros Sin Fronteras situaba a Pakistán en el puesto 157°, describiéndolo como «uno de los países más peligrosos del mundo para los periodistas». Por su parte, el Sindicato de Periodistas de Baluchistán apuntaba a más de cuarenta periodistas muertos en Baluchistán entre explosiones de bomba y asesinatos selectivos, algunos de ellos cometidos fuera del país. Como el de Sajid Hussain, un periodista baluche cuyo cuerpo sin vida se encontró en un río a las afueras de Uppsala (Suecia) en 2020. Los baluches, y también RSF, apuntaron entonces a la posibilidad de que fuera obra de las agencias pakistaníes.

—Cuando eres periodista en Baluchistán son las agencias de seguridad las que te contactan directamente: te llaman por teléfono, te abordan cuando cubres una rueda de prensa, o una protesta en la calle.

Así comenzaba el testimonio de Ahmad, un periodista local en el exilio que no se atrevía a darme ni sus coordenadas ni su nombre real por miedo a las represalias que pudiera sufrir su familia. Una de las historias más sensibles, decía, era la de las desapariciones forzosas. A los ojos de las agencias, el simple hecho de hablar con sus familiares significaba que trabajabas contra el Estado. «Actividades indeseables», como le dijeron también a Walsh. Ahmad recordaba lo complicado que era cubrir noticias sobre Baluchistán, y también aquella llamada de teléfono mientras cubría la historia de un colega asesinado: «Sabemos quién eres y quiénes son tus hermanos. También que tienes dos hijos, a qué colegio van... ¿Quieres que sigan con vida?». Tras aquello, el baluche descubrió que le seguían. Pocos días después, fue atropellado cuando iba en moto a la redacción. Tuvo suerte de salir ileso y de que hubiera mucha gente alrededor. El coche dio media vuelta y se fue. Ahmad no tardó en abandonar el país.

Fueron las mismas amenazas que empujaron al exilio a Kiyya Baloch, un reconocido periodista baluche con numerosas publicaciones en *The Guardian, The Telegraph* o la BBC.

—Aquella presión acabó afectando a mi familia. No podían quitarse de la cabeza que podía ser asesinado en cualquier momento —me decía aquel reportero que no ocultaba su nombre real pero prefería no revelar su país de residencia.

Las amenazas habían llegado hasta allí, pero había otras medidas de coacción. El Gobierno presionaba a los medios para que no te contrataran, o te despidieran si estabas en plantilla

—Te ahogan económicamente hasta cortarte las alas como periodista hasta que, finalmente, acabas abandonando el país —decía Kiyya. Trabajando para *The Guardian* desde Islamabad, al baluche le habían prometido protección, y también que sacarían todas sus historias para que pudiera sobrevivir económicamente—. Los ingleses se portaron bien conmigo, pero ¿quién es capaz de protegerte las veinticuatro horas del día, todos los días?

«Periodista baluche». Añádanle «mujer» al binomio y tienen un órdago. Zeynap hablaba desde la «zona cero» y con un nombre que había elegido al azar. Escuchar los canales de radio de la BBC y Voice of America en casa desde muy niña fue lo que despertó su vocación. Compartía con sus colegas varones el miedo a la vigilancia del Estado, pero luego estaban esas barreras culturales que solo ellas se ven obligadas a saltar. ¿Un ejemplo? La percepción que se tiene de las mujeres en esas protestas en las que los hombres son mayoría.

—Quieres hacer tu trabajo y, al mismo tiempo, quieres respetar la cultura local así que acabas dependiendo de tus fuentes. Aunque estés cerca del lugar de los hechos, llamas a otros por teléfono en vez de ir tú misma.

Zeynap también apuntaba a temas humanos más allá de los «puramente políticos». ¿Sabía yo que más de la mitad de las niñas baluches no van a la escuela? Pocos temas le parecían más importantes que ese. A lo mejor nos estábamos centrando todos demasiado en el movimiento de liberación, en las cuitas tribales, en esas peleas de gallos cuya sangre salpica la lente y nos impide ver más allá. Mientras los periodistas locales siguen desapareciendo en manos de las agencias, los periódicos y canales de televisión pakistaníes evitan el tema, las cabeceras internacionales no llegan y ni la ONU ni las principales organizaciones internacionales de derechos humanos se hacen eco de ello. Zeynap era pesimista.

—No veo tampoco un cambio a corto plazo en las políticas del Gobierno hacia los periodistas. La comunidad internacional y las organizaciones de derechos humanos tienen que intervenir en algún momento. No se me ocurre otra solución.

La gente sigue corriendo por su vida o perdiéndola por el camino, sea en su barrio, huyendo a Afganistán (a Afganistán, sí) o a través del Mediterráneo. Ahora mismo, mientras se escriben estas líneas, y esto nos lleva a mi pregunta de antes: lo de para qué sirve el periodismo. Diría que lo que mueve a todos los colegas que he mencionado hasta ahora no es la mera ética de los resultados porque no los hay. De acuerdo, está lo de documentar la barbarie, lo de «que nadie diga que esto no pasó». Pero una vez que pasa, los muertos siguen estando muertos. Diría que la mayoría en el gremio compartimos una adicción por contar la vida de la gente, sobre todo cuando esta es jodida. Una vez que empiezas no puedes hacer otra cosa, y te da igual que lo lean diez, cien o cien mil personas. No se me ocurre nada mejor que hacer. Tampoco ninguna otra forma de estar en el mundo.

REYES

En la madrugada del 31 de mayo de 1935, la tierra justo debajo de Quetta se sacudió violentamente destrozando casas y colegios, mezquitas e iglesias, las caballerizas del club de polo y hasta los barracones de la RAF. Ni siquiera las vías del tren soportaron el envite de aquellos casi ocho grados de magnitud en la escala sismológica. El coste en vidas del mayor terremoto en el sur de Asia del siglo XX superó los cincuenta mil. ¿Puede ser que la ya de por sí atormentada Quetta yazca sobre la zona sísmica más activa de Pakistán? Sí. Hasta en Kalat, a 150 kilómetros al sur, la muralla medieval había sido borrada de la faz de la tierra. Mir Ahmed Yahar Khan, kan de Kalat, rey de los baluches, no tuvo más remedio que encargar la construcción de un nuevo palacio para él y su familia. Por supuesto, la residencia real no podía ser cualquier cosa, y menos aún en pleno apogeo del art déco. El kan había visto con sus propios ojos aquellos magníficos edificios de Quetta y Karachi y, como todos los ricos del país, buscaba algo más foráneo, más europeo y cosmopolita que se desmarcara del resto. Entusiasmado ante la perspectiva de mudarse a un palacio de vanguardia, el monarca convocó a los arquitectos más famosos del subcontinente para que presentaran sus proyectos. Pero había un problema: a dos días a caballo o uno de coche de la estación de tren más cercana, Kalat quedaba demasiado lejos para los divos de la arquitectura. ¿Estaría alguno de ellos dispuesto a trasladarse al corazón de la remota y depauperada Baluchistán? Y lo que es más: una vez terminada la obra, ¿quién la admiraría más allá de un puñado de analfabetos con turbante? El kan se tendría que conformar con lo que tenía a mano. El tendido del ferrocarril a través de Baluchistán había atraído una gran población de artesanos desde Punyab. Aquellos sijs sin ninguna formación académica pero con muchos años de experiencia a sus espaldas no solo sabían colocar ladrillos y azulejos; también estaban familiarizados con las últimas corrientes arquitectónicas. Prometieron al kan que él también sería propietario de un edificio singular, el primero de su tipo en Baluchistán. Y cumplieron.

Lo primero que me llamó la atención era su tamaño, mucho menor del que le había adjudicado en las fotos. Ya de cerca, costaba interpretarlo. Las escaleras que conducían al zócalo y a su barandilla imitaban la parrilla del radiador y el capó de un Chrysler o un Oldsmobile. Hasta tenía el escudo que suele rematar el capó. La segunda planta recordaba al puente de un barco sobre una cubierta superior que rodeaban barandillas combadas en forma de media luna a babor y estribor. Decían que el kan se había inspirado en la nave que utilizó para su primera peregrinación a la Meca. Fue en aquella residencia donde, durante una visita de Mohamed Alí Jinnah en 1945, el rey baluche agasajó al fundador de Pakistán con su peso en oro y gemas. La segunda y última visita de Jinnah se produjo en 1948. Durante aquel intervalo de apenas tres años entre ambas, los británicos se habían retirado tras un siglo de ocupación, dos Estados habían declarado su independencia y uno de ellos había engullido al otro.

Durante mi visita, el edificio estaba cerrado excepto por una estancia en la planta baja sobre cuyas paredes se desplegaba, en fotos en sepia y blanco y negro, la dinastía de Kalat. No faltaba

Mir Ahmed Yahar Khan, el que había proyectado aquel edificio y quien ocupara el trono cuando Baluchistán perdió su independencia. Su sucesor directo con vida es su nieto Suleiman Daud, quien ostenta el título de kan de Kalat desde su exilio en Gales. Pensaba en todo aquello cuando entró en la habitación un hombre de unos cuarenta años vestido con un *kamiz* blanco impecable. Decía pertenecer a la saga, e incluso que era un príncipe. Señaló con el dedo a sus tíos y abuelos en aquellas fotografías, pero no me quedó claro cuál era su lugar exacto en la línea sucesoria. Supongo que me sentía cansado. Viajar por Baluchistán era agotador, probablemente no tanto como cuando se levantó aquella *boutade* arquitectónica, pero sí lo suficiente como para conservar un recuerdo borroso de aquel lugar y aquel encuentro. Podría hasta dudar de que se hubiera producido de no ser porque aún conservo el libro que me regaló: *Back to the Future*, de un académico alemán llamado Martin Axmann. También sé que mi anfitrión aquel día se llamaba Zeki Baloch por la dedicatoria que escribió en su primera página para «Karlos Baloch».

A diferencia de aquel encuentro casual en Kalat, mi siguiente entrevista llevaba en mi agenda desde hacía semanas. El mismísimo Attaullah Mengal me esperaba en su residencia en Wad. Era el palacete amurallado y sin pretensiones donde nació y pasaba su vejez uno de esos hombres que son casi dioses para sus súbditos.

—Su alteza le espera dentro de una hora. Tiene tiempo a ducharse y comer algo antes si le apetece —me dijo uno de ellos a mi llegada.

A sus ochenta años, Mengal aún conservaba esa silueta espigada y una mirada inquisitiva impermeable al paso del tiempo. ¿Quién era yo? ¿Qué hacía en Baluchistán?, preguntaba con sus ojos negros incluso antes de empezar a hablar, y con unas piernas que mantuvo cruzadas durante toda la entrevista. Tuve suerte. Creo que pesaba aún más la genuina curiosidad que la desconfianza. Al fin y al cabo, las probabilidades de ver a un periodista extranjero por allí eran como las de que te tocara la lotería. En mi caso, el Mengal anciano era uno de mis premios.

Los Mengal ocupan esa región central de la provincia. Junto con Khair Bux Marri o Akbar Khan Bugti, Attaullah Mengal había compartido durante décadas una reputación de líder incorruptible y progresista. A diferencia de su padre, el joven Attaullah empezó a mostrar interés por ideas revolucionarias y nacionalistas ya desde la pequeña pero rígida escuela coránica de Karachi donde pasó su adolescencia. Fue en la década de los cincuenta cuando la brutalidad del ejército colonial inglés en Baluchistán le empujó a zambullirse en la vida política. Baluchistán aún no existía como provincia, pero el territorio estaba representado en la Asamblea Nacional. Mengal salió elegido, pero su trayectoria pronto sería bloqueada por Ayub Khan, aquel general de cinco estrellas que se convirtió en el segundo presidente de Pakistán. Primero se acusó al baluche de asesinato, aunque el cargo que llevaría al sardar de los Mengal una y otra vez a la cárcel sería el de sedición.

—Lo que pedíamos era la unificación del territorio y su posterior reconocimiento como provincia, algo que se acabaría materializando en 1969 —matizó Mengal.

Un año después, se convertiría en el primer líder de la nueva entidad administrativa. Lo fue hasta que Zulfikar Alí Bhutto, un abogado formado en Berkeley (California), además de cuarto presidente de Pakistán (1971-1973) y noveno primer ministro (1973-1977), lo expulsó del cargo en el 73. No fue una buena idea. Se avivaba la llama de un levantamiento contra

Islamabad de los clanes baluches que se prolongaría durante cuatro años. Los Mengal jugaron entonces un papel central pero demostraron mucha menos unidad que los Marris: varios de los cinco hermanos de Attaullah se encargaron de boicotear la insurgencia desmovilizando a sus hombres. Mengal evitó dar detalles de aquello, no así del dolor que le produjo la muerte a tiros de su segundo hijo.

—En el centro de Karachi, a plena luz del día. Fueron los hombres de Bhutto —recordó el sardar, sin elevar el tono ni perder su mirada desafiante.

Muhammad Zia-ul-Haq, el sexto presidente de Pakistán, fue un general de cuatro estrellas que le prometió encontrar a los culpables. Nunca ocurrió. Mengal siempre lo achacó a que había gente del Ejército implicada en aquel asesinato. Al fin y al cabo, era una guerra. Aquella de los setenta se saldó con miles de muertos y decenas de miles de desplazados entre los baluches. Khair Bux Marri estaba en la cárcel por «traición», y también Ghaus Bax Bizenjo —otro prominente líder baluche. Por su parte, el sardar de los Mengal fue liberado en 1977 por razones médicas. Para entonces, ya había descartado la posibilidad de acomodar a los baluches bajo la órbita de Islamabad.

En su libro *In the Shadow of Afghanistan*, Selig Harrison habla de un «triunvirato» formado por un Marri a quien se veía liderando una nueva insurrección armada y un Bizenjo al que cuatro años de guerra sin cuartel habían vuelto mucho más pragmático. Mengal se encontraba a medio camino entre ambos. Su pueblo no podía respirar bajo la bota de «esa banda de punyabíes que lo controla todo», pero los costes de aquella guerra eran inasumibles. En cuanto a la ayuda exterior, la reelección de Ronald Reagan en 1980 le hizo entender que ahí se esfumaban todas las posibilidades de que Washington apoyara alguna vez a los baluches en vez de a Islamabad. Que los baluches perdían el tren de la Guerra Fría quedaba certificado por el apoyo incondicional de Estados Unidos a Pakistán en la guerra contra los rusos en Afganistán. Recuerda Ahmed Rashid que, tras la retirada soviética, el ISI había intentado instalar en el poder de Kabul a diversos agentes afganos próximos, buscando un gobierno aliado con el que evitar que la archienemiga India penetrara en Afganistán. Los talibanes encajaban en ese esquema, pero su extremismo se acabaría convirtiendo no solo en un estorbo, sino también en un elemento desestabilizador para la propia Pakistán. Habían creado un monstruo que tenía ya vida propia y al que no podían controlar. El país estaba mucho más cerca de un Estado islámico que de ese país democrático para musulmanes que imaginó Jinnah.

Mengal no tenía ninguna duda de ello. Renegó siempre del marxismo, pero habría aceptado de buen grado el apoyo de Moscú cuando todavía era posible y dejar bañarse a los rusos en las cálidas aguas del Índico. «Sería una libertad tutelada, pero también podría tener algún efecto positivo. Al fin y al cabo, ¿qué tenemos que perder», le dijo a Selig Harrison en 1978.

—Estoy cansado de oír que los baluches reciben ayuda de cualquier otro país. Ojalá fuera así —me dijo a mí en 2009.

Irán, añadió, no apoyaría a los baluches de Pakistán porque ya tenía su propia insurrección baluche en marcha. En cuanto a India, ni siquiera compartían una frontera física, por lo que su influencia, de haberla, sería mínima. Mientras tanto, Punyab castigaba al sur del país con armas compradas a Estados Unidos, a menudo transportadas por convoyes que atravesaban carreteras con señales de tráfico rotuladas también en chino: la presencia de Pekín era tan abrumadora como indisimulada. Mengal creía que, debido a la importancia del Ejército en el país, había que hablar con los generales directamente. Eran los que tomaban las decisiones. El Ejército los había programado en el odio a India y el respeto por los militantes islámicos que luchaban en Cachemira o Afganistán. El general Pervez Musharraf (presidente de Pakistán entre 2001 y 2008), era asiduo a las fiestas y apenas se dejaba ver por las mezquitas, pero era el primero en defender la yihad y la visión del mundo de los talibanes.

Los generales han controlado el país desde su nacimiento en 1947, casi siempre a través de una fuerte influencia sobre el gobierno civil. En 2018, el apadrinado por la Junta era Imran Khan, una antigua estrella del críquet de sesenta y seis años que se convirtió en el vigésimo segundo primer ministro de la historia de Pakistán. Khan cumplió su parte del trato vetando las propuestas de ley para la protección de las mujeres, faltando a su promesa de revisar las leyes contra la blasfemia y, sobre todo, defendiendo el presupuesto elefantiásico del Ejército. Fue el hombre del *establishment* pakistaní hasta que, en abril de 2022, una moción de censura lo arrancó del sillón. Al igual que todos sus antecesores, tampoco completó su mandato de cinco años. ¿Qué esperaba tras todos esos insultos, reproches y *performances* varias en el Parlamento dirigidas contra sus antiguos padrinos? Todas esas diatribas sobre la inflación (al 38 %), sobre la deuda exterior (22 000 millones de dólares), sobre la torpe política exterior y las injerencias externas en el país... De hecho, se decía que el detonante de aquella moción de censura fue su visita a Moscú, justo el día en el que Putin invadió Ucrania. A Washington no le gustó nada aquello y así lo hizo saber en Punyab. «Si prospera una moción de censura contra Khan, todo será perdonado», se llegó a leer en una comunicación filtrada entre un alto oficial estadounidense y el embajador de Pakistán en Washington». Kahn tenía que irse.

Su marcha no fue todo lo rápida que se podía esperar, entre otros motivos porque sobrevivió a un intento de asesinato en noviembre de 2022 (acusó públicamente a los militares de orquestarlo). Se le encarceló en mayo de 2023 y en diciembre se le prohibió presentarse a las elecciones tras ser declarado culpable en tres juicios distintos por corrupción, revelación de secretos oficiales, y hasta por violar las leyes del matrimonio: la boda con su mujer en 2018 no era legal por no haber transcurrido el tiempo necesario tras el divorcio de esta. Él sumó más de treinta años en prisión y a ella le cayeron catorce.

Tocaba buscar un sustituto. Los militares recurrieron a un antiguo rival de Khan, Nawaz Sharif, que ya había sido primer ministro en tres ocasiones. En 2017 había sido obligado a abandonar el cargo tras ser condenado por corrupción, pero todo aquello se apañó convenientemente para convertirlo en candidato ganador. Aquella campaña incluía el aplazamiento de las elecciones de noviembre de 2023 a febrero de 2024 debido a la «necesidad de actualizar el censo electoral». Pero todo el mundo sabía que se trataba de ganar tiempo para seguir buscando o fabricando pruebas contra el reo, y también para incitar a los políticos de su partido a cambiar sus lealtades. Hubo coacciones contra muchos de los rostros públicos afines a Khan, se prohibió pronunciar su nombre en televisión y se vetó el uso gráfico del bate de críquet (símbolo usado por Kahn) en las papeletas electorales: en un país con un 40 % de analfabetos, los símbolos son cruciales para movilizar el apoyo a los partidos. Hubo un apagón de internet y de los datos móviles. El 8 de febrero se materializó el pucherazo inherente a todos los comicios pakistaníes.

Pero ocurrió lo imposible: una lista de candidatos afiliados al Movimiento por la Justicia de Pakistán (PTI) de Khan (se presentaban como independientes) ganó las elecciones, aunque sin alcanzar la mayoría absoluta. La Liga Musulmana de Pakistán-Nawaz (PML-N), la de Sharif, quedó en segundo lugar y tercero fue el Partido Popular de Pakistán (PPP). Ambos anunciaron un gobierno en coalición.

Que el *establishment* acabara doblegándolo no significa que Khan fuera un dechado de virtudes democráticas. Cuando tuvo el poder respaldado por los militares utilizó las mismas herramientas de represión que acabarían sufriendo en sus propias carnes él y su partido. Su mayor error fue dejarse arrastrar por un delirio en el que se veía a sí mismo desmantelando el Estado profundo, como Recep Tayyip Erdogan en Turquía, o reduciéndolo a la insignificancia, como Xi Jinping en China. Pero esto es Pakistán. Aquí siempre gana la casa.

¿Podría ser de otra manera? Seguramente sí, pero eso significaría la desintegración de un país cuya propia naturaleza lo incapacita para convertirse nunca en un Estado democrático, o tan siquiera funcional. Probablemente, la mayor seña de identidad de Pakistán sea la de su propia crisis de identidad. ¿Qué significa realmente «Pakistán»? ¿Son sus habitantes musulmanes en primer lugar y sindis, punyabíes, pastunes o lo que sea después? ¿Son simplemente pakistaníes frente a todo lo demás? ¿Cómo se define la política exterior de un Estado que combina herramientas diplomáticas con el apoyo a grupos de todo el espectro islamista? Y luego está la obsesión de los militares por esculpir la identidad nacional a la defensiva (de India). Nada aísla más al país. No obstante, la élite política también es en parte responsable de esa falta de cohesión endémica. Recuerda Ahmed Rashid que los principales partidos políticos se asemejan más a dinastías que a instituciones democráticas, que rara vez han ofrecido alternativas de modernización que pudieran reformar la economía o la sociedad. «Una sociedad civilizada es donde todos son iguales ante la ley, pero en Pakistán hemos tenido la ley de la jungla desde el principio», declaró Khan nada más hacerse público el fallo que lo condenaba a prisión. Como si fuera una sorpresa para él o para nadie. Como si hubiera alguna posibilidad de ser rey en esa jungla sin quemarla.

¿Qué podían hacer los baluches? Dejarse matar o, si uno tenía cierta relevancia social, dejarse comprar. O echarse al monte.

Mientras cenábamos, con la comida desplegada sobre un mantel en el suelo, Mengal dijo:

—Nadie abandona el confort de su hogar por gusto; ninguno lo haría si se reconocieran sus tierras, sus derechos y su autoridad para decidir su destino. Pero antes de coger un fusil hay que saber leer primero, saber por quién y por qué se lucha. ¿Qué podemos hacer con un ejército de analfabetos?

Murió en septiembre de 2021 a los ochenta y ocho años, en aquella misma casa del desierto baluche. Como personaje histórico y leyenda viva que seguía siendo para su pueblo, los Marris, los Bugtis y el resto de los clanes se despidieron con el respeto y la reverencia esperados. #OurPrideAttaullahMengal («Nuestro orgullo, Attaullah Mengal») fue la etiqueta con la que se encadenaron las condolencias en Twitter de miles de anónimos. Era un recordatorio más de una guerra que había superado la barrera del tiempo hacía ya mucho.

NUBES DE POLVO AMARILLO

Decían que, de hacer una parada en Dalbandín, era mejor no refrescarse la cara con agua, que aquello te podía quemar los ojos. Dalbandín es la capital del distrito de Chagai, un montón de rocas y arena incrustado en el vertice entre Irán, Pakistán y Afganistán y sacudido por los terremotos. Ese mar de casas bajas de adobe y ladrillo en el que se hacinan más de quince mil personas también es conocido por ser el lugar donde un conocido líder talibán —el mulá Mansur— fue alcanzado por un dron estadounidense en 2016. Pero fue el 28 de mayo de 1998 cuando se marcó a Dalbandín en el mapa con todas sus letras. A las tres y cuarto de la tarde, Islamabad detonó cinco ojivas nucleares con las que hacer llegar un mensaje a India y al resto del mundo: Pakistán acaba de saltar al campo en la exclusiva liga del plutonio.

Todo el mundo sabía del tema, o al menos lo suficiente como para evitar el agua en Dalbandín. Desde su consulta privada, Wazir Baloch, un médico de Quetta de cuarenta años, decía que había tratado a más de un paciente de la zona afectada. Nadie conocía el alcance exacto de la radiación sobre los habitantes de Chagai porque el Gobierno prohibía el acceso a la zona y era imposible llevar a cabo ningún estudio sobre la población local.

—Los que hemos atendido a pacientes de la región hemos constatado un gran número de casos de cáncer de piel y, sobre todo, de ojos. Probablemente la radiación alcanzara los depósitos subterráneos de agua de los que depende la gente de la región. Aquí apenas llueve, ¿sabe usted? —decía Baloch, al final de una jornada que cerraba entre dátiles y sorbos de té verde.

Las detonaciones se produjeron en el monte Ras Koh, una mole de granito negro que, según un paciente de Baloch, había adquirido una tonalidad amarilla. También el agua. El médico decía que estaban intentando sacar una muestra del país para analizarla, ya que ningún laboratorio local se atrevía a hacerlo por miedo a las represalias.

—Yo mismo no me atrevo a dar mi nombre real porque, muy posiblemente, las agencias me matarían nada más publicarse esta entrevista —reforzó la idea el doctor.

«Haremos la bomba aunque tengamos que comer hierba después», había adelantado Zulfikar Ali Bhutto, primer ministro pakistaní entre 1973 y 1977. Lo que no dijo es dónde detonaría la bomba, aunque dejó pistas para quien supiera leerlas: a mediados de los setenta se expulsó a la gente que vivía alrededor del monte Ras Koh en la zona y se prohibieron los pícnics y la caza. Se empezó a trabajar contra el reloj en una red de túneles y galerías que, decían, habían de servir para la explotación de cobre y oro en las recién inauguradas minas de Sandyak.

Durante la dictadura del general Zia-ul-Haq (1978-1988) la mayoría de los habitantes de la zona seguía sin saber qué era realmente lo que ocurría allí, aunque intuían que no tenía nada que ver con la explotación minera. Para acallar los rumores, el Gobierno declaró que iba a establecer un arsenal en Ras Koh, la excusa perfecta para justificar el cierre de la zona a personal ajeno al Ejército. Poco después, pudieron dejar de fingir y Zia-ul-Haq anunció que Chagai se convertiría en el campo de pruebas de la bomba atómica desarrollada con ayuda de China.

Occidente apoyaba sin fisuras al general Zia-ul-Haq porque la prioridad era expulsar a los rusos de Afganistán. Esta alianza alteraba el discurso de Reagan en contra de la proliferación de armas nucleares: defender la necesidad de reducir aquel arsenal en todo el globo menos en Pakistán era un equilibrismo complicado incluso para los maestros de la realpolitik.

Zia murió en 1988, un año antes de que Moscú reculara en su carrera hacia las aguas calientes del Índico. Para entonces, aquellas infraestructuras y todo lo que se cocía en secreto con combustible nuclear en el monte Ras Koh eran ya una realidad de la que los medios daban cuenta a diario. Occidente se empezó a preocupar por el asunto y los japoneses ofrecieron dinero a Islamabad a cambio de que suspendiera aquellas pruebas. Por su parte, los baluches iniciaron una ambiciosa campaña antinuclear, pionera en Asia. Para llamar la atención del resto del mundo, tres jóvenes baluches secuestraron el vuelo 554 de las líneas aéreas pakistaníes, un Fokker con treinta y tres pasajeros a bordo que volaba de Turbat a Karachi. Era el 25 de mayo de 1998.

El plan de Sabir, Shaswar y Shabir era aterrizar en Delhi; eso es lo que ordenaron al piloto cuando asaltaron la cabina a la altura de Gwadar. El comandante les respondió que no tenía suficiente combustible, que aterrizarían en Gujrat, también en India. Ahí pensaban que estaban los tres baluches cuando vieron aquella bandera india sobre la torre de control. Pero aquello era Hyderabad (sureste de Pakistán), donde, además de apañar el atrezo, se había pedido a las mezquitas de toda la ciudad que no usaran los altavoces durante la llamada a la oración. Para cuando los baluches se dieron cuenta del engaño, los comandos pakistaníes ya habían liberado a la tripulación y el pasaje.

Tres días más tarde, Pakistán detonó sus cabezas nucleares, pero aún tardaría en reconocerlo. Ajtar Mengal —entonces primer ministro del Gobierno autonómico baluche— acudió en persona al lugar a pedir explicaciones. La policía que acordonaba la zona le dijo que habían muerto tres campesinos por un golpe de calor, que eso era todo. Podía ser, ya que hablamos de una región donde las temperaturas son a menudo extremas. Pero la muerte de varios camellos aquel mismo día resultaba demasiado sospechosa. Los Bugtis, los Mengal, los Marris y el resto de los baluches estaban atónitos: además de robar sus recursos naturales y condenar a la población local al subdesarrollo más atroz, Punyab detonaba cinco cabezas nucleares cuyos efectos se dejarían notar durante generaciones. Islamabad sigue celebrando el Youm-e-Takbir, el «Día de la Grandeza», cada 28 de mayo. Tras diecisiete años en prisión, fue en el Día de la Grandeza de 2015 cuando se ejecutó en la horca a los secuestradores.

La posibilidad de nuevas explosiones nucleares era algo a lo que ya apuntó Ajtar Mengal durante nuestro encuentro en Quetta. El sardar decía que se había vetado el acceso a una nueva zona montañosa acordonada ahora por un gran despliegue de fuerzas de seguridad. Hubo que esperar hasta 2016 para que un *think tank* estadounidense al que alguien hizo llegar las coordenadas del lugar concluyera, a través de imágenes de satélite, que se trataba de un arsenal en el que Islamabad almacenaría sus cabezas nucleares. La infraestructura eléctrica, que incluía líneas de alto voltaje, las carreteras recién asfaltadas y el acantonamiento militar corroboraban la teoría. Tenía sentido: las montañas Kirthar, en el centro geográfico de la provincia, se levantan sobre el punto más distante de las fronteras de India, Irán y Afganistán. Allí, bajo millones de toneladas de piedra y lo más lejos posible de los enemigos, es donde cualquiera guardaría un tesoro. Nadie duda hoy de que Pakistán es una potencia nuclear, pero carece tanto de una economía estable como de un sistema político a la altura de semejante responsabilidad. A menudo se habla del peligro que supondría que esa colección de cabezas nucleares pudiera caer en manos de los talibanes dada la inestabilidad que sacude al país. Hay quien le quita hierro al asunto argumentando que manejar esa tecnología no está al alcance de cualquiera, y menos de gente que lucha en sandalias. Otros recuerdan que fue precisamente esa gente la que hizo caer las torres de Manhattan.

Los efectos de las explosiones del 98 se siguen dejando notar. Sirbaz, un camionero de Dalbandín al que conocí en Quetta, decía que su padre y su hermana sufrían de cáncer de hígado y que eran legión en Dalbandín los que experimentaban «síntomas rarísimos» que nadie acababa de diagnosticar. Se refería a cánceres de pulmón, hígado, sangre y piel, así como a hepatitis infecciosa, problemas del sistema nervioso, de presión sanguínea, de ojos o garganta, y muchos entre los recién nacidos. Poco a poco, la ciencia ha terminado por certificar que una de cada tres muertes del distrito se debe al cáncer. Dicen que la casuística recuerda a la de los habitantes de Fiji y Kiribati, a quienes británicos y estadounidenses también irradiaron generosamente durante las pruebas atómicas entre 1958 y 1962. La diferencia es que, mientras a los isleños se les acabó compensando económicamente, en Chagai siguen echando en falta servicios tan básicos como hospitales, escuelas, una red eléctrica en condiciones y, sobre todo, agua que no les queme las entrañas.

LAS MONTAÑAS SE VEÍAN DESDE LONDRES

En el verano de 2021 tomé un tren a Madrid para conocer en persona a Ahmed Rashid. Intercambiaba correos con él desde hacía diez años, cuando le mandé unas preguntas para un reportaje sobre Afganistán. Entonces no tenía muchas esperanzas de que me respondiera, pero lo hizo, y, además, de un día para otro. Lo volvería a hacer cada vez que se lo pidiera, se tratara de los señores de la guerra afganos, el tejido tribal en Pakistán, el apoyo de Islamabad a los talibanes... Una «decla» directa de Ahmed Rashid siempre vestía un reportaje; al fin y al cabo, hablamos del que es, sin duda alguna, el periodista vivo con más autoridad cuando se mira a esa parte del mundo. Sin embargo, sus diez años de juventud en la guerrilla baluche conforman un episodio de su vida desconocido para muchos de los que han leído sus libros, y diría que también para la mayoría de los colegas que le han entrevistado. Rashid sigue viviendo en su Lahore natal, en el corazón de Punyab, y quizá por esa razón sea siempre prudente no solo con su propia historia, sino también cuando aborda la cuestión baluche en sus libros y artículos. De hecho, antes de sentarnos juntos en aquella terraza de la plaza Mayor no sabía hasta qué punto estaría dispuesto a compartir conmigo aquel capítulo de su vida.

—Ningún problema —me dijo tras un primer café.

Se oía la armónica de un afilador a nuestra espalda justo cuando Rashid retrocedió hasta el año 1968. Tiene veinte años y, como muchos hijos de la élite pakistaní, cursa estudios universitarios en Cambridge. Pero fuera de esa burbuja victoriana arden Vietnam y las calles de París, el Che no lleva muerto ni un año y Mao y Lenin siguen vivos en los corazones de una generación dispuesta a todo. Rashid empieza a estudiar Filología Inglesa, pero no duda en matricularse en Ciencias Políticas en cuanto se abre la facultad. Son veinticinco como él: jóvenes cargados de posibles que beben de un caudal de literatura marxista prohibida en Pakistán. Gracias a la prensa británica, conocen la realidad de su país mejor que sus compatriotas. En Pakistán nadie sabe nada de lo que está ocurriendo en Pakistán Oriental, esa provincia desconectada del territorio y brutalmente castigada por Islamabad. Tras una sangrienta guerra, acabará convirtiéndose en un Estado soberano en 1971: Bangladesh.

—Estábamos muy preocupados por aquello: aquel baño de sangre, aquel desastre… Había que hacer algo y una revista es lo primero que se nos ocurrió —recordó antes de pedir el segundo café del día.

Pakistan Zindabad («Larga vida a Pakistán») recogerá artículos sobre los derechos nacionales y de las minorías, la situación en Bangladesh y su explotación económica y otros tantos muy críticos con el Gobierno de Pakistán. Se distribuye entre la nutrida comunidad pakistaní de Londres, Mánchester y Birmingham, pero un puñado de copias consigue circular entre grupos de la izquierda pakistaní, e incluso más lejos: un ejemplar llega hasta las manos de Khair Bux Marri. En 1971, Marri envía a un tal Mohamed Bhaba —un baluche establecido en Sudáfrica y con fuertes vínculos con el Congreso Nacional Africano— a Londres para contactar con Rashid y el resto del grupo. La oferta para los jóvenes es clara: si realmente buscan hacer la revolución y poner en práctica aquellas ideas plasmadas sobre el papel, Marri les hará un hueco en Baluchistán. Hay trato. Siete aceptan y dos de ellos se echan atrás en el último momento. Rashid hace su último examen y se larga sin molestarse en recoger la nota. «El rodaje de mi novia en Liubliana está a punto de empezar y me esperan allí», les dice a sus padres. Alguien les mandará cartas desde Eslovenia durante un año para que estén tranquilos. Para entonces, hace tiempo que el llamado «Grupo de Londres» ha enfilado hacia Karachi. Desde allí, y a través de las montañas, accederán a las áreas tribales de los Marris.

Ninguno de ellos habla baluchi, ni tampoco el urdu sus anfitriones, por lo que la ayuda de un traductor será imprescindible hasta que aprendan el idioma. No tardan en hacerlo porque viven en los campamentos que la guerrilla tiene levantados en la zona.

—Allí lo aprendimos todo, desde medicina de emergencia hasta el manejo de armas, preparación de explosivos... Nosotros también aportábamos, nos habíamos tomado muy en serio lo del desarrollo social de los baluches y asistíamos no solo a combatientes sino también a civiles. Conseguimos hacer llegar medicamentos para gente que no los había probado en su vida. Aquello tuvo un impacto enorme en la salud, mejoraban enseguida.

A Rashid le brillan los ojos cuando habla de «aquel gran descubrimiento» a cargo de un lingüista baluche: ni más ni menos que un alfabeto para su lengua.

—En solo seis semanas conseguíamos que gente pudiera leer y escribir textos sencillos. Era realmente emocionante porque, si bien se había escrito en baluche utilizando el alfabeto urdu (inspirado en el arábico), había que estar muy formado para hacerlo, y toda aquella gente era analfabeta.

Así pasa los dos primeros años: aprendiendo, asistiendo a enfermos y heridos, enseñando y leyendo. Falta de todo menos lectura, porque los camaradas de Karachi y el resto de Pakistán no dejan de mandar libros que llegan a lomos de camellos. También se debate: mientras los Marris quieren recuperar su Estado independiente, los de Londres insisten en que punyabíes, baluches, pastunes, sindíes y el resto de los pueblos de Pakistán deben emanciparse juntos y de forma simultánea. Los baluches no lo entienden así, y menos aún que alguien entre sus filas defienda la preservación de Pakistán como país.

—Discutíamos mucho, pero, a la vez, nos tomaron por profetas cuando comenzó la guerra de la que les habíamos avisado.

La escisión de Bangladesh llevará a Islamabad a establecer un cortafuegos para evitar que la gangrena se extienda hasta Baluchistán. Corre 1973, y Rashid sabe de sobra cuánto se sufre caminando entre diez y quince horas diarias por montañas y pedregales sobre unos pies planos. De noche es mucho peor, y no solo porque sea miope: tras perder el tímpano izquierdo en una explosión, mantener el equilibrio a oscuras le resulta casi imposible. Se cae constantemente. No será el mejor combatiente, pero sí un activo importantísimo: tiene una Olivetti con la que reporta lo que ve escribiendo sobre papel cebolla, «ese que ocupa muy poco espacio una vez enrollado y te puedes comer en caso de apuro». Aquellas notas llegan al mundo a través de *Jebel*, una revista que se publica de forma clandestina en Karachi y se distribuye al resto del país entre los círculos de izquierda. No es el único que escribe; de hecho, cuatro de los cinco de Londres acabarán convirtiéndose en periodistas. En las montañas de Baluchistán, Rashid escribe entre marchas a pie interminables, bajo una dieta a base de pan y alguna cebolla, pimiento o manzana que les ofrezcan los lugareños. Su Olivetti viaja a lomos de un burro que también carga con sus diarios y sus poemas. Hasta que una nueva ofensiva del ejército les hace correr por sus vidas.

—Capturaron al animal y con él se perdió todo lo que llevaba, incluidos cincuenta poemas. Me dolió mucho. Probablemente descubrieron así que había alguien entre los baluches que hablaba inglés —le quitó hierro Rashid al asunto.

En cuanto a sus padres, hace ya tiempo que han encontrado el nombre de su hijo en aquella lista de «traidores a la República Islámica de Pakistán». La ofensiva de Islamabad es inmisericorde. En una entrevista, Assad Rehman —otro de los cinco de Londres— decía recordar «de forma muy vívida» cómo se secuestraba a las mujeres, muchas de las cuales acababan como esclavas sexuales de la tropa, y cómo se arrojaba a los hombres desde helicópteros. Algunos de aquellos aparatos son un regalo de la vecina Irán, quien también teme que la insurrección acabe por sacudir el avispero baluche en su provincia suroriental. Es una batalla desigual entre decenas de miles de soldados y en torno a cinco mil guerrilleros. Uno de estos últimos es un baluche llegado de la vecina provincia de Sind para unirse al maquis de los Marri, poco después de licenciarse en Periodismo. Se llama Mohamed Ali Talpur.

—Siempre me han incluido en el Grupo de Londres pero lo cierto es que no conocía a ninguno de ellos hasta que me los encontré en las montañas. Ni siquiera he estado en Londres —me cuenta Talpur por teléfono desde Karachi. En esa misma conversación recuerda con humor los diarios perdidos de Rashid—: Ahmed tenía una letra atroz. Siempre bromeábamos diciéndole que le buscaban para descifrar aquellos manuscritos.

La ofensiva parte al grupo en dos. Tras varios días de travesía, Talpur y Rashid consiguen llegar a Sind. Allí se ocultarán en pueblos que ni siquiera existen en los mapas.

Más que músculo militar, la principal aportación del Grupo de Londres fue la de traducir sobre el terreno todas las tácticas de insurgencia que habían extraído de los libros del Che Guevara o del general norvietnamita Vo Nguyen Giap, entre otros. No se podía combatir al Ejército pakistaní de una forma convencional, por lo que la guerra de guerrillas era la única opción. El conflicto duró hasta 1977, año en que el general Muhammad Zia-ul-Haq declaró la ley marcial antes de convertirse en el sexto presidente de Pakistán. Si bien se decretó una amnistía para los líderes baluches y sus súbditos, el Grupo de Londres se volvería a juntar en Afganistán, donde ayudarían a organizar los campos de refugiados para los miles de Marris que habían huido de los ataques indiscriminados contra civiles. Como había ocurrido durante la guerra de Pakistán Oriental años atrás, el resto del país no tenía ni idea de lo que había ocurrido en Baluchistán. Hablamos de una de las páginas más oscuras en la historia de Pakistán.

Decenas de miles de refugiados fueron bienvenidos por unos vecinos afganos que empatizaban con su dolor, y también por el Gobierno comunista en Kabul.

—Habíamos instalado varios campamentos en Kandahar y Helmand, pero no sabíamos qué pensaban hacer los rusos cuando llegaran. No éramos prosoviéticos, creíamos en un marxismo más experimental en el que el nacionalismo tenía un hueco —recordaba Rashid.

Mientras él y los líderes baluches median con los rusos en Kabul, Talpur se dedica en cuerpo y alma a enseñar a leer y escribir a los niños baluches en precarias escuelas levantadas en aquellos campamentos. Finalmente, Moscú los deja estar, pero no será suficiente. La entrada de los rusos en Afganistán en 1979 contribuirá a aumentar la ya ingente cantidad de dinero y suministros que llegaban a Pakistán desde Estados

Unidos: está en juego la batalla final de la Guerra Fría, y un pueblo del que nadie ha oído hablar no es una prioridad para Washington. El caos en Afganistán acabará arrastrando a los refugiados baluches. Para cuando los muyaidines se hagan con el control de Kabul en 1992, varios de esos grupos apoyados por Pakistán ya han sido enviados con órdenes específicas de atacar los campamentos baluches. Los Marris no tienen más remedio que huir al lugar del que huyeron: a Baluchistán.

Vapuleado por la malaria, la hepatitis y, sobre todo, por el agotamiento, Rashid se vuelve a su casa en Lahore antes de ese nuevo éxodo. Talpur volverá a Sind. Ha pasado veinte años entre los Marris y ha perdido ambas manos en esa guerra. Me manda fotos de todo aquello. Es fácil reconocerle, siempre es el más alto entre hombres tocados con turbantes exagerados y calzados con esas sandalias con las que trepan por los riscos como cabras. Posan orgullosos con sus rifles de asalto o comparten tazas de té con soldados rusos en vísperas de que estos se vuelvan por donde han venido, y ya para siempre. Rozando ya los ochenta, Talpur dice seguir vinculado al movimiento, principalmente escribiendo artículos y columnas de opinión pese a las múltiples presiones por parte del Gobierno pakistaní. En cuanto a Rashid, conserva cuarenta y un poemas escritos entonces y que no se llevó aquel burro. Planea publicarlos «en breve» y está dispuesto a mandármelos antes, por si quiero echarles un vistazo. Por supuesto. Más allá de su valor literario (me atrevo a decir que lo tiene), es un testimonio único de un capítulo de la historia apenas contado que nos llega de la pluma de un veinteañero perdido en las montañas. Está hambriento, agotado y quizá enfermo, pero no se rinde. Recupero con su permiso una de esas estrofas para cerrar esta historia.

Mientras se limpian rifles y se escriben poemas,
Incluso hasta aquí, no demasiado a menudo,
Atravesando los caminos más intrincados del mundo,
Por avión, camión, autobús o una larga marcha a pie,
Llega una carta de alguien que amo.

MORDER AL PERRO HASTA QUE CAIGA

Escuchamos la explosión desde el comedor de la estación de autobuses de Juzdar. Pasados dos minutos, Abdulhamid, un periodista local a quien había conocido en el autobús, recibió una llamada.

—Ha sido una torre de comunicaciones. No hay ni heridos ni muertos —aclaró a una clientela expectante.

Para Sattar, compañero de mesa, era una buena noticia: la acción de la guerrilla no le obligaría a cerrar su tienda de móviles aquella tarde. Cada vez que se producían víctimas mortales, decía, solía haber represalias en el bazar.

—El Ejército suele disparar desde jeeps en movimiento —soltó, mientras envolvía trozos de ternera en pan de pita.

Durante aquel mes de junio de 2009 habían muerto cuatro personas de esa manera, y más de una docena habían resultado heridas. Además, siete estudiantes del pueblo habían desaparecido. Esa había sido la respuesta del Ejército tras la muerte de un funcionario punyabí a manos del BLA (Ejército de Liberación Baluche) a principios de mes. Situado a medio camino entre Quetta y Karachi, Juzdar era un lugar en el que se desayunaba, comía y cenaba con bombas y munición de todos los calibres, un erial que llegó a estar entre las diez ciudades «más peligrosas del mundo para los periodistas» de Reporteros sin Fronteras. En cualquier caso, aquel polvazal en el centro geográfico de la provincia de Baluchistán apenas se desmarcaba nada del resto de localidades en el camino. La gente parecía caminar siempre con prisa por aquellas calles y avenidas en las que las siglas de la guerrilla salpicaban muros de adobe o paredes desconchadas. «Abajo Pakistán», se remataba a veces la faena. Sacar un bote de espray era una auténtica temeridad en un lugar en el que se acuartelaba el Ejército pakistaní, la policía, los Frontier Corps (policía de frontera) y los Rangers, así como otro destacamento paramilitar que respondía al nombre de Scout.

—Sus campos de tiro están justo al lado de nuestras casas. ¿Has visto el cuartel que están construyendo ahora? Dicen que va a ser el más grande de todo Pakistán —dijo el comerciante, antes de irse a trabajar.

Los más de 600 000 soldados al servicio de Islamabad podrían acuartelarse en el nuevo recinto militar. Era realmente grande, tanto que se había tragado ya dos aldeas de adobe. Sus habitantes, pastores en su mayoría, seguían moviéndose con el ganado dentro del inmenso recinto amurallado que iba desde la carretera hasta las montañas. No serían evacuados hasta que se hubiera acotado del todo el terreno, aunque aquello era solo cuestión de tiempo: pronto se hacinarían en un nuevo barrio de chabolas a las afueras de Juzdar. Aquellas erupciones de barro y uralita también brotaban en el extrarradio de Quetta, así como en el de casi todas las localidades baluches que he visitado.

Llegaron de noche. Dos hombres armados y con el rostro embozado me vendaron los ojos, me metieron en un 4×4 y enfilaron hacia el desierto. No era un secuestro: llevaba dos días esperando a la guerrilla baluche en una pequeña aldea de casas de adobe en mitad de la nada. Viajaba con Said, un baluche de cuarenta y cinco años al que había conocido en Quetta a través de ese amigo de quien no puedo decir casi nada, pero al que le debo casi toda aquella cobertura. Said decía que lo hacía no solo para ayudarme, sino también para agradecer personalmente a aquellos hombres lo que él nunca se había atrevido a hacer. En algún momento, abandonamos la vía principal para adentrarnos en el desierto. La trasera del coche culeaba entonces entre la arena al ritmo del «Paadha Baloch» que sonaba desde los altavoces: «¡Levántate, joven baluche!», cantaba Savzal Bugti, un músico tan popular como proscrito en Pakistán. «Estamos en guerra», era el estribillo de aquella canción que se había convertido ya en todo un himno de la resistencia baluche.

A la una de la mañana, el conductor y su acompañante nos dejaron en manos de otro guerrillero; fue entonces cuando comenzó una marcha nocturna imposible a través de un escarpado paisaje de granito.

—Tened cuidado por dónde pisáis, aquí no va a venir la Media Luna Roja a buscarnos —nos recordó nuestro guía.

Fue una marcha sin luna de ninguna clase en la que estuvo prohibido encender una linterna o torcerse un tobillo. Pero lo que iban a ser dos horas de marcha se convirtió en una travesía que se alargaría hasta el amanecer. Nuestro guía tardó en reconocer que se había perdido a pesar de que seguíamos sus pasos entre riscos para desandar el camino poco después, una y otra vez. Recordé las palabras de sir Charles Metcalfe, explorador, geógrafo y oficial británico del siglo XIX: «La única medida de distancia que usan los baluches es un día de marcha», lamentaba el inglés en su bitácora. Aquel error de cálculo hizo que ya fuera de día cuando dos guerrilleros enmascarados brincaban de entre unos riscos para recibirnos. Tras un apretón de manos, caminamos juntos hasta un riachuelo donde llenaron cantimploras a las que echaban limón y azúcar. Me hizo gracia que fueran exactamente el mismo modelo que había tenido yo de crío, de esas redondas y cubiertas de fieltro que se veían en las películas de vaqueros. Me bebí dos del tirón. Estábamos deshidratados.

—Descansad aquí. Después desayunaremos y podréis hacer vuestro trabajo —nos indicaron nuestros anfitriones.

Said y yo nos acomodamos sobre una preciosa alfombra baluche de color rojo extendida a la sombra de una enorme roca. No había construcción alguna hasta donde alcanzaba la vista, ni siquiera una cueva en la que refugiarse en las frías noches de invierno, o durante un eventual bombardeo. El día que se fueran, no dejarían otro rastro que unas piedras ennegrecidas por el fuego donde asaban un cordero. Said consiguió cerrar los ojos y descansar un rato, pero a mí me resultaba imposible dormir. Se oían las voces de unos niños desde la distancia. Era una familia de nómadas que se desplazaba sobre dos camellos: el primero llevaba los enseres familiares, la tela negra de una jaima, unas alfombras enrolladas y unos utensilios para cocinar; sobre el segundo descansaba una mujer con un bebé en brazos cuyos cuatro hermanitos se encargaban de llevar a las ovejas a la orilla del río para abrevar. Los nómadas saludaron sin detenerse. Se veía que estaban acostumbrados a la presencia de los guerrilleros. Sin los rifles de asalto de estos últimos, la estampa habría sido totalmente atemporal, e incluso imposible de localizar en el mapa de no ser por los coloridos vestidos tradicionales baluches adornados con remaches metálicos y motivos tribales que vestían la madre y las niñas. Fuera en el Sahara Occidental, en el desierto de Irak o en el de Afganistán, siempre me emocionaba la imagen de una caravana de nómadas. Siempre te sientes pequeño a su lado.

Si resultaba imposible saber dónde nos encontrábamos exactamente en el mapa, tampoco sabía quiénes eran nuestros anfitriones.

—Somos Lashkar-e-Balochistan [Ejército de Baluchistán] —aclaró el comandante.

Decía tener cuarenta años, pero ocultaba tanto su cara como su nombre real. Ni siquiera dio un nombre en clave, como es habitual, por ejemplo, en la guerrilla kurda. Las preguntas se las haría a él, ya que los hombres bajo su mando —conté veinte— no estaban autorizados a hacerlo. El comandante me dijo lo que ya esperaba: que existían varias organizaciones armadas además de aquella, pero que no existía «rivalidad alguna».

—Todos perseguimos un mismo objetivo: la liberación de Baluchistán —repitió.

Como me había pasado varias veces, escuché una vez más un discurso cargado de eslóganes que intentaba sostener la lucha armada sobre elementos negativos (represión pakistaní, injusticia, explotación…), pero no había pistas de qué pasaría cuando los baluches se liberaran del yugo. ¿Luchaban el comandante y sus hombres por un Estado secular o uno religioso? ¿Cuál sería el papel de los líderes tribales en el Baluchistán liberado? ¿Se seguiría haciendo la vista gorda sobre los crímenes de honor o habría una ley que persiguiera a los culpables? El comandante dijo que no le correspondía a él tomar esas decisiones, ni siquiera opinar. Su labor era luchar. El repaso que hizo a sus operaciones tampoco aportó sorpresas: sabotajes a torres de comunicaciones u otras infraestructuras; minas de carretera al paso de un convoy del Ejército o de los Frontier Corps; fuego de mortero sobre cuarteles del Ejército… A pocos metros de donde nos sentábamos sorprendía la inscripción «BNP» —las siglas del Partido Nacionalista Baluche— grabada en una enorme piedra. La guerrilla baluche tachaba de inútil la vía parlamentaria, e incluso de «colaboracionistas» a sus representantes. El comandante tampoco hizo ningún comentario y, con el rostro embozado, ni siquiera podía intentar adivinar lo que pensaba de aquello. En realidad, era todo mucho más fácil: el BNP era el partido político de los Mengal y aquella su guerrilla. Se decía que Javed Mengal, hermano de Ajtar Mengal, era el que manejaba el timón.

La entrevista con el comandante no pasó de una conversación insípida en la que arrancar un titular más allá de «Buscamos la independencia de Baluchistán» o «La guerrilla baluche es cada vez más numerosa» era imposible. Tampoco me pilló por sorpresa; todo periodista que se ha entrevistado con grupos armados que actúan en la clandestinidad sabe que casi siempre es así. La información que se podía extraer de aquellos encuentros pocas veces superaba el umbral de la propaganda. Cuáles eran los números reales de sus efectivos, de dónde obtenían el dinero o las armas, qué servicios secretos extranjeros les apoyaban, dónde se escondían o qué ruta seguían para atravesar las montañas eran preguntas que uno podía y debía hacer, pero que nunca tenían una respuesta concluyente por razones obvias. Un encuentro con la guerrilla, la que fuera, servía para poco más que corroborar que existían realmente, y que vivían en campamentos ocultos en las montañas o en lo más profundo del desierto. Fue precisamente por eso por lo que me enfadé tanto cuando el comandante me dijo que no podía hacer fotos.

—Sin fotos esto no sirve para nada. Si lo que buscan es proyección internacional no la tendrán solo con esta charla en la que no ha contado nada que nadie no sepa —le dije a mi acompañante.

Habíamos esperado durante días antes de enfilar por una carretera en la que nos podíamos haber incrustado contra un *checkpoint* del Ejército pakistaní y luego caminamos durante toda una noche tras perdernos en aquel pedregal. Sin una sola entrevista que mereciera la pena, solo unas fotos podían evitar que aquel primer contacto con la guerrilla acabara en desastre total. Afortunadamente, el bueno de Said fue mucho más sutil que yo a la hora de hacer llegar mi mensaje.

—¿Cómo lo hacemos entonces? —respondió el comandante.

Reconozco que me sentí mal por mi reacción, y peor aún al constatar la docilidad de los guerrilleros transformados en figurantes. Era algo propio de gente acostumbrada a recibir órdenes desde siempre, fuera su padre, un policía o un comandante guerrillero. Y ya podían añadir a un periodista impertinente en aquella lista.

La vuelta, ya bajo la luz del atardecer, fue mucho menos tortuosa que la ida. Me llevaba una buena galería de fotos: un guerrillero embozado empuñando un AK fue siempre un poderoso reclamo para ese editor que nunca te respondía a los e-mails. Aunque la foto no es mía, la portada de este libro ilustra también esa idea. Fuera una propuesta sobre la precaria situación de las escuelas o los hospitales en Baluchistán, siempre incluía una de esas fotos que, a menudo, acababan publicando con calzador junto al reportaje. Tenía la sensación de haber participado en una farsa sin propósito alguno en la que, tras insistir, se me permitió finalmente retratar a individuos embozados, pero no hablar con ellos. Lo entendí con el tiempo. Era una historia que hablaba del aislamiento de aquellos hombres. Los baluches se quejaban de que el resto del mundo les daba la espalda, de que nadie prestaba atención a lo que sucedía en ese remoto rincón del planeta. Pero aquella gente desconocía por completo el valor de la prensa, de cómo utilizarla en su favor para convertirla en un altavoz desde el que transmitir un mensaje al mundo. Said me recordó algo muy básico: la mayoría de ellos no sabía leer.

Una de las preguntas más recurrentes sobre Baluchistán suele ser si se trata de una guerra al uso o, simplemente, de «incidentes armados aislados». Es un reflejo reduccionista, como si se tratara de controlar la fiebre con un termómetro en el que los grados se miden en miles de muertos. Por debajo de una cifra, el conflicto no interesa.

¿Cuántos se necesitan poner sobre la mesa para hablar de «guerra»? Si atendemos a las definiciones más teóricas, Carl von Clausewitz no hablaba de cifras, sino de un «acto de fuerza para imponer nuestra voluntad al adversario», y también de una «mera continuación de la política por otros medios». El siglo XIX fue testigo de un número considerable de operaciones de insurgencia en las fronteras y los confines de los imperios europeos, hasta que el término «guerrilla» fuera popularizado por el coronel del Ejército británico Charles Edward Callwell. No obstante, el vocablo había sido usado mucho antes en la literatura militar europea; de hecho, «guerrilla» salta al inglés desde las campañas insurgentes contra los franceses en España, entre 1808 y 1813. Callwell, veterano de la guerra de los Bóeres y director de operaciones de inteligencia en la Primera Guerra Mundial, publica en 1896 un libro (*Small Wars: Their Principles and Practice*) que se convertirá en el punto de partida para los teóricos de la contrainsurgencia. Aquel manual para sofocar guerras «pequeñas» será revisado y reeditado con mimo, estudiado por comandantes del IRA, traducido a varios idiomas y hasta «fusilado» por los Marines estadounidenses en 1935 para su *Small Wars Manual*. Fue en 1986 cuando otro teórico militar, el norteamericano William Lind, acuñó el concepto de «guerra asimétrica», la que se produce «cuando existen grandes diferencias entre los recursos militares, políticos y mediáticos de los contendientes comprometidos». Es ese desequilibrio el que obliga a los bandos a utilizar tácticas atípicas que rebasan el marco de la tradición militar. La de Baluchistán era una guerra asimétrica.

Para un oficial o un recluta pakistaní, servir allí es como hacerlo en las zonas kurdas de Turquía para un turco. Casi nadie pisa ese desierto de forma voluntaria, decenas de miles son forzados a engordar las filas de un descomunal operativo militar cuya presencia se justifica bajo la excusa de contrarrestar la insurrección armada en la región.

El líder histórico y natural de aquella rebelión había sido Khair Bux Marri, aquel hombre cuya entrevista conseguí y perdí a partes iguales. Recuerdo oírle hablar entonces de la «necesidad del sacrificio», de que no quedaba otra que morir para evitar que los baluches desaparecieran de su tierra. Su propio hijo, Balach Marri, se lo tomó al pie de la letra. Lideró el Ejército de Liberación Baluche (BLA) desde 2000 hasta su asesinato en 2007 y, cuando se escriben estas líneas, Pakistán sigue insistiendo en que el liderazgo del movimiento armado recae sobre los hombros de Hyrbyair, hermano de Balach y padre de cinco niñas. Vive en Londres desde que recibió asilo político en el Reino Unido en 1998, y allí le entrevisté en varias ocasiones. En una de esas dijo recordar, «de forma muy clara y con inmensa tristeza», la muerte en 1996 de Dzhojar Dudáyev (primer presidente de la Chechenia independiente tras el colapso de la URSS) y el arresto del líder del Partido de los Trabajadores de Kurdistán (PKK), Abdullah Öcalan, en 1999. Por si ambos nombres no despejaban las dudas sobre su ideario, Marri hablaba siempre de laicidad e igualdad, de una democracia «moderna» y del respeto a los derechos humanos. Por supuesto, también le pregunté por el liderazgo de la guerrilla que Pakistán le echaba en cara. Marri siempre era prudente: «Apoyo a todo aquel que luche por la libertad de nuestro pueblo».

Diseccionar la insurgencia baluche pasa por darse de bruces con una ensalada de nombres, siglas y acrónimos que puede resultar abrumadora. Afortunadamente, existen unas líneas básicas y definidas. A diferencia del resto de los grupos insurgentes en Pakistán, los baluches no tienen un corte religioso sino político, y todos buscan más o menos lo mismo (la independencia de Baluchistán) utilizando más o menos las mismas tácticas de guerrilla. En 2006, la operación militar que acabó con la vida de Nawab Akbar Bugti, el sardar de los Bugtis, en su escondite de montaña, se tomó como el pistoletazo de salida del quinto levantamiento baluche desde 1948. Se abría la caja de los truenos, y no preocupaban solo los jóvenes que se echaban al monte, sino también el número de los que podían hacerlo algún día. Los niños en las escuelas se negaban a cantar el himno nacional, los universitarios quemaban sus libros de historia de Pakistán y los crespones de luto negros se multiplicaban cada 14 de agosto, cuando se celebra el Día de la Independencia del país.

En cualquier caso, el cambio de milenio ya presagiaba algo así. Nadie olvida esas tres bombas que, en julio de 2000, mataron a media docena de soldados y dejaron decenas de heridos en el acantonamiento militar de Quetta. El ataque fue reivindicado por el BLA, que volvía a las armas tras más de dos décadas de ausencia. La invasión de Afganistán en 2001 obligó a Islamabad a contrarrestar a los americanos con los talibanes, algo que también contribuyó a aumentar la inestabilidad en Baluchistán, donde se multiplicaban tanto las operaciones de castigo del Ejército como el número de baluches desaparecidos.

Fue Brahamdagh Bugti, nieto del venerado sardar de setenta y nueve años asesinado en 2006, quien presuntamente lideraría el Ejército Republicano Baluche (BRA). Tras la muerte de su abuelo, el joven Bugti enfiló hacia la frontera de Afganistán, donde le esperaba un vehículo militar enviado por el entonces presidente del país, Hamid Karzai. Fueron semanas en las que él y su mujer se moverían continuamente entre casas seguras de Kandahar y Kabul, siempre bajo la protección de la inteligencia afgana. Finalmente, se instalaron en el distrito kabulí de Wazir Akbar Khan, lo más parecido a una «Zona Verde» en la capital donde se reparten la mayoría de los edificios gubernamentales así como las embajadas extranjeras. Ni siquiera allí estaba seguro. Tras un ataque con bomba en la misma calle donde residía, la inteligencia afgana le confirmó que era él el objetivo, pero que los sicarios se habían confundido de número. La presión era tan grande que, a finales de 2009, Bugti voló a Dubái bajo un nombre falso en un pasaporte afgano, y de ahí a Suiza. Los pakistaníes consiguieron bloquear sus intentos de obtener asilo político en Colombia, Francia e Irlanda. Al carecer de un pasaporte válido, hoy no puede salir de un Estado, Suiza, que rechazó formalmente convertirse en su país de adopción en 2017 por «actividades vinculadas al terrorismo». En su ausencia, el aparato pakistaní había sentado en el sillón de sardar de los Bugtis a un primo suyo al que, evidentemente, pagaba generosamente para que hiciera efectivo el control de Islamabad en la zona. Esa era la norma heredada de los británicos. De hecho, cuando se escriben estas líneas se libra una batalla fratricida entre los partidarios de Ajtar Mengal, líder tribal de los Mengal, y los de Shafiq Mengal, un extremista religioso al mando de un cuerpo paramilitar respaldado por Islamabad al que se imputan numerosos asesinatos de activistas, periodistas, maestros y hasta médicos. En cuanto a los Bugtis, para la inmensa mayoría de ellos Brahamdagh seguía siendo el sardar legítimo del clan. El Gobierno suizo le dejaba estar, por lo que Ginebra se había convertido en una «jaula de oro» desde la que, decían, seguía gestionando asuntos tribales por teléfono.

Los problemas se amontonaban en casa. Eran más de cien los cuadros del BRP (Partido Republicano Baluche), el pequeño partido político de los Bugtis, que habían sido arrestados, torturados o asesinados por los pakistaníes. Uno de los casos más dolorosos fue el de Bashir Azim, apaleado mientras colgaba de los tobillos a sus setenta y seis años. Hablar con el BRP pasaba por hacer una de esas preguntas formales de respuesta automática: «Nuestro partido político no tiene ninguna relación orgánica con el BRA», me soltó tajante su portavoz, Sher Mohammad Bugti.

Más allá de un espectacular ataque con bomba en 2015 que dejó a 140 millones de personas sin electricidad en todo Pakistán, es el gasoducto de Sui, en su región, el que concentra las iras de los Bugtis. Islamabad hace uso de todas las herramientas a su alcance, incluida la de apoyarse en aliados estratégicos, para proteger una infraestructura clave. En mayo de 2022, Gulzar Imam alias Shambay, un antiguo combatiente del BRA integrado en una nueva organización armada, era arrestado nada más aterrizar en Turquía (volaba desde Teherán) y extraditado a Pakistán. Tras un año en el que no se supo nada de él, Shambay comparecía en Quetta ante periodistas pidiendo perdón a sus víctimas y a sus antiguos compañeros de armas que se rindieran. A nadie le extrañó aquello. La puesta en escena recordaba a esas otras en las que se sacaba a presos de las cárceles, se los vestía de guerrilleros y se coreografiaba una entrega de armas ante cadenas de televisión local. «Importantes comandantes baluches se rinden ante el Ejército pakistaní», solía ser el titular de la prensa más servil. La única incógnita eran los detalles de la tortura física y mental que Shambay había sufrido antes de prestarse a esa farsa.

Operando principalmente en Makran, una región costera fronteriza con Irán, el BLF estaba liderado por Allah Nazar, un antiguo líder estudiantil y reconocido ginecólogo que se había convertido en un comandante insurgente de alto perfil que luchaba sobre el terreno.

Esos eran los cuatro grupos baluches principales. A partir de ahí, el arco insurgente se nutría de una amalgama de grupúsculos que asomaban la cabeza una o dos veces antes de desaparecer para siempre. Es lo que ocurre siempre en conflictos que llevan muchos años enquistados: el paso del tiempo hace que las relaciones entre las distintas organizaciones se vuelvan cada vez más crípticas. Hay muchas dinámicas internas, sean estratégicas, sociales, tribales, etcétera, que se traducen no solo en continuas tensiones entre los distintos grupos, sino también en divisiones internas en los mismos.

Uno de los casos más conocidos era el del BLUF (Frente Unido para la Liberación de Baluchistán), el cual secuestró en 2009 a John Solecki, entonces cabeza del Alto Comisionado de Naciones Unidas para los Refugiados en Quetta. Solecki se encontraba en Baluchistán como responsable de la misión de apoyo a refugiados afganos, así como a las víctimas de las inundaciones y los terremotos. A cambio de su liberación, el BLUF pedía la excarcelación de miles de baluches y una solución al conflicto político «acorde con las Convenciones de Ginebra». Islamabad no entró en el juego. La ONU se puso en contacto con todo el arco de los líderes baluches, incluyendo a Brahamdagh Bugti, quien se encontraba en Kabul por aquellas fechas al amparo de Karzai. También hablaron con Khair Bux Marri. Tras desmarcarse completamente de la actividad del BLUF, el carismático Marri lanzó una incómoda pregunta a los que llamaban a su puerta: ¿por qué no le contactó la ONU cuando se masacraba brutalmente a su pueblo?

Solecki fue finalmente liberado tras sesenta y un días de secuestro. El propio Ajtar Mengal me dijo que había ido en persona a buscarle «para evitar que fuera asesinado por las agencias y la culpa se la echaran a los baluches». No se volvió a tener noticia del BLUF, ni tampoco se llegó a saber quién estaba tras aquellas siglas. Sin embargo, la mayoría coincidió en que aquella acción había contribuido a dar una proyección internacional al conflicto. Era lo de la «mala propaganda, pero propaganda al fin y al cabo», que me diría Marri en aquella entrevista. La alternativa era no existir para el resto del mundo.

Fue en 2018 cuando se hizo un primer esfuerzo por levantar una especie de «mando común» para la guerrilla: el BLF, el BRG y la última escisión del BLA forjaron entonces una alianza a la que llamaron BRAS (acrónimo de Balochistan Raaji Ajoi Sangar, «Defensa Nacional Baluche»). La unidad parecía más cerca, pero aún no era completa. Nada es estático, y menos aún algo tan líquido como el maquis baluche. En la década de 1970, un insurgente baluche era alguien leal a su líder tribal y no hacía más que lo que este le pidiera. Dado que algunas de las organizaciones operaban en ciertas ubicaciones geográficas, era lógico que muchos de sus activos pertenecieran a las tribus mayoritarias de la zona, pero estos grupos se fueron haciendo cada vez más heterogéneos con la entrada de jóvenes urbanitas con estudios que decidieron echarse al monte. Su estrategia era la de las pulgas que muerden al perro aquí y allá, a todas horas, hasta que se vuelve loco y acaba cayendo por agotamiento. Ese era el plan.

Asunto: Baluchistán

Hola, Karlos

Mi nombre es K.T. y soy la responsable de la oficina política del consulado de Estados Unidos en Karachi. He visto su trabajo sobre los movimientos insurgentes baluches y me gustaría poder hablar con usted. ¿Tiene un teléfono al que le pueda llamar?

El mensaje llegó el 2 de febrero de 2013 desde una cuenta de Gmail que incluía la foto de una mujer negra joven en el perfil. Omito su nombre aquí, pero lo busqué en Google en su día: K. había destacado como jugadora de baloncesto universitario en 2001. Eso era todo. No esperaba ser contactado por la inteligencia estadounidense ni ninguna otra por mis artículos sobre Baluchistán, y menos de esa forma tan torpe. Era cierto que no habían cometido el error de usar el e-mail corporativo del consulado, pero el hecho de que hubieran puesto nombre y cara a uno de sus activos echó por tierra la imagen que podía tener de la CIA, la NSA o cualquiera de las catorce agencias de inteligencia norteamericanas. «Intento explicar por qué Baluchistán es importante para EE. UU.», remató K. su mensaje. Sentí curiosidad, quería saber qué era lo que buscaban en la zona. Respondí al e-mail, y acabamos intercambiando varios en los que K. formulaba sus preguntas. ¿Cómo encontraban los yihadistas de Lashkar-e-Jhangvi refugio en un distrito predominantemente baluche como Mashtung? ¿Recibía la insurgencia baluche armas y apoyo logístico de India y los países del Golfo? En cuanto a la reciente operación militar en Mashkay, ¿está aprovechando el Gobierno las elecciones para hostigar a la insurgencia baluche? Tenía más, pero empezaría por esas tres.

K. decía que estaba a punto de viajar a Quetta, pero que el acceso a la región era muy difícil. No se me ocurría forma posible de que una mujer negra y más alta que la mayoría de los hombres pudiera caminar por aquellas calles sin llamar la atención. Probablemente, solo trataba de captar mi interés y dejar claro que ella no era un simple ratón de despacho. K. decía entender mis reservas «a la hora de hablar con alguien que trabaja para "el hombre"». Si Obama necesitaba recurrir a gente como yo, los yanquis estaban totalmente perdidos en Baluchistán. No tenía respuestas para las preguntas de K. y, de haberlas tenido, tampoco se las habría dado. Obviamente, pesaban mis reservas a la hora de hablar con alguien que trabaja «para el hombre», y, sobre todo, la máxima periodística de no intervenir. Se trata de contar, no de participar. Seguí buscando más pistas en internet de aquella estrella del baloncesto de la que nunca más se supo. Durante años metía su nombre una o dos veces al mes, pero siempre me topaba contra la fotografía de esa pívot juvenil. Hasta septiembre de 2018: K., una mujer negra ya de mediana edad, explicaba en un vídeo cómo había sido su experiencia en Yemen en 2005 gracias a una beca Fulbright. La página web de la organización incluía información sobre programas conjuntos con la CIA, como uno en el que un tal James Napoli, «analista político», era becado en 2014 para dar clases de Periodismo en la Universidad de Sofía (Bulgaria). Dejando a un lado las cuestiones éticas, pensé que se trataba de todo un ejercicio de transparencia antes de descubrir que otro James Napoli había recibido la misma beca en 1989, esta vez como docente en la Universidad de Punyab. ¿Una asombrosa coincidencia? ¿Un error del gestor de la web? ¿Una tomadura de pelo? En fin, se trata de una curiosidad que no tiene que ver con la lucha de los baluches. O quizá sí.

Poco después de recibir aquel primer correo de K. me llegó otro similar. Desde una consultora «especializada en energía y minería» según su página web, el señor B. quería hablar conmigo «sobre las posibilidades de una inversión sostenible en la provincia de Baluchistán». Me pagarían un vuelo a Londres para discutir los detalles en persona. ¿Qué esperaba de mí el señor B.? ¿Acaso interpretaba que yo podría poner en contacto al gigante energético y la guerrilla para encauzar una «inversión sostenible»? Tampoco lo sé a ciencia cierta porque nunca respondí a ese mensaje. Como ocurre con el gas, el oro y el resto de los recursos que se explotaban en tierra baluche, di por sentado que ninguno de aquellos beneficios iría a parar a los bolsillos de sus legítimos propietarios.

La del siglo XXI era la quinta insurrección armada desde la ocupación del territorio. Las cuatro anteriores perseguían una autonomía, el reparto la riqueza y los recursos, así como una representación política proporcional para los baluches. Para la guerrilla 2.0 todo era mucho más sencillo: no había nada que hablar ni que negociar; aquella era una guerra sin cuartel hasta soltar amarras definitivamente con Pakistán. En abril de 2015, el BLF comandado por el doctor Allah Nazar ejecutó a veinte trabajadores de la construcción en el anillo de Gwadar. Una vez más, la prensa se hacía eco de la noticia insistiendo en que un grupo armado había asesinado a civiles, pero eso no ocurría cuando el aparato pakistaní asesinaba y «desaparecía» a civiles baluches. Activé contactos para poder hablar con Allah Nazar y dejarle que se explicara. Me llamaría él.

—Si fueran simples civiles, ¿por qué habrían de estar protegidos por los Cuerpos de Frontera (paramilitares) y otras unidades armadas? —respondió el guerrillero a mi primera pregunta desde un teléfono satélite. En un inglés pausado y casi perfecto, Nazar calificó la versión aportada por Pakistán de «pura propaganda contra el movimiento de liberación baluche». Luego selló definitivamente la naturaleza de sus últimos objetivos—: Todos eran trabajadores de la Organización de Trabajos Fronterizos (FWO), un organismo vinculado al Ejército pakistaní.

Nazar era uno de los rostros más visibles y carismáticos de la insurgencia baluche. Nacido en 1968 en el seno de una familia de nómadas, se unió a la Organización de Estudiantes Baluches (BSO) de adolescente, cuando la ley marcial del general Zia estaba aún en vigor. Aquel precoz compromiso político no le impidió licenciarse en Medicina con distinciones por sus excelentes calificaciones. Durante una temporada, Nazar compaginó su activismo con su vocación profesional, pero los baluches acabarían perdiéndose un gran doctor. Tras ser detenido en 2003 durante una protesta por una nueva desaparición a manos de las agencias pakistaníes, Nazar fue torturado salvajemente antes de ser abandonado en el desierto. La imagen tras su liberación es escalofriante: un grupo sostiene a alguien consumido hasta los tuétanos por el hambre y la tortura. Milagrosamente sobrevivió, pero ya no volvió a la consulta, sino que se integró en las filas del Frente de Liberación Baluche (BLF), una de las organizaciones baluches armadas más activas cuyo mando tomaría él mismo. Desde algún lugar sin determinar en las montañas de Baluchistán, Nazar me reconocía que aún sufría las secuelas físicas de su paso por prisión. La guerra, decía, se había recrudecido «a través de una política brutal de desapariciones forzosas». Y luego estaban los desplazados internos, «gente a la que los bombardeos del Ejército pakistaní o las políticas de deportación expulsaban de su tierra».

—Solo durante este mes de abril el Ejército ha quemado más de doscientas casas en Mashkay [región natal de Nazar] y ha matado a veinticinco baluches inocentes —añadió el guerrillero.

Era un río de sangre sin fin. Tres días después de que el BLF asesinara a esos veinte trabajadores, el Ejército pakistaní presumía de haber matado a trece miembros del BLF que habrían participado en el ataque; «un destacado comandante» entre ellos. La versión de Nazar era muy distinta:

—En realidad fueron cinco, de los cuales cuatro cadáveres pertenecían a gente que había sido «desaparecida» hace un año por las agencias de seguridad pakistaníes. El quinto, el «destacado comandante», no era más que un pobre baluche que llevaba paralítico dos años tras haber recibido un tiro en la espalda. Se llamaba Hayat Baloch.

Civiles o no, tanto el Ejército como la guerrilla coincidían en la cifra de veinte individuos asesinados por Nazar y sus hombres aquel 10 de abril. Trabajaban en las obras de la autopista del puerto de Gwadar. El guerrillero reconocía que aquella infraestructura era su objetivo «más estratégico».

—Decenas de miles han sido obligados a abandonar las aldeas cercanas a la autopista que lleva al puerto. ¿Sabes que son ya más de cuarenta mil los desplazados?

Sin organizaciones internacionales trabajando sobre el terreno, eran datos imposibles de cotejar. Tras hacer el habitual llamamiento «a todas aquellas multinacionales que intentan establecerse en Baluchistán en nombre de los imperios coloniales a cesar sus actividades», Nazar pasó a nombrar a los últimos en sumarse a la lista de enemigos de los baluches. Las mismas fuerzas de seguridad pakistaníes habrían posibilitado la existencia de «al menos cuatro» campos de entrenamiento de Estado Islámico en Baluchistán bajo control de Pakistán. Hasta me dio las coordenadas:

—Hay uno en Makran, otro en Wad y un tercero en el área de Mishk, donde hay más de cien hombres armados entre árabes, pastunes, punyabíes y otros. Están allí con la ayuda de Sanaullah Zehri (líder tribal local). El cuarto campamento está cerca de Chiltán. Su presencia es tan visible que incluso se reparten panfletos en nuestras calles llamando al reclutamiento.

Mucha gente se tomó aquello como un intento de los baluches de arrimar el ascua a su sardina, de intentar atraer la atención del mundo en un momento en el que todos los ojos se posaban sobre el fantasma del Estado Islámico en Oriente Medio. Aquel mismo año, durante uno de esos encuentros con baluches en Ginebra, un analista de una conocida consultoría de seguridad estadounidense descartó la posibilidad con un *«too far fetched»*, demasiado descabellado, cogido por los pelos... No pasó ni un mes hasta que un nuevo actor se subió al tablado afgano. Parido y engordado por antiguos talibanes, el Estado Islámico Provincia de Jorasán (EI-K) debía su nombre a una región histórica de la Gran Persia, Jorasán, que llegó a abarcar el actual territorio afgano, así como partes de la actual Irán, Tayikistán, Turkmenistán y Uzbekistán. Si Osama bin Laden había pasado años viviendo literalmente junto a un cuartel del Ejército pakistaní hasta ser abatido por los americanos en 2011, era perfectamente plausible que la vasta e inhóspita región de Baluchistán, un lugar completamente fuera del radar, se convirtiera en la probeta para una plaga que superaría en crueldad a los propios talibanes.

El punto de encuentro sería «algún lugar de las montañas Sarlat». Esas fueron las coordenadas que recibí antes de mi encuentro con el BLA. En el otoño de 2014 enfilaba desde Kandahar (Afganistán) por la carretera hacia Spin Boldak, en la frontera con Pakistán. Unos cinco kilómetros antes de llegar al puesto oficial de frontera, dejamos la vía a un lado y nos desviamos, desierto a través. Cuando el terreno se hizo inaccesible hasta para nuestro Toyota Hilux, continuamos a pie durante una hora. Los cuatro hombres armados y embozados que nos esperaban decían haber caminado durante doce días desde su campamento en el lado pakistaní. Siempre dudé de si aquello era realmente cierto o sí, simplemente, estaban establecidos en Kandahar y nos habían citado en aquel escenario tan dramático por una pura cuestión de propaganda.

El hombre que decía llamarse Baloch Khan y presumía de ser el comandante en jefe del BLA me esperaba con el rostro embozado y escoltado por otros tres guerrilleros: Hayder, Mama y Mohamad. Tras los obligatorios apretones de manos, Khan me tranquilizó.

—Esta es una zona de alta presencia talibán pero no suele haber problemas: ellos usan sus propias rutas y nosotros las nuestras.

Por lo visto, aquellas estratégicas montañas de granito eran como una casa cuyos vecinos usaban escaleras distintas para no cruzarse en los rellanos. Si algo quería dejar claro el comandante baluche desde el principio era que la insurgencia baluche «es la primera víctima del integrismo que Pakistán inyecta dentro y fuera de sus fronteras». Los guerrilleros me invitaron a pasar dentro de una cabaña de pastor anclada en la falda de un imponente risco de piedra. Antes de empezar la entrevista desayunaríamos té verde, pan, queso y miel. A sus cuarenta y un años, Khan llevaba la mitad de su vida combatiendo en las montañas, «desde que era un estudiante». Decía que su última operación había sido una emboscada a un convoy del Ejército pakistaní, pero no dio más detalles. ¿Que cuál era el perfil de sus hombres? Cualquiera podía sumarse a su organización, solo había que investigar bien al candidato. Una vez pasado el corte, era un mes de entrenamiento antes de entrar en combate. ¿Que cuántos son? Hay dos respuestas «tipo» cuando se pregunta a un grupo guerrillero por el número de efectivos en sus filas: o es una cifra exagerada imposible de dar por buena, o un simple «no le puedo dar ese dato». Khan optó por la segunda. Luego apuntó a «unos veinticinco campamentos en Baluchistán oriental». Para ese mundo que ni siquiera sabía de la existencia no solo del BLA, sino también de los baluches, ¿qué paralelismo podría ayudar a entender qué era realmente su organización? ¿Había alguna similar en la que se vieran reflejados?

—Nuestros hermanos kurdos del PKK. Como nosotros, luchan por sus derechos nacionales. —Luego añadió que, además de un «origen común», ambos compartían la desgracia de que su tierra estuviera hoy dividida entre varios Estados. A miles de kilómetros de allí, desde el corazón de Europa, la diáspora de ambos pueblos lanzaba campañas conjuntas como la de Free Kurdistan & Balochistan.

En la década de los noventa, Khan había sido uno de esos jóvenes que escuchaban con veneración a Khair Bux Marri en su entonces residencia en Quetta, tras su regreso de Afganistán. Eran reuniones semanales en las que se trataban temas políticos y sociales, y que se convertirían en el auténtico germen de un BLA a punto de volver a asomar la cabeza. Habían pasado ya veinte años desde que Khan cruzara el umbral a la clandestinidad.

Jugueteando con un dátil que no acababa de llevarse a la boca, el guerrillero se explayó sobre la guerra contra Pakistán, sobre cómo el país estaba «secuestrado por el Ejército» y, por lo tanto, todo proceso electoral era una farsa. No se olvidó de los colonos punyabíes ni de los chinos que construían el puerto de Gwadar; tampoco de las desapariciones forzosas, de las agencias que financiaban a grupos islamistas para utilizarlos contra los baluches...

—Hasta 2000 ni un solo chií fue asesinado en Pakistán. Hoy Baluchistán está siendo inundado con criminales liberados de las cárceles que se unen a grupos afines a los talibanes para combatirnos —dijo, tras un último sorbo a su taza de té verde.

Pero el BLA también cargaba con víctimas civiles a sus espaldas. Le recordé una acción de 2013 en la que su organización asumió la muerte de trece individuos retenidos mientras viajaban en dos autobuses al sur de Quetta. Fuentes gubernamentales hablaban de «civiles punyabíes que volvían a casa para celebrar el final del Ramadán». Habían viajado en esos autobuses viejos y destartalados en los que se escupía en el pasillo durante el día. Cuando caía la noche, muchos se estiraban en el suelo sin otra barrera entre ellos y las flemas acumuladas que la tela de sus *shalwar kamiz*. Solo los más pobres viajan en autobús en Pakistán, pero el comandante se ahorró esos detalles.

—De los cuarenta individuos que viajaban en dos autobuses retuvimos a veinticinco. Finalmente, ejecutamos a trece tras comprobar que tenían vínculos con las Fuerzas de Seguridad pakistaníes.

Sin acabar de explicar cómo habían probado dichos vínculos, Khan evidenció su enfado por el hecho de que los medios de prensa internacionales se nutrieran «exclusivamente» de las cabeceras afines al Gobierno.

—La comunidad internacional debe entender que Pakistán es una amenaza para el mundo civilizado. ¿Por qué ayudar a una serpiente que se limita a alimentar a grupos fundamentalistas por todo el mundo?

«Pakistán es una amenaza para el mundo civilizado» era un buen titular.

Cuatro años después de aquella entrevista, un comando del BLA condujo un ataque suicida contra el consulado chino en Karachi en el que murieron dos policías, dos civiles y los tres ocupantes de aquel coche cargado con explosivos. «Los chinos se han sumado a las fuerzas pakistaníes para destruir el futuro de Baluchistán», decía el escueto comunicado con el que la organización reivindicaba el atentado. Según fuentes gubernamentales, había sido pergeñado por un tal Aslam Baloch. Pasaron unos días hasta que alguien me dijo que Aslam Baloch y Baloch Khan eran la misma persona. Me pregunté si los tres que le acompañaban durante nuestra entrevista serían los mismos que viajaban en aquel vehículo que reventó en Karachi. Apenas un mes después de aquello, el día de Navidad, Aslam Baloch murió en un ataque suicida dirigido contra él y cinco de sus hombres en Kandahar. No me sorprendió el ojo por ojo, pero sí la rapidez con la que se había ejecutado. Reventar convoyes del Ejército con bombas de carretera, atacar gasoductos o ejecutar a un grupo de desgraciados que viaja en autobús parecía algo asumible para el sistema. Tocarle un pelo a un chino era otra cosa.

Un artículo del *Financial Times* publicado en febrero de 2018 aseguraba que China había mantenido contacto con insurgentes baluches durante casi cinco años para garantizar la seguridad de sus proyectos en Pakistán. «Estas organizaciones ya no suponen un peligro para el CPEC ni los diez mil trabajadores chinos en el país», se congratulaba pocos días después el embajador chino en Islamabad, Yao Jing, en una entrevista concedida a *Dawn,* una cabecera pakistaní. Se equivocaba. Fue precisamente en 2018 cuando se produjo un repunte en el sentimiento contra China entre los baluches. La presencia de Pekín en la región se empezaba a percibir abiertamente como una ocupación; hasta se crearon organizaciones como *Gwadar Ko Haq Do* («Devuelve sus derechos a Gwadar»), que denunciaban la deshumanización que suponía la infraestructura portuaria y las flagrantes carencias de agua y electricidad en la región.

Para entonces hacía ya mucho que Aslam Baloch estaba detrás de una célula escindida dentro del BLA, la Brigada Majeed.

Tomaba su nombre del de los hermanos Majeed, que habían cometido sendos ataques suicidas en 1974 y 2010: el primero contra Zulfiqar Ali Bhutto —antiguo primer ministro de Pakistán— durante una visita oficial a Quetta, y contra las fuerzas de seguridad que asaltaron su casa el segundo. La Brigada Majeed de Aslam Baloch se desmarcaba del resto por cometer ataques suicidas, siempre contra objetivos chinos. Su propio hijo, Rehan Baloch, se inmoló en 2018 en un ataque en Gwadar contra ingenieros de ese país, algo que encendió el debate dentro de todo el arco de la disidencia baluche sobre si las misiones suicidas favorecían o no a la causa. Es lo que tienen las guerras asimétricas: la clara superioridad inicial de uno de los bandos obliga al contrario a recurrir a medidas alternativas y, a veces, desesperadas. De entre las acciones más sonadas de la Brigada Majeed destaca aquel asalto de veintisiete horas en un hotel de Gwadar en mayo de 2019. Dos meses después, Estados Unidos y la Unión Europea decidieron incluir al BLA en su lista de «organizaciones terroristas». Washington necesitaba desesperadamente la ayuda de Pakistán para negociar con los talibanes en Afganistán y aquel era uno de los peajes.

En abril de 2022, Shari Baloch, una maestra de escuela de treinta años y madre de dos hijos, se convirtió en la primera baluche en cometer una acción suicida: se saldó con la muerte de tres ciudadanos chinos en Karachi. La siguiente sería Sumiya Qalandrani Baloch, lo que apuntaba ya a un cambio en el perfil histórico del combatiente baluche. La obsesión con China se volvía a escenificar en el verano de 2023, justo la víspera de que Pakistán celebrara su Día de la Independencia, el 14 de agosto. En una emboscada a un convoy en la carretera que une Gwadar y el aeropuerto, la Brigada Majeed se apuntaba la muerte de once soldados pakistaníes y cuatro ciudadanos chinos tras el ataque de dos suicidas baluches.

La insurgencia daba un ultimátum de noventa días a China para que abandonara Baluchistán: era eso o prepararse para «una intensificación de las acciones contra objetivos estratégicos». Frente a esa oleada de ataques contra ciudadanos chinos, Pekín había ofrecido a Islamabad un paquete de medidas para aumentar la seguridad que incluían el despliegue de sus propias agencias en la zona, entrenamiento para las fuerzas pakistaníes o la «bunkerización» de sus instalaciones en el puerto. Que Pakistán pusiera pegas a casi todo encendía los ánimos de su socio, que no disimulaba su malestar. En un duro comunicado tras el último asalto de la guerrilla, la embajada de China pedía a Pakistán castigar «severamente» a los responsables, así como adoptar «medidas eficaces para evitar incidentes similares».

Eran aquellos «incidentes» los que marcaban ahora la diferencia. No es lo mismo reventar el tendido eléctrico, que pocas veces funciona en un páramo sin nombre, que clavar operaciones en el mismo centro de la diana china. Con el amigo americano fuera de la ecuación tras la debacle en Afganistán, solo Pekín concedía préstamos a Islamabad para rescatar su economía colapsada. ¿Era Pakistán realmente capaz de proteger los intereses de China en su territorio? Si la respuesta era «no», podía ser el principio del fin. Y de un nuevo comienzo para los baluches.

LÁPICES, CUADERNOS Y HONOR

Durante años he sido invitado por decenas ¿quizá centenares? de camioneros o campesinos baluches, líderes políticos o tribales, farmacéuticos, carpinteros o informáticos, etcétera. He comido y cenado en sus casas, incluso he dormido, pero nunca, en ningún caso, he llegado a conocer en persona a la madre de sus hijos. Era lo más parecido a un fantasma, alguien que golpeaba la puerta de la estancia de invitados para avisar de que la comida ya estaba preparada. Uno de los hombres de la casa se levantaba y traía bandejas de arroz, cordero y pollo con las que me agasajaban siempre generosamente. Cada vez que le decía a Rasul (uno de mis contactos clave en Quetta) que me gustaría conocer a su mujer con la excusa de agradecerle su hospitalidad, el baluche siempre se las arreglaba para desviar la conversación y eludir el tema. Ni siquiera el hecho de que se tratara de un hombre altamente cultivado —era profesor de universidad— y ateo agrietaba una tradición grabada en granito.

—Es el honor: cuanto más ocultas están las mujeres de la familia, mayor es el prestigio social de esta. Y eso no distingue ni entre ricos ni pobres, analfabetos o académicos, religiosos o no… Es así para todos.

Anila Yousuf me lo aclaraba desde Gwadar, en una charla por videoconferencia que mantuve con ella en el verano de 2023. Probablemente era esa la mejor manera de tener una conversación abierta y fluida con aquella baluche de treinta y cinco años. Me imagino intentarlo cara a cara en una cafetería de Gwadar: «¿Qué hace Anila con ese extranjero?». «¿Lo saben su padre y sus hermanos?». «¿Y su marido?». Por lo mismo, descartamos charlar mientras paseamos por la marina de la ciudad, o sentados en un banco a la vista de todos. Si se tratara de un lugar discreto sería aún peor: siempre nos vería alguien, y la clandestinidad solo confirmaría los rumores. ¿Conducir a un lugar «seguro» en las afueras? Puede, pero uno de los dos tendría que viajar en el maletero. En su casa, con su marido y sus dos hijos era, sin duda, la mejor opción, pero no tanto como una videoconferencia. Sin supervisión masculina de ninguna clase, Anila esbozó con precisión los barrotes tras los que se encerraba a la mitad de la población. Decía que cada vez eran más gruesos.

¿Cómo podía pasar lo mismo entre las familias más pudientes y educadas?

—Fíjate en Banari Mengal —respondió inmediatamente—. La hija de Ajtar Mengal tiene un título universitario de una universidad británica y lidera una oenegé enfocada hacia la juventud baluche que lo mismo envía libros a bibliotecas o ayuda durante las inundaciones. Hasta Bill Gates la menciona en su libro, pero no encontrarás una foto de Banari en internet.

Lo comprobé. La única que había era la de su foto de perfil de X: una Banari de seis o siete años posaba en el regazo de su abuelo, Attaullah Mengal. Solo se podía entender en un momento en el que se hablaba de un retroceso en todo el país en lo que concernía a las mujeres. Cada vez estaban más encerradas en casa, y algunas solo salían para hacer la compra en mercados específicos para ellas. Las escuelas coránicas se multiplicaban y se veían más mujeres bajo un burka.

—También se nos permite cortar carreteras y echar piedras a los coches, pero no trabajar. Las que lo hacen son siempre maestras o sanitarias —puntualizó Anila.

En sus redes sociales se presentaba como «Profesora, madre y feminista», aunque antes de dedicarse a la enseñanza a tiempo completo trabajó en un canal de noticias baluche en el que se esforzaba por entrevistar a mujeres. Fue en 2009 cuando conoció a Karima Baloch, la activista baluche, en aquel estudio. Decía que era «una voz poderosa» para el movimiento que su pueblo no supo valorar en su medida cuando vivía, que tuvo que morir para que se la escuchara. Y, sí, era muy activa políticamente, pero ¿cuántas lo son hoy en realidad? ¿Cuántas dan la cara? Decía que las contaba con los dedos de una mano.

—Las pocas que se dejan ver, desde organizaciones estudiantiles hasta la Asamblea Provincial, son meros reclamos de los hombres para decir que estamos con ellos, que participamos. Pero es una participación sin voto. No verás a ninguna ocupar puestos de responsabilidad.

—También están presentes en la guerrilla, ¿no? —insistí.

—Sí, dos mujeres suicidas... ¿Crees que eso beneficiará al movimiento por los desparecidos y a las mujeres en su conjunto? Durante la marcha del pasado 8 de marzo puse un mensaje en las redes: «Dejad de arrastrar a las mujeres a la guerra». Recibí todo tipo de insultos y amenazas por ello. Hablando de las redes, en el caso de las mujeres, distorsionan la realidad social, magnifican su presencia, y eso hace que los hombres se sientan amenazados. Y que reaccionen, claro...

Otro caso ilustrativo de aquella realidad era el de Anita Jalil, una chavala también de Gwadar de quien se decía que era la primera bloguera de Baluchistán. En vídeos en los que aparecía vestida con ropa tradicional baluche y cubría su cabello con un pañuelo, Jalil hablaba en su lengua de problemas cotidianos como la falta de agua o electricidad en Gwadar, la situación de las escuelas, las infraestructuras chinas… Poco a poco, la baluche fue ganando una visibilidad que se disparó cuando el servicio en urdu de la BBC viajó hasta Gwadar para hacer un reportaje sobre ella. En una entrevista que concedió en 2023 a *Dawn*, Jalil parafraseaba la reacción de un tío suyo: «Has ensuciado el nombre de nuestra familia, nunca antes se ha visto a una mujer baluche mostrarse así en YouTube. Deberías borrar el nombre de nuestra familia, y también tu identidad baluche». Aquella presión familiar y social, que incluía insultos y hasta amenazas de muerte, llevó a la bloguera a depender de pastillas para gestionar las crisis de ansiedad y sus problemas agudos de insomnio.

Con una presencia mediática mucho menor, Anila vivía más tranquila. Lo que me llevó a contactar con ella era que había publicado un libro en el que recogía historias de mujeres de Gwadar, una edición bilingüe en urdu y baluchi de quinientas copias que ha pagado con su propio dinero. Ninguna de las dos organizaciones principales para la promoción de la lengua baluche apostaron por la idea. La autora buscó en esas calles enfangadas por acequias que se atragantan en los barrios viejos de la ciudad, allí donde las mujeres cargan cubos con el agua para beber, lavarse y cocinar. De ahí venía Noor Bibi, la única mujer que tenía un puesto en el bazar principal de Gwadar. Vendía pescado que ella misma sacaba de las aguas del Índico, pero sus hijos ya no la dejaban faenar. Mas que la edad de la madre era el honor de la familia lo que pesaba tras aquella decisión. Otra historia vinculada al mar era la de Hadida. Tras hacerse con tres barcas, conseguía pescar lo suficiente como para enviar parte del género a Omán. Era un negocio próspero que mantenían sus hijos, pero que hoy sería imposible levantar para una mujer en Gwadar.

—Hoy ni siquiera se las ve tejiendo redes en el puerto. Es una pena porque mi padre decía que había muchísimas en los años setenta —recordaba Anila.

De aquella época era también Sibil, una conocida mujer trans cantante a la que el propio sha de Persia invitó a Teherán para que cantara en el cumpleaños de su hijo. Hoy es un auténtico anatema, y no solo por la cuestión de género: cada vez que Anila organizaba un festival en la escuela en el que hubiera niñas que cantaran o bailaran, la respuesta era un chaparrón de insultos y amenazas. Me mandó fotos del estado en el que quedó el colegio tras ser vandalizado en abril de 2022. Precisamente, una de las historias más inspiradoras para la autora había sido la de la primera mujer docente en Gwadar.

—Se llamaba Shaida y era punyabí, de Multán. Amaba su trabajo, ayudó a que gente sin recursos pudiera mandar a sus hijos a la escuela, pero tuvo que irse cuando mataron a su hermano.

Anila también adora su trabajo. Dos exalumnas suyas se han convertido en la primera doctora y en la primera abogada de Gwadar. Está orgullosa: ayudar a alguien a abrirse camino, aunque se trate de una única persona, dice, recompensa toda una vida en las aulas. Es ahí, en el colegio, donde quiere hacer una presentación oficial de su libro. Ya me adelanta que no habrá ni sardares ni políticos ni burócratas, solo las protagonistas de esas dieciocho historias y la gente de la escuela.

Fue otro encuentro casual. No recuerdo cómo había llegado a Juzdar, pero sí que salí allí a la superficie tras un nuevo encuentro con la guerrilla baluche. Estaba agotado, y aún tenía una espera de cinco horas por delante antes de pasar más de quince en un autobús a Karachi. Fue un baluche de barba blanca tocado con un casquete rojo el que vino a mi rescate.

—¿Quieres descansar en mi casa?

Se llamaba Amín y era profesor de inglés. Llegué a pensar que podía tratarse de una sofisticada trampa de los servicios secretos, pero nunca me he alegrado tanto de cometer una imprudencia como aquella. Entre sorbos de té verde y un ágape de pastas, dátiles y frutos secos desplegados sobre una alfombra roja, Amín me dijo que había pasado varios años de su vida «involucrado en la política baluche», siempre en la órbita del BNP. Quería hacer algo por su gente y pensó que el partido de los Mengal pondría los medios a su alcance para levantar escuelas. La calidad de la enseñanza pública en el país era tan mediocre que ni los propios funcionarios enviaban allí a sus hijos. Más que la falta de financiación, decían, era la ausencia de un plan para gestionarlos y, por supuesto, la corrupción. La alternativa eran los colegios privados, como aquellos cristianos que había visitado en Quetta. Hasta los mulás de discurso más incendiario mandaban a sus hijos allí, pero no estaban al alcance de todo el mundo, y menos aún en Baluchistán. Otro problema añadido en el caso de las niñas era que la educación en Pakistán es segregada y son muchos menos los colegios para ellas que para ellos.

—La educación es el meollo del asunto para nosotros, para todos, pero algunas personas parecen no entenderlo —anticipó Amín el final de aquella historia o, mejor dicho, el final de la suya en las filas del BNP.

Si los sardares no querían invertir una ínfima parte de su fortuna en levantar una escuela, lo haría él mismo. Pidió prestado algo de dinero para comprar un terreno junto a su casa, sobre el que levantó una humilde construcción durante su tiempo libre. Amigos y familiares arrimaban el hombro cuando podían hasta que, un día, se colgó finalmente el letrero a la entrada: «Habib Grammar School». Amín también tenía su propio trabajo como contable en una empresa de transporte, así que las clases las daría por la tarde. Me contó aquello justo media hora antes de una de inglés que él mismo impartía. Por supuesto, yo también estaba invitado.

Era un grupo de cinco chicas —dos baluches, dos pastunes y una punyabí— con edades comprendidas entre los doce y los catorce años. Les encantaba el inglés, y se las veía casi tan emocionadas de poder practicarlo con un extranjero como a su profesor. El día anterior, Amín les había dado una redacción como tarea. Les pidió que la leyeran en voz alta, una a una. La escena no podía ser más emocionante, con aquellas chavalas poniendo todo su empeño en aprender de manos de un profesor que no cobraba por enseñar. Las cinco leyeron sus borradores lentamente, esmerándose al máximo en su pronunciación, como si de un texto sagrado se tratara. No recuerdo nada de lo que decían, probablemente porque sentí como si el mundo dejara de girar durante aquellos minutos: no había guerra en Baluchistán, ni pobreza, ni desaparecidos… No había drama. Al final de la clase, Amín me dijo que una de ellas era capaz de recitar el Corán de memoria. Cuando la felicité me respondió con una sonrisa amarga. Ahora le preocupaba mucho más aprender inglés. Podía ser una herramienta para escapar de allí antes de que fuera demasiado tarde. Aquel mismo año, tres jóvenes baluches habían sido enterradas vivas tras negarse a ser casadas con hombres que no eran de su elección. Aún en 2022, un antiguo miembro de la cámara provincial denunciaba que prácticamente todas las niñas de las áreas rurales eran forzadas a casarse antes de cumplir los dieciocho con hombres que casi siempre les doblaban la edad.

Amín se ofreció a llevarme a la estación. Antes de subirme al autobús hacia Karachi, un hombre disparó cuatro veces al aire con un AK-47 para despedir a alguien que le saludaba ya instalado en el autocar. El baluche entrecerró los ojos antes de disculparse con una sonrisa forzada. Era evidente que aquella situación le producía vergüenza, y la intentó esquivar hablando de sus proyectos más inmediatos para su escuela. Hacían falta libros, lápices, cuadernos y material escolar de todo tipo, pero estaba todo en marcha, incluida una canasta de baloncesto que un primo suyo había conseguido rescatar de entre la chatarra. Recuerdo aquel retrato de grupo que les hice antes de irme: Amín posaba orgulloso junto al grupo de chavalas a la entrada del colegio. Todas sonreían. La publiqué para ilustrar el artículo sobre la escuela en una página web que se gestionaba desde Estados Unidos. Hubo que retirar la foto a las horas de su publicación. Alguien que decía ser el hermano mayor de una de las estudiantes me acusaba de «destruir» el honor de su familia.

LAS AGUAS MÁS FRÍAS

Jalal. Treinta y cinco años, de Lyari, un barrio-ciudad baluche de Karachi. Allí era periodista en un medio digital. Picaba y traducía textos, dice que no era nada serio. Como el mayor de siete hermanos, se tuvo que hacer cargo de la familia cuando murió su padre en 2006 y todavía sacaba tiempo para el activismo con el BRP. Recuerda visitar a Lateef Johar para darle ánimos durante su brutal huelga de hambre («Lo que hizo está fuera de nuestro alcance») y una vez llevó a Karima Baloch en su moto («Sigue viva en el corazón de todos nosotros») a un lugar seguro tras una protesta. Esa exposición pública aterrorizaba a su familia: Jalal era el único en casa que protestaba abiertamente en la calle y, claro, era gente como él la que desaparecía primero. Aunque no necesariamente: dos colegas del BRP escaparon de una redada por los pelos y, a cambio, los encapuchados se llevaron a sus hermanos porque nunca se van con las manos vacías. Nadie los volvió a ver. Tras dos arrestos que funcionaron como sendos avisos, Jalal se sentía como un cadáver andante. A la tercera iría la vencida.

Se fue a finales de 2015. Los guardias en la frontera de Irán casi ponen fin a su huida, pero se conformaron con lo que llevaba en los bolsillos. Y de ahí hasta Teherán del tirón. Pasará cuatro meses en la capital de Irán sin asomar la cabeza, no sea que lo manden de vuelta, hasta que consigue llegar a la frontera de Turquía: tres días perdido en el monte, comiendo nieve y escuchando el aullido de los lobos. Afortunadamente, es una ruta transitada. Un grupo de unos veinte parece que sabe por dónde pisa; un afgano que habla algo de urdu le dice que corra ladera abajo con ellos. Corren en mitad de la noche. En realidad, ese viaje hacia Europa siempre se hace de noche. Tres días al cuidado de una familia kurda le devolverán la vida y las fuerzas para continuar («Para ellos yo no era más que una persona normal que necesitaba ayuda, ¿entiendes? Era gente muy buena»). Parece que ya basta con subirse a un autobús a Estambul, pero tardará un mes en llegar. La policía le detiene en algún lugar de Anatolia. No teme por su vida, pero la espera, el tedio, lo que cuesta llegar de A a B... Eso te mata lentamente.

Estambul es un taller ilegal en un sótano donde trabaja doce horas diarias cortando cuero para hacer zapatos. Después será otro taller ilegal donde trabaja doce horas diarias planchando pantalones vaqueros. Duerme ahí mismo, encerrado bajo llave. Se siente como un esclavo incluso antes de pedir que le paguen. El patrón le ha dado comida y alojamiento, ¿qué más quiere? ¿Quiere problemas con la policía? ¿Es eso lo que quiere? El patrón tiene el móvil en la mano y está a punto de llamar, o al menos hace el gesto. Jalal se va. Para entonces, ya ha oído hablar de Lesbos: ahí es donde van los que viajan siempre de noche. Se suelen ayudar entre ellos, y así consigue el dinero para una travesía que arranca una mañana de diciembre de 2020 en la plaza estambulita de Aksaray (la mayoría de los viajes a Europa pasan por ahí): primero un coche, y de ahí a un autobús que volcará su carga entera en un bote inflable mucho más pequeño. Parece un milagro que entren todos, pero es más bien una pesadilla. Alguien en aquella playa turca les ha dicho que enfilen hacia esa luz roja al otro lado: eso es Europa.

Hay mucho viento, tanto que les devuelve a la costa una y otra vez. Saben que no pueden esperar a que salga el sol, así que lo vuelven a intentar hasta que, por fin, descansan en la cubierta de un guardacostas griego. Cuando Jalal pone el pie en Lesbos no imagina que pasará seis años en esa isla, y que solo un milagro le librará de que lo devuelvan a Pakistán. Habría sido una condena de muerte. Quitando eso, el centro de detención y una misteriosa enfermedad que se cura cuando consigue el dinero para comprar un antibiótico, el resto no está mal. Cocina para oenegés, aquí y allá, y a veces incluso le pagan por ello. Se va ganando la vida, hasta que mete la pata hasta el fondo. La mayor estupidez de su vida: en mala hora se le ocurrió falsificar sus papeles para volar a Italia... Los guardias en el aeropuerto de Atenas se dieron cuenta enseguida.

Un amigo común me ha pasado su teléfono y Jalal me cuenta la historia desde el centro de detención de Korintos, donde lleva ya dieciocho meses. Estar en Europa sin estar no es lo peor. Lo peor es que bloquearan su proceso de solicitud de asilo. Cómo se arrepiente de lo de Atenas. Lo repite varias veces. Conoció a más baluches como él en Grecia; unos diez, algunos de Irán, pero ya están todos en Alemania. Dice que me puede poner en contacto con ellos.

Una redada más en Ciudad Satélite. El suburbio de Quetta está rodeado y seis universitarios discuten sobre cómo atravesar el cordón. Todos son miembros del Comité Central del BSO, la Organización de Estudiantes Baluches. Ya no hay duda de que la policía se ha enterado de su reunión de hoy. Zahid Baloch, su secretario general, ha planeado nuevas protestas para que los desaparecidos del movimiento no caigan en el olvido. A él también le pasará, repite siempre: de hecho, en enero se llevaron a Rasul Jan, portavoz de la organización, desde una residencia universitaria y frente a docenas de testigos. Su cadáver aparecerá dentro de cuatro meses, pero ni Zahid ni Asad lo verán porque a ellos se los llevarán hoy mismo. Ahora.

Son las cinco de la tarde del 18 de marzo de 2014 cuando el grupo es retenido en un control.

—Nos los llevamos para interrogarlos, luego saldrán libres —dice al resto uno de los secuestradores.

Es mentira: ninguno de los dos volverá a aparecer, ni siquiera sus cadáveres. Karima será la nueva líder del movimiento, por algo es la número dos. Tampoco vivirá mucho más, pero aún tiene tiempo para hacer cosas. Aún le quedan seis años hasta que su cadáver aparezca flotando en las aguas de un lago canadiense.

Sus fotos y vídeos en las redes eran como chispazos de un cortocircuito en la red pakistaní. Armada con un megáfono y una bandera roja, una mujer embozada y de ojos verdes encabezaba multitudinarias manifestaciones en el sur de Pakistán. Todos conocían a Karima Baloch. Había pocos símbolos vivos de la resistencia más poderosos que ella. Manteníamos una relación fluida a través del e-mail, pero nunca llegué a conocerla en persona. Compruebo que el último mensaje que intercambiamos fue del 5 de diciembre de 2020, apenas dos semanas antes de que encontraran su cuerpo en el lago Ontario.

Tras años siguiendo su trayectoria, conseguí entrevistarla por primera vez en 2015, gracias a la mediación de un amigo común. Karima habló entonces desde Quetta por videoconferencia, pero sin activar la cámara.

—No escondo mi nombre real pero tengo que cubrirme siempre la cara por pura seguridad —se disculpó antes de comenzar la entrevista.

Si la gente la reconociera por la calle, decía, se convertiría en un objetivo fácil para cualquiera que quisiera hacerle daño. No recordaba la última vez que usó el transporte público en aquel rincón del mundo. La voz que llegaba desde el auricular era la misma que había escuchado en los vídeos de sus apariciones en público. Asimismo, nuestro amigo común era un activista muy significado en el BSO Azad, por lo que no vi razones para dudar de que aquella mujer fuera quien decía ser.

Karima nació en Dubái en 1983, en el seno de una familia «de profundas convicciones políticas». Le habría gustado licenciarse en Psicología y completar estudios de Bellas Artes, pero su responsabilidad como líder del movimiento estudiantil apenas le dejaba tiempo para nada más. Fundada a mediados de la década de los sesenta, la organización estudiantil llenaba el vacío provocado por la ausencia de una clase media en una sociedad tan tribal como la baluche. El BSO Azad, fundado en 2002 e inicialmente liderado por Allah Nazar —aquel estudiante de Medicina que se convertiría en un líder guerrillero—, era una de sus muchas escisiones. Fue ilegalizado en 2013 por «vínculos con el terrorismo», aunque Karima me insistió en que el movimiento estudiantil utilizaba medios «exclusivamente pacíficos»: marchas, huelgas, campañas de sensibilización política, charlas sobre la realidad del pueblo baluche… Eso sí, toda lucha contra la injusticia era legítima para ella, fuera pacífica o armada. Eran muchos los estudiantes que se echaban al monte antes de acabar sus estudios. Sin ir más lejos, el antecesor de Zahid y Karima en el liderazgo del movimiento se había convertido en un destacado comandante de la guerrilla.

—Es eso o que te desaparezcan o te maten a tiros en mitad de la calle. ¿Has visto lo de Zahid Askani? Lo acribillaron hace unos días desde una moto. Era director de una escuela privada.

Karima apuntaba a «extremistas islámicos patrocinados por Pakistán» quienes, subrayó, buscaban imponer su propio programa de educación a través de una red de madrasas (escuelas coránicas).

—Solo quieren intoxicar la mente de nuestro pueblo.

Había demasiados motivos para que las baluches salieran a la calle. Se decía que no llegaba al 20 % el número de las que sabían leer y, por supuesto, tampoco se libraban de la lacra de los crímenes «de honor». Negarse a un matrimonio concertado o tener relaciones sexuales antes del mismo acarrea un desprestigio, un estigma para toda la familia que solo se elimina castigando a la mujer, a veces hasta con la muerte. Ocurre incluso cuando esta es violada. Que el agresor salga impune es algo que no suele provocar sorpresa. Como había visto en Libia, en Siria, en Afganistán y en tantos otros países que atraviesa el paralelo treinta y tres, en Pakistán también se trataba de un «asunto doméstico» en el que no se esperaba la intervención del Estado. Ser mujer y baluche en Pakistán era un doble inconveniente, como lo era ser kurda en Irak o bereber en Libia.

Mujeres como Karima eran la excepción en una región del mundo donde la mitad de la población seguía prisionera de una mentalidad conservadora y arcaica que las encerraba en casa. No era exagerado decir que las baluches salían solo para hacer la compra y para protestar. Las madres y las hermanas de presos y desparecidos se congregaban frente al Club de Prensa de Quetta o marchaban junto a los hombres por la céntrica avenida Jinnah, e incluso cortaban carreteras con bidones, piedras y neumáticos a los que pegaban fuego. Karima aseguraba que cada vez había más mujeres entre los tres mil miembros del potente movimiento estudiantil BSO Azad.

Había mujeres muy activas en algunos partidos políticos pakistaníes, pero en ninguno eran tan activas ni arriesgaban tanto como las estudiantes baluches. La organización presumía de que luchaban hombro con hombro junto a los hombres y en todos los frentes: desde la reivindicación independentista hasta la recuperación de los desaparecidos. Otra baluche significada era Banuk Farzana Majid, uno de los rostros más visibles en aquella marcha para denunciar las desapariciones de 2013. El propio hermano de Majid había desparecido seis años atrás y no se había vuelto a saber de él.

Protestar, de la forma que fuera, era una apuesta arriesgada en un rincón del mundo donde miles de jóvenes acaban desfiguradas con ácido por participar en la vida pública. En el ámbito de la universidad los arrestos de mujeres se multiplicaban. ¿Qué perspectivas de progreso quedan cuando se encarcela a médicas, profesoras y abogadas antes de que lleguen a serlo siquiera? Condenar a un pueblo entero a vivir en las catacumbas de la sociedad era una estrategia de asimilación de manual tan efectiva como arrancarle su lengua, expulsarlo de su casa, molerlo a palos o matarlo de hambre. En palabras de Karima, no había otra opción que tomar las calles: si las baluches no se movilizaran por miedo a las amenazas de los extremistas y los servicios secretos, generaciones enteras se perderían en la esclavitud. Pesaba en su discurso el asesinato, una semana antes, de Sabeen Mahmud, directora de un centro de arte y reconocida activista por los derechos humanos. Mahmud, de treinta y nueve años, recibió cuatro disparos en la cara, el cuello y el pecho poco después de acoger en su centro de Karachi una conferencia sobre violaciones de derechos humanos en Baluchistán. Como el asesinato era un «acto de terrorismo», su investigación recaía legalmente en manos de los servicios secretos, los propios ejecutores. Así se cuadraba siempre el círculo del horror.

Que periodistas pagados por el Estado acusaran en sus cabeceras a la oposición —o a los baluches— era el último acto en aquella liturgia macabra.

Como líder del movimiento estudiantil, Karima sabía que era un cadáver andante, lo cual no significaba que lo fuera a poner fácil. La policía la hostigaba sin descanso y su casa llegó a ser atacada varias veces, una de ellas con mortero. Y luego estaba el peligro de ser agredida en cualquier momento en la calle. Ocultar su rostro no era una garantía de nada, pero sí una forma de minimizar riesgos. No era suficiente. Seis meses después de nuestra conversación, la baluche consiguió llegar a Canadá, país que la protegería concediéndole el estatus de refugiada. Sus siguientes apariciones serían ya a cara descubierta, encabezando protestas en Toronto, concediendo entrevistas o participando en mesas redondas sobre los derechos humanos. De hecho, la BBC la llegó a incluir en una lista de las cien mujeres «más inspiradoras e influyentes» de 2016. Fue en una entrevista concedida a una cadena de televisión canadiense cuando vi el rostro completo de Karima Baloch por primera vez. Resultó que aquella joven de la que solo nos llegó una mirada fiera durante años también era dueña de una sonrisa cálida y sincera. Me alegré de que estuviera a salvo, pero también pensé que no dejaba de ser una más de entre millones de condenadas a vivir en el infierno más ignoto. Ocultar su rostro también fue una forma de colectivizarlo, de decir que era el de muchas como ella.

Cuatro años más tarde, su cuerpo apareció en el lago Ontario. La policía canadiense descartó un asesinato con violencia, aunque numerosas voces de entre el movimiento baluche y organizaciones por los derechos humanos apuntaban a los servicios de inteligencia pakistaníes. Nadie olvidaba el reciente asesinato de Sajid Hussain, aquel periodista cuyo cadáver fue encontrado el 23 de abril de 2020 en un río a las afueras de Uppsala (Suecia). El agua parecía haberse convertido en un patrón, y se volvía a viralizar un vídeo de 2017 en el que, en una entrevista, Musharraf repetía lo de que el Estado perseguirá y capturará a sus disidentes «estén donde estén».

Era un misterio que no hubiera imágenes de videovigilancia en aquella zona portuaria canadiense donde apareció el cadáver de Karima. ¿Se la veía alterada? ¿Iba acompañada? ¿La seguían? Saberlo habría ayudado a entender lo ocurrido. La familia ni respondió a las preguntas de los periodistas ni tampoco se las formuló a la autoridad canadiense. Si recibieron amenazas es otra de las incógnitas que envuelven esta historia.

Lateef Johar Baloch, compañero de Karima en el BSO, también estaba en Toronto cuando encontraron el cadáver de la baluche. La policía canadiense le pidió entonces que participara en una rueda de prensa en la que suscribiera la versión del suicidio; este les respondió que no tenía indicios «ni de eso ni de lo contrario», que había que investigar más. Al final no hubo ni comparecencia pública del baluche ni investigación de la policía: el caso se cerró en cuestión de horas. Era algo que podía ocurrir y ocurría a menudo en Baluchistán, sí, por eso a Lateef le costaba tanto asimilarlo en Canadá.

La mayoría de aquellos jóvenes que se unían al movimiento estudiantil eran gente humilde, pero Lateef llegaba desde uno o dos escalones más abajo, desde Karki Kad. Hay que trasladarse en el tiempo y el espacio hasta una de esas aldeas del sur de Baluchistán que cuesta creer que merezcan siquiera un nombre. No hay luz, el agua se extrae con un cubo de un único pozo y la casa de Lateef es como el resto: adobe y paja, y una única estancia en la que duermen varias generaciones.

Hay momentos buenos, como esas historias que escucha de niño frente a una hoguera en las noches de verano, o mientras se deja hipnotizar por esos dedos de mujeres que tejen alfombras. Son mágicos esos dedos. Aun así, sabe que quiere irse de allí. Falta absolutamente todo, pero es el exceso de violencia a su alrededor lo que más le angustia. Hay gente que roba ganado, que quema casas e incluso aldeas enteras, que viola a las mujeres… No hay ley y, en caso de que se deje ver, bastan unas rupias para esquivarla. Ocurre ante sus ojos y a plena luz del día, como cuando aquel pastún le dio una paliza de muerte a alguien que pasaba por la calle. Un policía se acerca y, en lo que se tarda en sacar un manojo de billetes del bolsillo de un pantalón bombacho, el uniformado vuelve por donde ha venido. A Lateef le cuesta eliminar aquella imagen de su mente, no tanto por la violencia, sino por la impunidad. Todavía es muy niño para entender que es precisamente esa la norma.

—Tampoco entendía por qué todo el mundo me pegaba: mis padres, mis tíos, mis abuelos, mis primos… Sé que es lo normal en Baluchistán, pero no acababa de acostumbrarme. Supongo que era precisamente eso lo que hacía que me siguieran pegando.

Lateef me lo contaba así por teléfono una tarde de verano de 2023. Veintidós años atrás, lo más parecido a una escuela de primaria en su aldea es una choza cuyo único mobiliario es una pizarra sobre un caballete y en la que casi siempre falta el maestro. Lateef ha cumplido diez años, pero es lo suficientemente maduro para entender que se está perdiendo algo importante. Ruega a sus padres que le envíen a casa de una tía que vive a las afueras de la ciudad de Awarán, que allí hay una escuela de verdad. Es una guerra de desgaste: rabietas contra sopapos. Hasta que una de las partes se rinde. Tiene once años y cien rupias en el bolsillo. Podría usarlas para subirse a un autobús, pero prefiere andar durante horas y guardárselas para un apuro.

En la ciudad es el hazmerreír de la escuela: no solo es un paleto de pueblo con un tono de piel subido de grado, sino que, además, es un zikri. Lateef nunca había sido tan consciente de esto último. En casa jamás le han obligado a rezar pero ahora, en la escuela de Awarán, le piden que hable con sus padres, que los convenza para que se conviertan. ¿Acaso no sabe que esos zikris, esos sufíes, son herejes? Él mismo ya reza como Dios manda. También se acerca al bazar para leer los periódicos. Si va lo suficientemente avanzada la tarde incluso se lo regalan. Quiere saber qué pasa en Quetta, en Karachi, en Turbat… más allá de Awaran. Por la noche, la radio le da más pistas, sobre todo el servicio de la BBC en urdu. Todo es una mierda. Hay que hacer algo. Tiene catorce años cuando se une al BSO Azad, y quince cuando una bomba mata a Nawab Bugti en su refugio temporal de las montañas. Lo recuerda como si hubiera sido ayer:

—Era verano y dormía fuera con dos primos míos. Nos despertamos con la noticia de que lo habían matado y, al poco, todo el mundo estaba ya en la calle.

El chasquido de una persiana que se abate para una huelga da la señal para una nueva guerra abierta contra el Estado. Lateef envía artículos a mano, y otros usan las suyas para empuñar un rifle de asalto. La vía más directa en Awarán es la que ofrece el Frente de Liberación Baluche. El número de desaparecidos entre activistas, simpatizantes, familiares de estos o cualquier persona cercana se dispara. Todos esos cuerpos desmembrados esparcidos por pueblos y aldeas cumplen su función: provocan un terror que paraliza. Llega un momento en el que todo el mundo lleva un arma encima. Lateef dice que no es tanto para defenderse, sino para pegarse un tiro antes de ser capturado. A Razar Jihangir, secretario general del BSO Azad lo han matado a tiros y Lateef sabe que él puede ser el siguiente. Sobrevive gracias a trabajos eventuales, generalmente en gasolineras y restaurantes, y se mueve constantemente en motocicleta por Makran, por Karachi, por todo el sur para esquivar al destino. Pero todo puede ir a peor: puede producirse un terrible terremoto que sacuda violentamente la región. Es septiembre de 2013.

—Desde el BSO organizamos colectas para las víctimas y cargamos camiones con ropa, comida y todo lo que podíamos reunir. Pero los militares paraban los camiones: era una ocasión perfecta para despejar el camino a las oenegés islámicas que contaban con el respaldo del Gobierno. Los mulás, y nadie más, eran los que les prestarían ayuda. Luego supimos que organizaciones internacionales como Médicos Sin Fronteras también quisieron acceder a la zona, pero esos visados nunca llegaron.

Para entonces, Lateef, Karima y Zahid Baloch son uña y carne. Se mueven por carreteras secundarias, evitando siempre los centros urbanos. Quieren ayudar a todos los desgraciados que ha sacudido el desastre, pero dejarse ver equivale a una condena de muerte. El 18 de marzo de 2004 Zahid concede una entrevista a la BBC. Fue la última vez que se le vio con vida. La respuesta más inmediata del BSO a su desaparición es una huelga de hambre pidiendo la liberación de los detenidos. Se hará hasta morir: cuando caiga uno, otro ocupará su lugar. Lateef era el segundo de esa lista hasta que el primero se echó a un lado.

Frente al Club de Prensa de Karachi, Lateef se expone públicamente ante miles de personas, entre las allí congregadas y las que siguen el caso por los medios de prensa y las redes sociales. Está convencido de que, si no es el hambre, lo matará el Estado.

—Aquello se hizo viral en las redes, había muchísima gente dispuesta ayudarme, tanto dentro como fuera del país —recordaba Lateef.

Una familia de Karachi le acoge en su casa durante los dos meses que necesita hasta volver a ponerse en pie tras cuarenta y seis días de ayuno. Murid Baloch, residente en Canadá desde 2013, se ofrece a ayudarles a él y a Karima para que se exilien en Toronto. Acabará sucediendo, pero no de forma inmediata.

Una organización baluche cubrirá, rupia a rupia, los gastos de ese y otros viajes a través de aportaciones privadas. La primera escala será Dubái, donde un visado de un mes se agota en una exhalación. Buscando alternativas, el joven baluche descubre que Nepal es el único país al que puede viajar sin un visado. Se lo estamparán nada más aterrizar en el aeropuerto de Katmandú en 2015, justo después de aquel terrible terremoto. La ciudad es una montaña de escombros entre los que aparece un baluche (siempre hay alguno) que le ofrece refugio durante el mes que puede permanecer legalmente en el país. Y vuelta a Dubái. ¿Puede conseguir tres meses más de prórroga mientras espera una respuesta definitiva de Canadá? Sí, pero aquello le dejará mentalmente destrozado: el sí de Toronto llega solo tres días antes de que tenga que volver a desplazarse y ya se le habían acabado las ideas.

Aterriza en Canadá el 14 de septiembre, dos meses antes que Karima. Como ella, Lateef también pide asilo. Lo siguiente es aprender inglés y buscarse la vida, puede trabajar aquí y allá mientras completa unos estudios con los que no podía ni soñar en aquella aldea sin maestros. Si todo va bien, pronto se licenciará en Ciencias Políticas. Hasta entonces, seguirá escribiendo artículos en prensa y trabajando activamente en la defensa de los derechos de su pueblo. Su nueva rutina se derrumba cuando aparece el cadáver de Karima en el lago Ontario. A partir de entonces, se dedica en cuerpo y alma a buscar respuestas a la muerte de su amiga. Más allá de lo que sucedió realmente, es la inacción de la policía canadiense lo que no acaba de entender. Quizá pueda encontrar algunas pistas en mayo de 2023, en la asamblea anual de accionistas de Barrick Gold, una multinacional minera canadiense tan poderosa como controvertida que extrae oro y cobre por todo el mundo —desde Canadá a Papúa Nueva Guinea— y acumula denuncias por violaciones de los derechos humanos allí donde perfora. En Baluchistán se prepara para hacerlo en Reko Diq, un erial cercano al lugar donde Pakistán sacó su músculo nuclear y que esconde uno de los mayores yacimientos de oro y cobre del planeta.

Tras la comparecencia ante los accionistas de Max Bristow, director general de Barrick Gold, se abre el turno de preguntas. Lateef aprovecha para hacer las suyas: ¿Cómo puede decir Barrick Gold que su actividad en la zona traerá prosperidad a los baluches? ¿Acaso no sabe la compañía de los miles de desaparecidos y de la brutalidad a la que se somete a la gente allí? ¿Cómo puede firmar contratos con los responsables directos de dichas atrocidades? Hay más, se puede ver en YouTube. «Entiendo que eres una de esas personas que buscan asilo en Canadá», se dirige Bristow al baluche. Luego le recuerda que la de Barrick es «la mayor inversión jamás realizada en Baluchistán» mientras que él, Lateef, es «una de esas personas que buscan detener el progreso y el desarrollo en el mundo». Tras enzarzarse ambos en una discusión que incomoda visiblemente a Bristow, este decide zanjar el asunto: «Debería usted volver a Baluchistán».

Guerrillero de Lashkar-e-Balochistan en algún lugar de las montañas de Baluchistán. (KZ)

Guerrilleros del BLA en las montañas Sarlat, justo en la frontera entre Afganistán y Pakistán. (KZ)

Una calle de Iranshar, en el extremo suroriental de Irán. La ciudad se llamaba Parah hasta que el primer Palevi le cambió el nombre en 1941 por «el reino de los persas». (KZ)

Los hermanos Baloch, refugiados en Afganistán, ocultan su rostro con las fotografías de sus familiares asesinados en Pakistán. (KZ)

Khair Bux Marri posa en su residencia de Karachi. Además de ser el líder tribal del clan de los Marri, también era considerado como el actor más influyente del movimiento nacionalista baluche. (KZ)

Abdul Bazzir, el último alcalde de Barichi, pocas horas antes de que su pueblo desaparezca para siempre del desierto baluche. (KZ)

Karima Baloch durante una protesta en Baluchistán. Tras recibir numerosas amenazas, la activista consiguió huir a Canadá, donde murió en extrañas circunstancias en diciembre de 2020. (BSO Azad)

Una madre conciliando familia y protesta. «Balach, tu sangre traerá la revolución», escribe en la pared, en referencia a Balach Marri, líder guerrillero muerto en Afganistán en 2007. (Mehrab Khalid)

Un momento de la multitudinaria protesta contra el genocidio baluche que marchó desde Baluchistán hasta el centro de Islamabad entre noviembre de 2023 y enero de 2024. (Mehrab Khalid)

El campamento de protesta levantado en el centro de Islamabad tras la llegada de la conocida como «marcha contra el genocidio baluche». (Baloch Yakjehti Committee)

Mahrang Baloch, una médica de 28 años que se convirtió en uno de los rostros más visibles del movimiento baluche en enero de 2024. (Mehrab Khalid)

Mahrang Baloch se dirige a los suyos desde el campamento de protesta instalado en el centro de Islamabad a principios de 2024. (Mehrab Khalid)

Bagya Marri posa en su casa de Kandahar. Afganistán se ha convertido en refugio para decenas de miles de baluches que han huído de Pakistán e Irán en las últimas décadas. (KZ)

Pastores en Nimroz, la única provincia afgana que comparte frontera con Irán y Pakistán, y donde los baluches son mayoría. (KZ)

2.
ENEMIGOS DE DIOS
(IRÁN)

No hay democracia en el mundo mejor que la nuestra.
Nunca antes se ha visto nada parecido.

RUHOLLAH MUSAVI JOMEINI

«NADA»

—En el nombre de Dios misericordioso.

Una voz cascada retumba desde altavoces contra las paredes desconchadas del centro de Zahedán.

—¿Quién se atreve a declarar la guerra a Dios? ¿Acaso cree el infiel que eso no tendrá consecuencias? ¿Acaso creyó alguna vez que Dios, en su infinita misericordia, perdonaría semejante desafío? Mirad todos bien a estos apóstatas, a estos corruptos sobre la Tierra. Decidles que, en Irán, no hay sitio para los enemigos de Dios —sentencia con vehemencia un orador invisible.

—¡Dios es grande, Dios es grande, Dios es grande! —corean mecánicamente miles de personas. Luego guardan el silencio más solemne con la vista clavada en los ocho protagonistas del día. Esperan sobre un tablado levantado para la ocasión, las manos atadas a la espalda y ojos vendados. También tienen una soga anudada al cuello. Todas cuelgan de grúas que, sin previo aviso, se elevan majestuosas, en sincronía ritual, indiferentes a la convulsión arrítmica de los ocho hombres suspendidos en el aire. Parecen pájaros que intentan levantar el vuelo con sus alas rotas. Se escuchan gritos atrapados en gargantas, y hasta el sonido de las sandalias de plástico cayendo sobre el escenario. Dos minutos después, ocho cuerpos inertes flotan sobre un mar de cabezas. Una de ellas es la de Abdul Malik. A sus catorce años aún no imagina que, un día, él también se elevará hacia ese mismo cielo.

Atrapados en la trampa del tráfico del centro de Teherán, cuatro chavales salen de un coche del que desborda la música tecno y se ponen a bailar. La fiebre se contagia, y pronto son decenas, centenares los que se unen a la fiesta. Es una de las imágenes más nítidas que conservo de aquella cobertura. Otra imagen: una protesta de mujeres, casi todas con el velo islámico replegado hasta la coronilla. Una de ellas se remanga antes de levantar las manos hacia el cielo. En el Irán de los ayatolás, cosas como bailar o que las mujeres enseñen los antebrazos se castigan a latigazos, pero parecía que todo iba a cambiar durante aquellas elecciones presidenciales de 2009. Mientras me agarraba a esa ilusión que nunca se materializó, seguía mandando crónicas desde Teherán, a pesar de que casi no había conexión a internet. Pero se me acababan las ideas y, lo que era aún peor, estaba haciendo periodismo con un visado turístico. Como ocurre en Pakistán y en todos los países gobernados por tiranos, acreditarse como periodista en Irán implica tener que pedir permiso para poder salir de la capital y, generalmente, este nunca llega. La opción es hacerse pasar por mochilero con un visado turístico estampado en el pasaporte. El problema es que, si se descubre la tapadera, uno puede acabar en prisión acusado de «espionaje». De repente, lo vi todo claro: aquellas protestas, aquella «marea verde», como la bautizó la prensa, eran una cortina de humo perfecta para subirme a un avión a Zahedán, la capital baluche de Irán. El régimen estaría demasiado ocupado en sofocar una respuesta en las calles de la capital que no tenía réplica en la periferia. Eso pensé.

Casi pierdo el vuelo. Aquel gentío en la plaza Azadi de la capital persa era un muro de carne infranqueable para mi taxi, pero nunca hay que tirar la toalla. Me bajé y me sumergí entre aquella multitud —apoyaban a Mahmud Ahmadineyad, el candidato al que le tocaba ganar aquellas elecciones— y conseguí llegar hasta una carretera despejada. Enseguida paró un coche. Nadie te deja en el arcén en Irán. Volaba al confín de unas fronteras trazadas en los años veinte del siglo pasado, cuando el rey persa Ahmad Sha fue destronado por un caudillo militar llamado Reza Khan Sha. A este le bastó un ejército de tres mil hombres y dieciocho ametralladoras para hacerse con el control de Teherán. Poco después, se autocoronará como nuevo rey de Persia en 1925. Es Sha Reza el Grande, Rey de Reyes, Sombra del Todopoderoso, Nuncio de Dios, Centro del Universo… El mozo de caballeriza que morirá sin llegar a dominar del todo la lectura se sacó un linaje de la chistera: así nació la dinastía de los Palevi. Que se atreva a probar nadie que no descienden de los mismísimos aqueménidas. Zanjado aquel tema de cuna, lo siguiente, ya con apoyo británico, será ocupar las tierras de azeríes, árabes, kurdos, turcos y baluches. Persia volverá a ser un imperio. Se lo rebautizará como «Irán» en 1935.

A diferencia de «Pakistán», mera invención de aquel estudiante punyabí en Londres, «Irán» se rescató de los antiguos textos avésticos: la «tierra de los arios». Pero los había de primera y de segunda. Ya decía sir Olaf Caroe, alto oficial colonial británico, que Baluchistán era «el porche vacío de la mansión persa» y que, aun vacío, el porche ha de pertenecer al dueño de la casa. Había que borrar todo rastro que pusiera en cuestión la propiedad en la periferia: primero se sustituyeron los topónimos y luego se haría lo propio con su población. Cuando la viajera británica Rosita Forbes pasó por allí en la década de los veinte del siglo pasado, Zahedán todavía se llamaba Duzzap. En su libro *Conflict. Angora to Afghanistan* (Cassell, 1931), Forbes describía a los baluches como gente de pelo largo, piel más oscura que los persas y dientes blanquísimos a quienes el consumo de opio no afectaba a su vitalidad. Eran aún más interesantes los datos que daba sobre esas mujeres que raramente se cubrían con el velo islámico. Es más, decía la inglesa que no era extraño dar con mujeres que ejercían de auténticas cabezas de familia, «lo más parecido al matriarcado por estas latitudes». Se ve que esa necesidad narrativa de vender cualquier sociedad «remota» como un matriarcado no es una ocurrencia de nuestros días. En cuanto a los hombres, Forbes decía que sustituían sus inmensos turbantes por un sombrero palevi —el que Reza Khan Shah introdujo en 1927 para «modernizar» el país— cuando iban a la ciudad. Según la británica, en todas las aldeas baluches había al menos uno de aquellos sombreros a disposición de la comunidad.

Eran tiempos convulsos en los que el destino de los habitantes del extrarradio se dictaba no solo desde el centro, sino también desde sus antípodas. La presencia de rusos y británicos condicionaba al sha, pero este no disimulaba sus simpatías por la Alemania nazi, y eso molestaba a los aliados. Londres temía perder el crudo iraní con el que llenaba el depósito de su armada, y Moscú temía que la *Wehrmacht* pudiese acceder desde allí a la zona del mar Caspio. También les preocupaba que Reza Khan les vetara el ferrocarril transiraní, imprescindible para proporcionar armamento y víveres a Stalin. Asqueados por tantas pegas, los ingleses no tardaron en forzar la abdicación del Palevi y llevárselo lejos, a Johannesburgo. «Nosotros lo pusimos, nosotros lo quitamos», resumió Churchill la operación. Mohamed Reza, el hijo del rey, un chaval de veintidós años, tímido, educado en Suiza y casado con una árabe suní, se convertirá en el nuevo sha de Persia en 1941. Es como lo de taponar una vía de agua en un cascarón: siempre se abren otras nuevas. Durante aquella transición, el Ejército iraní se desintegraba al calor de los levantamientos en Baluchistán azuzados desde el otro lado de la frontera. Desde allí, desde el suroeste pakistaní, llegaba gente con ideas hostiles al relato persa —algunas de ellas incluso plasmadas en libros escritos en lengua baluche— y hasta con armas. Será el nuevo sha quien tenga que apagar aquel fuego y lo hará con cubos de sangre. La historia de los ejércitos suele estar trufada por grandes batallas, pero la del suyo lo estará por las grandes masacres de su población: desde Azerbaiyán hasta Baluchistán. Simultáneamente, prohibió desde el uso de la lengua en las pocas escuelas en las que había estudiantes baluches hasta la vestimenta tradicional. Los profesores eran siempre persas del centro del país que odiaban su destino de la misma forma que lo haría un docente de Rabat enviado al Sahara ocupado o un damasceno en el noreste kurdo de Siria. Precisamente, inundar el territorio de colonos fue otra exitosa medida del sha —en 1978 constituían ya el 40 % de la población de Zahedán. Fue aquella riada de persas hacia el sureste la que provocó otra de baluches hacia los países del Golfo.

Con todo, aquella política de asimilación no pudo eliminar el germen de una insurgencia que nacería a finales de la década de los 50, y aún menos librar al sha de la pesadilla que más le atormentaba: Moscú haciéndose fuerte en Afganistán y sincronizando desde ahí su apoyo a los baluches de Pakistán e Irán. Para Mohamed Reza, la única forma de que aquello no se le fuera de las manos era tratar el Baluchistán pakistaní como un protectorado de Irán: presionaría a Zulfikar Alí Bhutto —el entonces primer ministro pakistaní— para que pusiera orden en la zona, e incluso le aprovisionaría con un paquete de armamento norteamericano que incluía treinta helicópteros de ataque Cobra; todo vale cuando se trata de que la metástasis no atraviese la frontera. «Si Pakistán se desintegra, podría darse una situación como la de Vietnam. Debemos evitar que eso ocurra», dijo entonces el Palevi a *The New York Times*. Los baluches de Pakistán apenas llevaban un puñado de décadas luchando contra la dominación punyabí, pero los de Irán se habían pasado los últimos dos mil años luchando contra los monarcas persas. Era tiempo más que suficiente para cavar unos cortafuegos mentales que no dejaban de ensancharse y en los que no crecía la hierba. A ojos de los baluches, los persas fueron siempre una raza débil y pretenciosa que no merecía gobernarles; para los persas, quienes miraban con un desdén cultural e incluso racial a sus vecinos árabes, los baluches eran simple y llanamente unos salvajes desagradecidos que no valoraban en su justa medida los beneficios de ser ocupados.

Desde el siglo IX, Persia había sido gobernada por las corrientes de dos poderes: la monarquía y la religión. La relación entre ambas ha sido siempre frágil, y los mayores problemas han surgido cuando se ha roto su precario equilibrio. Irán heredaba toda la complejidad de Persia. Si el sha intentaba imponer su poder de forma absoluta (contando, además, con la ayuda de protectores extranjeros), el pueblo se refugiaba en la mezquita y se organizaba para luchar. Recordaba Kapuściński en *El Sha* que toda revolución «viene precedida por un estado de agotamiento general y se desarrolla en el marco de una agresividad exasperada». Así será también en Irán. El 16 de enero de 1979, el sha abandonó el país para recibir tratamiento médico. No volverá jamás. Dos semanas más tarde, un clérigo llamado Ruhollah Musavi Jomeini aterrizaba en Teherán tras cumplir quince años en el exilio por sus críticas al Palevi. Según estimaciones de la BBC, cinco millones de personas lo reciben exultantes. «¿Sería tan amable de decirnos qué siente al estar de regreso en Irán?», le preguntó entonces Peter Jennings, un periodista estadounidense. Jomeini respondió a través de su asistente: «Nada».

Al fin y al cabo, ¿quién era él, mero instrumento al servicio de Dios —poco más que una polea de su voluntad— para emitir juicio humano de ninguna clase? Pero «nada» era más bien «todo» atendiendo al poder que ostentará como Líder Supremo de la República Islámica de Irán. Según la Constitución del país, él, el Líder Supremo, traza y supervisa las políticas internas y externas del país, nombra y destituye a los líderes del poder judicial, los de las redes estatales de radio y televisión y al comandante supremo del Cuerpo de la Guardia Revolucionaria Islámica. También comanda las fuerzas armadas y controla las operaciones de inteligencia y seguridad de la República Islámica: solo él puede declarar la guerra o la paz. Tras la muerte de Jomeini en 1989, será el ayatolá Alí Jamenei quien ostente todo ese poder en Irán.

Durante aquella transición de la monarquía a la teocracia se abrió una pequeña ventana de libertad cultural para los baluches de Irán. También había estallado esa guerra contra Irak que duraría ocho años. ¿Podía ser aquella una oportunidad para librarse del yugo de Teherán? Podía, pero faltó unidad y organización para aprovechar el momento. La cuestión nacional, fuera la de los baluches, los kurdos o la del resto, seguía siendo un anatema en Irán. «El islam ha llegado para acabar con el fanatismo nacionalista», adelantó Jomeini. En realidad, iba a ser mucho peor. Al inconveniente que supone pertenecer a una etnia distinta a la persa, la revolución islámica añadirá el factor religioso. No había forma humana ni divina de que el sunismo de los baluches pudiera acomodarse bajo la teocracia chií. Así, con un carril extra, es como se amplió la autopista hacia el exterminio.

DIBUJA UN SKYLINE DE GRÚAS Y MINARETES

Dos meses en Zahedán para cerrar un trato de camellos baluches, y ni por esas. Abdullah, empresario saudí de veintisiete años, gafas de pasta sobre una barba de náufrago, decía odiar la ciudad, sus calles, su aire, su gente y a todo el país en general «de la misma manera que los persas odian a los saudíes».

—Es un asco. Aquí no hay ni mujeres, ni alcohol, ni nada que hacer aparte de fumar… Y encima todo el mundo me toma por un terrorista de Al Qaeda —repitió el árabe desde el vestíbulo del hotel y entre bocanadas a su pipa de agua.

También podía llegar a contar cosas curiosas. ¿Sabía yo que la gente usaba los camellos para traer heroína desde Afganistán? Se les enseña el camino, se les injerta la droga en la joroba y luego hacen la travesía ellos solos. Aquel, decía, era un negocio redondo que tenía que explorar. Pero llegaba tarde. Para cuando Baluchistán fue anexionado a Irán en 1928, los británicos hacía ya tiempo que habían introducido el tráfico de opio en la región. Comparado con otras partes del país, su uso allí era aún poco común, limitándose a un puñado de líderes tribales.

Bajo la dinastía Palevi se arraigaría el consumo de heroína en esta parte de Baluchistán, y aquellas enormes oportunidades de lucro tampoco pasaron desapercibidas a sus sucesores: los ayatolás. Cargos públicos locales —siempre persas, nunca baluches— seguían amasando enormes fortunas con la droga que llegaba desde la vecina Afganistán mientras Teherán miraba hacia otra parte, hacia los pequeños traficantes. Se estimaba que el 60 % de la población local estaba enganchada a los opiáceos; dicho de otra forma, el número de baluches dispuestos a protestar, o incluso a tomar las armas contra los clérigos, se reducía en al menos un 60 %.

Antes de llegar a Zahedán sabía perfectamente que sería muy difícil hablar con nadie con libertad. Un extranjero en aquella parte del país siempre levanta sospechas, y eso podría afectar a cualquiera de mis interlocutores en el futuro más inmediato. Nunca olvidaré el caso de un colega periodista y amigo cuyo nombre prefiero omitir. Un día después de que este abandonara Chechenia tras una semana de cobertura, su traductor fue arrestado durante semanas en las que fue torturado salvajemente. A su salida, contó que le enseñaban la foto de mi colega durante aquellos interrogatorios. ¿Por qué había trabajado para un agente de la CIA? Se lo preguntaron una y otra vez.

Desde luego, podía pasear por las galerías del bazar de Zahedán bajo un techo de chapa y plástico a partes iguales, o por esas calles rectilíneas y desconchadas en las que los baluches eran fácilmente identificables en sus *shalwar kamiz*. Nadie más los usa en Irán. El único turoperador local que incluye esta ciudad en su circuito se centra en las posibilidades de excursiones de día desde la misma: al desierto, a la playa, a las ruinas de Shahr-i Sokhta o a las faldas del Taftán. Es como si esta ciudad de más de medio millón de habitantes no tuviera nada que ofrecer, como si lo mejor, o lo único, que pudiera hacer uno en Zahedán fuera irse. Inconscientemente, me dejaba llevar en un paseo que me arrastraba hacia las afueras. Según me alejaba del centro, más me costaba diferenciar si veía casas en ruinas o, simplemente, a medio construir. La basura se amontonaba en solares desahuciados y el hedor ácido de los excrementos de miles de gallinas te impedía abrir los ojos. También aumentaba el número de hombres enfundados en un *kamiz* y mujeres que lucían los coloridos vestidos baluches bajo el chador negro obligatorio. Se me unió un séquito de niños que disfrutaba tirándome piedras, hasta que conseguí subir a un risco desde el que tuve una vista general sobre la ciudad. Desde su mismo centro, se alzaban majestuosos los dos esbeltos minaretes dorados de la mezquita del imán Alí. Costaba creer que, apenas tres semanas antes, aquel templo chií hubiera sufrido el mayor atentado en Irán desde 1980: más de treinta muertos y sesenta heridos. El ataque llevaba la firma de Jundullah (el «Ejército de Dios»), una organización armada baluche iraní nacida en 2002 con una reivindicación autonomista y un fuerte corte religioso suní. Aquel chaval de catorce años que presenció, en el arranque de este capítulo, la ejecución de aquellos ocho desgraciados en su Zahedán natal era ahora su líder. Se llamaba Abdul Malik Rigi.

La clandestinidad le había abierto sus puertas antes de cumplir los veinte, por lo que Rigi nunca tuvo ni el tiempo ni la voluntad de completar estudios. Se decía que había sido condenado por un asalto con arma blanca cuando era aún un adolescente; que ya de adulto no pasaba dos noches en el mismo sitio, que nunca estrechaba la mano de nadie sin guantes… Lo que desde luego resultaba inapelable era que, de la noche a la mañana, una misteriosa organización armada plantaba cara a la teocracia en el rincón más remoto de Irán. Durante aproximadamente diez años de actividad, Jundullah cometió varios ataques suicidas contra mezquitas como la de Zahedán o ese brutal ataque de 2009 en Pishin, justo en la frontera, contra una reunión de líderes tribales y oficiales de la Guardia Revolucionaria Islámica (GRI). Murieron quince de estos últimos entre un total de cuarenta. También secuestró a un buen número de guardias fronterizos, así como a unos cuantos oficiales. Los más afortunados eran liberados tras cobrar un rescate; el resto, ejecutados, a menudo por el propio líder de la organización. Eran acciones que Rigi, tocado con un *pakul* —ese sombrero de fieltro que Ahmad Sha Massud popularizó durante la guerra contra los soviéticos— revindicaba en vídeos en los que interpelaba directamente a los ayatolás. También se hablaba de atentados selectivos que incluían científicos nucleares iraníes, pero casi aún más demoledor para Teherán era perder al segundo al mando de la GRI en aquella mezquita de Zahedán.

Que se hubieran convertido en uno de los objetivos prioritarios de la insurgencia baluche en Irán tenía una explicación. Fundada por un decreto del ayatolá Jomeini poco después de su llegada al poder y concebida como garante ideológica del régimen revolucionario y contrapeso al ejército regular, la Guardia Revolucionaria es hoy un conglomerado sociopolítico-económico cuyos tentáculos se extienden a todos los ámbitos de la vida iraní. La presencia de la GRI es hegemónica en un fraccionado sistema político en el que muchos cargos públicos de todos los niveles provienen de sus filas. Por si fuera poco, supervisan un sólido conglomerado de medios de comunicación y también controlan industrias estratégicas y servicios comerciales, tanto los legales como los relacionados con el mercado negro y con el contrabando de prácticamente todo.

Era un enemigo tan transversal como poderoso al que Rigi y los suyos golpeaban operando desde sus bases en el lado pakistaní de la frontera. Aquello era un secreto a voces. De hecho, fue allí donde el líder baluche concedió su primera entrevista cara a cara a periodistas internacionales. Los afortunados fueron el reportero británico Willem Marx y Marc Wattrelot, el fotoperiodista francés que le acompañaba. En *Balochistan at a Crossroads* (Niyogi, 2014), Marx describe a un Rigi de manos cuidadas y dientes «excepcionalmente blancos» que dice estar casado y ser padre de tres criaturas. Fue en esa misma entrevista cuando admitió que ver aquellos ocho cuerpos colgados de grúas de chaval le impulsó a desafiar al régimen teocrático con las armas. El inglés cuenta que no fue hasta después de aquella entrevista cuando vio un vídeo en el que Rigi decapitaba al cuñado de su hermano con un cuchillo de cocina. «Me alegré de no haber visto aquellas imágenes antes de nuestro encuentro», escribió el periodista. Rigi, decía, respondió «con una mirada desafiante» a la pregunta de si recibía apoyo de Pakistán. Marx aseguraba haber confirmado de forma independiente que el baluche había mantenido contactos con la CIA, pero no si aquellas conversaciones llegaron a sustanciarse en algo concreto.

Era difícil saberlo porque los persas siempre vinculan a kurdos y baluches con los servicios secretos occidentales. Ocurre siempre después de cada asesinato, como el del científico nuclear al que dos motoristas colocaron una bomba lapa en su coche, el 29 de noviembre de 2010, en Teherán. La acción no fue reivindicada pero los analistas coincidían en que el modus operandi apuntaba a los servicios secretos israelíes. Se trataba del quinto ataque en dos años sobre agentes involucrados en el programa nuclear iraní y, curiosamente, se producía pocas horas más tarde de que WikiLeaks filtrara un cable en el que Meir Dagan, el entonces director del Mossad, defendía la caída del régimen islámico como «la única manera de acabar con el programa nuclear». Para ello, Dagan sugería «reclutar a grupos armados como el movimiento de liberación baluche». Quedaba por aclarar si el baluche más bregado en acciones de guerrilla en el desierto podía aportar algo a agentes del Mossad cuando se trataba de asesinar a un científico en mitad del correoso tráfico de Teherán. ¿Era descabellado que la CIA o el Mossad tuvieran algún interés en que Jundullah siguiera descabezando a los peones del régimen en el sureste? En absoluto. Nunca se han hecho ascos cuando se trata de debilitar al enemigo persa.

Rigi acabó ahorcado, como en sus recuerdos de infancia. O no. Sobre su captura y su muerte corren distintas versiones. Los clérigos decían que el baluche había sido arrestado el 23 de febrero de 2010: tras visitar este una base americana en Afganistán, se subió, con un pasaporte falso, a un vuelo de Dubái a Kirguizistán. Su avión fue interceptado mientras volaba sobre aguas territoriales iraníes en el golfo Pérsico y obligado a aterrizar. La maquinaria de propaganda iraní se encargó de que las imágenes de Rigi bajando de un avión, esposado y con los ojos vendados, se hicieran virales hasta en un país en el que internet está lleno de candados. Pero no acababa todo ahí. En una confesión televisada dos días después, Rigi relataba sin levantar la vista (probablemente leyendo el texto que le habían dado) cómo había sido contactado por los americanos nada más llegar Barack Obama a la presidencia de Estados Unidos. Washington, decía, les había ofrecido armas, entrenamiento y bases en Afganistán o en cualquier país limítrofe que ellos quisieran. Según este relato, cuando el avión en el que viajaba fue interceptado, Rigi iba a cerrar el trato con un agente de la CIA en la base que Estados Unidos tiene en Manás, Kirguizistán. Pocos días después de aquel arresto de película, se filtró otra versión de los hechos: el líder de Jundullah había sido capturado por agentes pakistaníes en Baluchistán y entregado a las autoridades iraníes a través de la frontera. No era un relato tan espectacular, pero sí mucho más plausible. Según una tercera versión, había sido traicionado por alguien de su círculo más cercano y entregado a las autoridades iraníes a través de un tercer país.

En retrospectiva, lo que sí sabemos es que Rigi había sido un producto cocinado por los servicios secretos pakistaníes con dos objetivos: el primero era asociar a la insurgencia baluche laica de Pakistán con un movimiento de corte fundamentalista como Jundullah, aunque ambas organizaciones estuvieran en las antípodas en lo ideológico; el segundo, convertir a Rigi en una moneda de cambio con la teocracia chií. Lo que no sabemos es qué se llevó Islamabad a cambio de entregar al líder insurgente. No obstante, confundir al «gran público» sobre la naturaleza de la insurgencia fue una misión fallida, más que nada porque, como ya se ha repetido en estas páginas, el mundo sigue sin localizar a Baluchistán en el mapa. Yo mismo había preguntado por Jundullah a docenas de líderes políticos, tribales y militares baluches en Pakistán, y todos coincidían en desmarcarse de ellos por su corte religioso radical. El tanto, eso sí, se lo apuntaría Teherán: si bien apenas se hablaba de los baluches de Irán, cuando ocurría tenía siempre que ver con un grupo yihadista. La versión oficial persa decía que su líder había sido ahorcado en junio de 2010 en la prisión de Evin (Teherán); otra apuntaba a que Rigi murió en un interrogatorio en el que se midieron mal las fuerzas; una tercera, que había sido acuchillado en prisión por un familiar de Nuri al Shustari, un general del GRI que se contaba entre los muertos en aquel ataque con bomba de 2009 en Pishin. Que no haya fotos del enemigo de Dios número uno colgando refuerza las dos hipótesis alternativas.

Aún descabezada, Jundullah volvió a golpear seis meses más tarde, esta vez en la ciudad portuaria baluche de Chabahar: cuarenta muertos y más de un centenar de heridos cerraron el saldo final de un ataque suicida cometido durante las multitudinarias celebraciones de la Ashura, el martirio del imán Hussein. Una vez más, el portavoz del Parlamento iraní, Ali Larijani, insistía en que Estados Unidos e Israel estaban financiando todo aquello. El liderazgo de la organización había pasado a manos de Abdul Rauf Rigi, el hermano mayor de Abdul Malik. Sería asesinado a tiros en Quetta junto a su otro hermano, Abu Bakar Rigi, en agosto de 2014. Poco antes, Teherán e Islamabad habían oficializado un acuerdo de cooperación en cuestiones de seguridad. Que Jundullah recibiera o no apoyo de la inteligencia norteamericana o israelí era algo puramente accesorio: la organización murió cuando la ejecutaron las mismas agencias pakistaníes que la habían engendrado.

Con Jundullah fuera de juego, otros grupos armados de corte wahabita como Jaish ul-Adl o Ansar al Furqan («Ejército de la Justicia» y «Partidarios del Criterio» en lengua árabe) intentaron tomar el relevo. Sus ataques contra las fuerzas de seguridad persa en el confín del país seguían enturbiando las siempre complicadas relaciones entre Teherán e Islamabad, y aún más que los persas acusaran públicamente a Arabia Saudí de financiar a dichos grupos. Eso no era todo. En 2016, Riad apuntaló a un general pakistaní retirado al mando de la IMAFT (acrónimo inglés de la Alianza Militar Islámica contra el Terrorismo), una organización fundada un año antes por el propio Mohamed bin Salman, el príncipe heredero saudí. Con su centro de operaciones en Riad, es una suerte de OTAN de cuarenta Estados musulmanes entre los que, por supuesto, no se encuentran ni Irán ni ningún otro país chií. Que un país al que expertos de todo el mundo señalaban como uno de los financiadores del Estado Islámico o Al

Qaeda liderara una organización que había de «combatir el terrorismo» sonaba a chiste malo y macabro.

¿Cuál sería el planteamiento de la IMAFT respecto a los herederos de Jundullah? Nada apuntaba a que fueran a combatirlos en sus bases en Pakistán mientras condujeran sus operaciones al otro lado de la frontera. Por suerte para los ayatolás, los nuevos actores en el sureste persa carecían de la capacidad operativa que habían tenido los hombres de Rigi. Pero seguían haciendo daño. En enero de 2024, Irán bombardeó unas supuestas bases de Jaish ul-Adl en Pakistán. A pesar del estertor provocado por titulares tan gruesos como «Irán ataca a Pakistán» en periódicos de todo el mundo, no era la primera vez que Teherán golpeaba objetivos similares al otro lado de la frontera. La primicia era que Pakistán respondiera con la misma moneda. «Campamentos del Ejército de Liberación Baluche», esgrimió Islamabad en sus comunicados de prensa. Que Teherán diera cobijo a insurgentes del BLA que siempre habían denunciado «la ocupación persa» del territorio era otra cosa. Además, Baluchistán bajo el control de Islamabad era un territorio lo suficientemente vasto y montañoso como para que la guerrilla pudiera desplegarse con eficacia y seguridad.

Aquel incidente se cerró con comunicados apelando a «la colaboración transfronteriza y la buena relación entre vecinos». Tras la charada diplomática descubrimos que los supuestos campamentos eran humildes casas de adobe, y que las víctimas de sendos ataques (en torno a veinte) eran civiles e incluían niños. Las fotos eran demasiado gráficas.

El detonante de aquel episodio, al menos el oficial, había sido poner freno al goteo de muertes de la seguridad persa a manos de los herederos de Jundullah. Teherán nunca escatimó esfuerzos para contener aquella gangrena.

A la plétora de fuerzas de seguridad e inteligencia persas, en el sureste iraní se le sumaban grupos paramilitares que operaban bajo las órdenes directas del líder supremo, Alí Jamenei, y se especializaban en palizas y tiroteos, muchas veces al azar, para provocar terror y sensación de inseguridad entre la población local. Uno de sus comandantes llegó a admitir abiertamente haber recibido órdenes de matar baluches, y no de arrestarlos. Solo durante aquel mes de junio de 2009 se había ahorcado a diecinueve personas acusadas de ser «enemigos de Dios» y «corruptos sobre la tierra», «terroristas» y «camellos». La tendencia se mantiene. Amnistía Internacional habla de miles de ejecutados tras «juicios-farsa» y de otros miles que esperan en el corredor de la muerte. Salvo por la pausa impuesta durante la pandemia de covid-19, las ejecuciones públicas han sido siempre una práctica habitual en Irán. Tras ser ahorcados en la vía pública, sus familias tienen que pagar a las autoridades para poder recuperar los cadáveres. También cuando las ejecuciones se conducen dentro de las prisiones. Según datos de AI, entre 2004 y 2009, Irán había ejecutado a 1481 personas. Más de la mitad eran baluches, una cifra que resulta aún más perturbadora cuando recordamos que estos apenas suman tres millones de entre los setenta y cinco de la población total de Irán entonces.

La respuesta a esa violencia de Estado había sido canalizada a través del yihadismo, pero el fundamentalismo religioso era un fenómeno muy ajeno a un pueblo que siempre había mantenido el zoroastrismo y el islam a una distancia prudente de su vida política y social. Hablamos de un pueblo cuya diáspora presumía de haber fundado el primer partido político baluche hace un siglo —se llamó Anjuman-e-Ithad-e-Balochistan, «Asociación por la Unidad de Baluchistán»—, y que hoy aboga por un Irán «democrático, descentralizado y laico». No fue casualidad que la llegada del régimen islámico trajera consigo una campaña para descabezar a toda la élite intelectual baluche. Profesores y estudiantes, abogados, periodistas, escritores… todos se convirtieron en objetivos prioritarios de unos clérigos que tenían prisa por acabar con dos organizaciones políticas laicas y progresistas en sus fronteras: Nabard Baloch y Bami Astar («Batalla baluche» y «Estrella del alba»). Muchos escaparon; el resto pasó años en prisión o fue ejecutado. Aquella era una campaña que corría pareja al empoderamiento de mulás suníes por parte de Teherán para disolver un ideario comunista profundamente arraigado en la región. Circulaban historias como la de aquel sacerdote suní de Saraván que aseguraba que la traducción literal de «comunismo» era «Dios no existe». Alertados los fieles en cada sermón, quedaban todos conminados a mantenerse alejados de aquella herejía bajo pena de sufrir un castigo divino. Se trata de una anécdota tan triste como ilustrativa de la asimilación más sistemática. Tampoco es casual que Teherán haya convertido una mezquita construida en Zahedán en los años setenta del siglo pasado en el mayor templo suní de todo el país. La construcción de ese complejo de cincuenta y dos cúpulas y capacidad para sesenta mil fieles sigue su curso.

Era una metáfora en hormigón de la estrategia de Jomeini, aunque, a su vez, esta fuera heredada de los británicos. Ellos fueron los primeros en utilizar el islam como una herramienta política para contrarrestar la expansión soviética en su carrera hacia las aguas calientes del Índico. También lo haría la CIA, entrenando a Osama bin Laden en Pakistán para echar a los rusos de Afganistán, y Moscú jugaría esa misma carta en Chechenia en la década de los noventa del siglo pasado: no podían derrotar al pueblo checheno, pero sí dividirlo a través del bisturí yihadista. Me lo confirmó durante una entrevista en Londres el propio Ahmed Zakayev, ministro de aquel malogrado primer ejecutivo checheno. Zakayev aseguraba que todos aquellos árabes islamistas que llegaban a Chechenia para luchar con ellos no lo hacían cruzando las montañas ilegalmente, sino con un visado ruso estampado en el pasaporte. Era una dinámica universal.

Hablando de injerencias y alianzas extrañas, no podemos esquivar la curiosa conexión entre baluches y árabes. Se remonta hasta comienzos del siglo XX, con lazos que se estrecharon visiblemente en la década de los cincuenta. Resulta que, hasta su muerte en 1957, Dad Sha, líder rebelde baluche de Irán, era un rostro habitual en los periódicos iraquíes. Todo el mundo sabía de las andanzas de aquel camellero y líder tribal que hostigaba no solo a la policía y al Ejército persas, sino también a los adinerados señores feudales baluches. Se decía que era una especie de Robin Hood al que le encantaba repartir toda aquella riqueza entre los nómadas. El sha de Persia era incapaz de sofocar la guerra civil en el Baluchistán iraní, y alimentar ese fuego en la casa del enemigo era una baza que Bagdad no podía desaprovechar.

No fue hasta principios de los sesenta que Teherán consiguió sofocar aquello, pero los baluches consiguieron reorganizarse de entre la humareda antes de volver a la carga en 1968. Por supuesto, Bagdad seguía detrás, esta vez apoyada por otros líderes árabes del Golfo que se sumaron a la causa contra el enemigo persa común. Hasta un grupo de baluches pakistaníes fue entrenado por la OLP de Yasser Arafat en 1973. El combo árabe-baluche mantuvo el pulso hasta 1975, cuando el sha consiguió persuadir a uno de los líderes insurgentes para que se sentara a negociar. Al mismo tiempo, Bagdad también apoyaba a los Marris en su guerra contra Pakistán (1973-1977); de hecho, la excusa de Bhutto para desmantelar el Parlamento provincial baluche y arrestar a tres de sus líderes en 1973 fue un puñado de armas supuestamente encontradas en la embajada iraquí de Islamabad. En cualquier caso, Punyab no exageraba cuando denunciaba un plan iraquí-soviético para sacudir a Pakistán: eran los baluches los que viajaban en el estómago de ese caballo de Troya.

Sadam Husein volvería a hacer uso de ellos durante la guerra Irán-Irak (1980-1988). Cuanto más apoyo logístico tuviera la Unidad Baluche —una organización armada con fuertes vínculos con grupos de oposición monárquicos—, más ocupados estarían los ayatolás en el frente oriental y menos refuerzos podrían mandar al occidental, a la frontera con Irak. Era una maniobra que contaba hasta con cobertura ideológica a través de libros como *Baluchistan: tierra de árabes*. Escrito por un iraquí llamado Shana al Hakkami y publicado en Bahrein en 1979, aquel volumen de 310 páginas circulaba por todos los países árabes. Agarrándose al mito de que el origen del pueblo baluche estaba en Alepo, Hakkami lamentaba que hubieran «perdido» la lengua árabe, pero, decía, habían conservado «muchos otros elementos de su identidad cultural y religiosa». Teherán aguantaba el chaparrón mientras apoyaba a los kurdos de Irak comandados por Jalal Talabani. En junio de 1991, en plena primera guerra del Golfo, Sadam cesó a Wafiq Samarrai, uno de sus generales más conocidos, por sus presuntos vínculos con Teherán. En una entrevista concedida en 1994, Samarrai reveló que durante la guerra Irán-Irak, la inteligencia iraquí tenía una oficina en Dubái gestionada por baluches.

Estábamos en Zahedán, antes de toda esta digresión, y caminando hacia la mezquita chií que había sido blanco de varios ataques. Justo enfrente, Rasul tenía su tienda de fotografía desde hacía casi treinta años. Era uno de tantos persas que llegaron de otras regiones deprimidas atraídos por los incentivos y las oportunidades de trabajo en una ciudad en la que faltaba prácticamente de todo. Si bien su mayor enemigo era entonces el auge de la fotografía digital, el persa reconocía que la seguridad en la capital se había ido deteriorando en los últimos años.

—La mezcla de terroristas suicidas y heroína es una combinación que resulta todavía más letal en estos tiempos de crisis. Aquí la incertidumbre es total —se quejaba aquel hombre de cara huesuda junto a una estantería que exhibía las cámaras fotográficas soviéticas más icónicas.

Ninguna estaba a la venta. Rasul no veía el momento de jubilarse para volver a su Shiraz natal. Aquel era un sentimiento recurrente entre los que sueñan con volver a la tierra que dejaron atrás. Rasul también era un colono, como esos marroquíes que acabaron instalándose en el Sahara ocupado arrastrados por la Marcha Verde, o los árabes que Sadam Huseín o Hafez al Assad empujaron, con incentivos o sin ellos, a las zonas kurdas de Irak y Siria. Del medio millón largo de habitantes de Zahedán, los persas forman hoy mayoría. A menudo olvidamos que, aun en una posición de poder, los colonos no dejan de ser desplazados que comparten celda con los nativos en enormes prisiones al aire libre. El campus de Zahedán también ofrecía una radiografía bastante ajustada de aquel tejido social. Luciendo un *kamiz* azul celeste inmaculado, y con un peinado encofrado en espuma, Karim aseguraba ser uno de los escasísimos profesores de etnia baluche en la Universidad de Sistán y Baluchistán. De los 20 000 estudiantes en su campus, tan solo quinientos eran baluches.

—En realidad es un reflejo fiel de lo que está ocurriendo aquí. Hace setenta años nuestra provincia se llamaba Baluchistán, más tarde «Baluchistán y Sistán» y hoy «Sistán y Baluchistán». De seguir esta tendencia, en el futuro se llamará solo Sistán —decía aquel profesor de Matemáticas que me pidió no revelar su nombre real.

Los sistaníes hablan una variante del persa que cuenta con más hablantes al otro lado de la frontera, en Afganistán. La explicación radica en que Sistán era una provincia al norte de Baluchistán que había pertenecido a Afganistán durante la mayor parte de los siglos XVIII y XIX. Tras varios intentos de delimitar las fronteras comunes entre Afganistán y Persia, una pequeña parte pasó a manos de Teherán. Esa es la razón de que haya una localidad llamada Zabol en Irán y otra homónima en Afganistán. Unir administrativamente aquel insignificante fragmento de Sistán al Baluchistán iraní y empoderar a los sistaníes con trabajo, y hasta con armas, fue una idea de Mohamed Reza. Siempre se trató de limar una identidad nacional maldita.

Resulta aún más eficaz condenar a todo un pueblo a la ignorancia, que nunca llegue a plantearse ni esa ni otras cuestiones que afectan directamente a sus vidas. De hecho, la universidad sigue siendo un sueño inalcanzable para la mayoría de los baluches en la provincia que sufre la tasa de alfabetización más baja del país. Los pocos que pasan el corte académico se enfrentarán a otro aún mayor a la hora de buscar trabajo. Era la historia de Zagros Hiwa, un kurdo de Irán al que conocí cuando este hacía de enlace de prensa del Partido de los Trabajadores de Kurdistán. Él era quien facilitaba mis entrevistas con los líderes del maquis kurdo. Tras licenciarse en Filología Inglesa por la Universidad de Sanandaj en 1996 con un brillante expediente, Zagros obtuvo un posgrado en «Enseñanza del Inglés como Lengua Extranjera». Muy a su pesar, aquel sería el final de su prometedora trayectoria académica. Aprobó el examen para desarrollar su tesis y doctorarse en la Universidad de Shiraz, pero fue finalmente descartado cuando la Comisión de Supervisión Académica dictaminó que aquel joven era «una amenaza para el Estado». Es lo que tiene ser kurdo o baluche en Irán, «suní» para los efectos. Nunca he dejado de preguntarme si aquel lingüista kurdo se habría echado al monte de haber podido seguir estudiando.

COMO LOBOS ENTRE FUMAROLAS DE ÁCIDO SULFÚRICO

Intuí que subirse a un autobús en dirección hacia el sur y dejar atrás la claustrofóbica Zahedán sería algo liberador, y así fue. Mientras me dejaba llevar a través de aquella carretera rectilínea y bien asfaltada —nada que ver con las del otro lado de la frontera—, mi mente descansaba sobre la imponente mole de cuatro mil metros del Taftán. En la cima del único volcán activo de Irán hay nieves perpetuas, lagos de agua dulce y salada y, según el recepcionista de mi hotel en Zahedán, lobos que corretean entre fumarolas de ácido sulfúrico. Dicen que los bichos han desarrollado un instinto que les permite sobrevivir en un entorno tan hostil controlando los sonidos y los olores, e incluso la dirección del viento para evitar morir envenenados. Alguien comentó que también había tribus baluches que practicaban el nomadismo vertical por sus faldas, subiendo en verano y bajando en invierno, pero no tendría la oportunidad de comprobarlo en aquel viaje. Me dirigía a Iranshar, a cuatro horas hacia el sur de Zahedán y una parada para comer y rezar.

A dos mil kilómetros al sureste de Teherán, Iranshar se llamó Parah hasta que el primer Palevi le cambió el nombre en 1941 por «el reino de los persas». Que nadie tuviera ninguna duda sobre quién era el dueño de aquello. Es conocida por registrar a menudo las temperaturas más altas del país, aunque eso siempre es mejor que ser la «capital de las grúas» o la «ciudad-prisión» que es Zahedán. Esperaba que el ambiente allí fuera más relajado, que se pudiera trabajar sin la sensación de ir marcando objetivos a ejecutar por el régimen. ¿Era eso realmente posible? Suponía que sí, porque Chakar me esperaba en la estación. Su primo en Suecia nos había puesto en contacto. Ya le dije que me quedaría en un hotel, pero insistió en que me alojara en su casa. No había discusión posible. Chakar tenía veintitrés años, la tez morena y un cuerpo de luchador enfundado en un *shalwar kamiz* baluche. Tras estudiar informática en el campus de Iranshar, trabajaba «aquí y allá», haciendo encargos que iban desde editar fotos de una boda blanqueando el rostro de los protagonistas hasta instalar sistemas informáticos en empresas. Como no había mucho trabajo, lo había intentado en Teherán, pero allí era aún más difícil.

—La gente se pensaba que era afgano por mi ropa y mi aspecto, no podían creer que fuera iraní. Cuando se enteraban de que era baluche era aún peor… —me contó durante el primer té verde de los muchos que tomaríamos juntos.

También lo había intentado en Karachi, pero acabó odiando la ciudad y se volvió. Sigo sin encontrar a nadie que se haya sentido a gusto en la megalópolis del Índico.

Lo cierto es que Iranshar ofrecía muy poco más allá de su castillo junto a la avenida del imán Jomeini y un bazar sin ninguna solera. Uno sabía que estaba en tierra baluche únicamente por la ropa de ellos y ellas, y por la sensación de abandono que dominaba sus calles. Por supuesto, no esperé encontrar una rotulación bilingüe en farsi y baluchi, ni prensa en la lengua local, ni por supuesto banderas, o símbolos nacionales de ningún tipo a la vista. Los más valientes se conformaban con llevar una foto en su teléfono móvil de líderes baluches del otro lado de la frontera como Balach Marri, o de otros más cercanos como Abdul Malik Rigi. Chakar se quejaba: en Iranshar no había un cine ni un teatro, ni siquiera una biblioteca.

—Teherán gasta billones en financiar a Hezbolá en el Líbano, a los sirios, a los chiíes de Irak, e incluso a los talibanes, pero aquí no llega nada —decía el baluche, justo antes de acordarse de los misioneros chiíes en África. En el día 10 del mes de muharram, el primero del calendario lunar islámico, un millón de ganeses recuerdan el martirio del nieto de Mahoma. Que ese hipnótico festival de flagelación colectiva bañado en sangre haya llegado hasta el corazón de África es fruto de décadas de trabajo sobre el terreno y, desde luego, mucho dinero.

En 2023 se contaba la historia de una baluche local que dio a luz a dos niños. Presentaban síntomas alarmantes por lo que fueron trasladados al hospital de Chabahar, el único en toda la provincia. Los médicos dijeron que habían fallecido, pero, durante el entierro, la familia descubrió que uno de ellos seguía vivo, y que el otro había muerto por negligencia médica. Poco después, se hizo viral un vídeo en el que dos niños iraníes denunciaban la falta de asistencia médica en la provincia. ¿Por qué se destinaba tanto dinero a hospitales en países como Siria o Indonesia? La pregunta era especialmente punzante cuando pensamos que la provincia más pobre de Irán podría abastecerse a sí misma, y a otras tantas como ella. Está situada en el cinturón de metales y minerales que va desde los Balcanes hasta Pakistán: cromita, cobre, manganeso, zinc, tungsteno, mármol, granito… Exploraciones recientes hablan de más de 10 millones de toneladas de oro solo en Mir Jave, y hace apenas diez años, geólogos iraníes encontraron enormes reservas de gas en la costa cuyo volumen, dicen, equivale al del resto del país en su conjunto. Si a eso les sumamos generosos bancos de pesca y el único puerto oceánico de Irán (Chabahar), los tres millones de habitantes en el oeste de Baluchistán deberían nadar en la abundancia. No era así. A diferencia de lo ocurrido en el Baluchistán bajo control pakistaní, Teherán se ha resistido a explotar las reservas energéticas y minerales de la zona para evitar que la región se desarrolle. Los datos hablan por sí solos: según fuentes oficiales, el 70 % de la población en Sistán y Baluchistán vivía bajo el umbral de la pobreza, la partida del presupuesto destinado a la región era menor del 1 % y la mitad de esta cantidad se destinaba a las fuerzas de seguridad.

Jueves a la noche, víspera de fiesta. Chakar quería presentarme a sus amigos, pero no sería en una casa de té, sino en una casa privada. Nos unimos a un grupo de jóvenes impecablemente vestidos y planchados, que jugaban a las cartas y fumaban pipas de agua. Desde luego, nada que ver con esas fiestas privadas que se celebraban en Teherán o Isfahán en las que se decía que el alcohol y las drogas corrían parejos a la desinhibición de los concurrentes.

—¿Ves cómo nos divertimos aquí? —me soltó con ironía un chaval de barba recortada enseñándome los naipes.

Hasta eso era «pecado». Desde la revolución, el juego está tan prohibido en Irán como el alcohol, pero no tardaría en ser el ingobernable ciberespacio el que diera rienda suelta a las adicciones de los iraníes. Sobre la una de la madrugada nos despedimos para volver a casa de Chakar. Caminando por una calle que no era más que un pedregal sin asfaltar, oímos a alguien gritar. Nos costó distinguirlo en la oscuridad, sobre todo porque se arrastraba. Las piernas no le funcionaban y le sangraban las rodillas, aunque, probablemente, no sentía el dolor.

—Un adicto que pide dinero para su dosis —aclaró Chakar, sin demostrar sorpresa alguna. También se les podía ver de día, fumando opio o pinchándoselo sin ni siquiera molestarse en buscar una sombra para hacerlo.

—¿No hace nada la policía?

A Chakar le sorprendió mi pregunta. ¿Por qué iba a hacerlo? Esa gente no daba problemas, ni protestaba, ni tenía la tentación ni las fuerzas para irse a las montañas. Aquel desgraciado que dejaba un rastro de sangre a su paso pertenecía a ese 60 % de la población baluche de Irán que se calculaba que estaba enganchada a los opiáceos. Dentro del 40 % restante, Chakar solo pensaba en juntarse con su primo en Suecia y no volver jamás. Tras aquel último viaje a Irán, mantuve el contacto con él por e-mail. El teléfono, decía, no era seguro, y no tardaría en descartar el correo electrónico con un escueto «no me escribas por aquí». Durante estos años he sabido de él a través de su primo. Parece que volvió a intentarlo en Teherán, y también en Karachi, perdido en ese triángulo en el que no acaba de encontrar su sitio. Poco más.

Una opción mucho más segura para conocer baluches eran esas conferencias que la diáspora organizaba en alguna capital europea. En la primavera de 2015, el Consejo de Derechos Humanos de Naciones Unidas de Ginebra parecía una buena tribuna para denunciar el drama de las desapariciones forzosas. No era la primera vez que la Organización de Naciones y Pueblos no Representados (UNPO) reservaba una sala para los baluches. Yo cumplía un papel que representaría varias veces: el del reportero occidental que ha sido testigo de lo que ocurre en la zona. El resto de los panelistas y muchos de los asistentes eran baluches y, evidentemente, conocían mucho mejor aquella realidad. Pero las posibilidades de que alguien escuche son siempre mayores cuando habla un blanco. Eso me decían cada vez que intentaba esquivar invitaciones como esa para no malgastar recursos. Uno de los ponentes que realmente tenía algo que aportar era Nasser Boladai, un baluche de Irán que acudía en calidad de portavoz del Congreso de Nacionalidades por un Irán Federal, «la coalición de las catorce nacionalidades iraníes más importantes» en sus propias palabras. Tras su intervención, Boladai me desarrolló el concepto de la «inestabilidad controlada». Pakistán e Irán apoyaban a grupos extremistas a través de los que creaban unas «dinámicas políticas artificiales que distorsionaban la lucha legítima por la soberanía y la autodeterminación de los baluches». Eso sí, se trataba de un equilibrio muy precario porque también tenían que controlar a dichos grupos para impedir que moderaran su discurso y se unieran a otras fuerzas políticas democráticas o religiosas moderadas. Junto a la división política de Baluchistán entre Irán, Pakistán y Afganistán, decía Boladai, la inestabilidad controlada permitía a los diferentes grupos moverse libremente a través de esas fronteras y comunicarse entre ellos, siempre con el apoyo tácito de Islamabad y Teherán.

—Un coto de caza, en eso han convertido nuestra tierra —resumió.

Entre el público asistente se encontraba Mehrab Sarjov, un baluche de Irán residente en Londres que se había acercado a Ginebra «porque siempre se conoce a gente interesante en estos fastos». Era difícil no fijarse en aquel hombre de melena negra y un bigote demasiado protagonista. Hablaba masticando cada palabra como si estuviera agotado, con un tono de voz que subía y bajaba sin una pauta reconocible, y apuntalando casi cada idea con una carcajada. Aquella primera impresión podía ser engañosa. Con el tiempo descubrí que no abandona ideas al azar, ni siquiera palabras. Además, es un hombre bien conectado, alguien que te puede conseguir una entrevista con Heela Najib, la hija de Najibullah —aquel malogrado presidente comunista de Afganistán— un día, y al siguiente con el único afgano que subió al espacio. Doy fe de ello. Son ya muchos años de amistad, de charlas en las que la historia personal de Mehrab se ha ido hilvanando tímidamente entre el relato de otra gente sobre la que yo le preguntaba. Cuanto más hablaba con él, más me reafirmaba en la sensación de que la suya era una historia que no podía perderme. Se puede decir que lo acorralé con una caja de cervezas en su casa de Londres para que me la contara con detalle.

Mehrab llegó al mundo en Saraván en 1962, en una familia que había tenido tierras. Había muchos terratenientes en Baluchistán, pero no todos tenían el agua para regarlas. Su abuelo, Shir Mohamad, tuvo que abandonar las suyas tras la invasión de Baluchistán en la década de los veinte del siglo pasado. Buscó refugió en Panjgur —hoy al otro lado de la frontera—, que quedaba entonces bajo la ocupación de los ingleses. Nueve meses aguantaron los baluches el embate del ejército del primero de los Palevi. Cuando se asentó el polvo sobre sus tumbas, Shir Mohamad volvió a Saraván, pero sus tierras ya no estaban. La nueva administración exigió que estas fueran registradas en un plazo que ya había expirado. Recuperarlas se convirtió en una obsesión para el padre de Mehrab: las mejores, las que tenían agua, se perdieron para siempre. Intentar vivir de una tierra yerma es como manejar uno mismo la cuerda de la que pende tu soga, milímetro a milímetro, hasta quedar descolgado.

No tardó en abrirse una puerta que atravesarán muchos baluches de la zona: emigrar a los países del Golfo. Sheij Mohamad, el hermano mayor de Mehrab, fue uno de los primeros en intentarlo. Corría la primavera de 1979, la víspera de embarcar hacia Dubái, cuando Sheij contempla el estrecho de Ormuz desde la ciudad portuaria de Bandar Abbas. Algo en él, su ropa, el color de tez, lo que sea, levanta las sospechas de un oficial de la Guardia Revolucionaria. Es arrestado. Debería haber sido una noche en prisión, dos como mucho, hasta confirmar que Sheij no es más que un baluche de veinticinco años que pasaba por ahí. La mala suerte quiso que, justo al día siguiente, el mismo oficial que le arrestó sea víctima mortal de un atentado de los Muyaidines del Pueblo (MeK), el movimiento que aboga por el derrocamiento de la teocracia y que lidera desde París una misteriosa mujer llamada Mariam Rajavi. Sheij no tiene nada que ver con ellos, pero aquella desgraciada coincidencia le costará tres años de prisión.

No es suficiente. En verano de aquel 1980, la Guardia Revolucionaria se presenta en su casa para arrestar a su hermano mediano. Al no encontrarlo, la lógica de Teherán exige que se lleven a Mehrab. Lo sueltan tras cuatro días en prisión, pero una semana después volverá a desaparecer de la faz de la tierra para la familia y los amigos. Buscan en pozos, acequias y canales, pensando que se habría caído con su moto. Hasta que alguien avisa al padre de Mehrab: han visto su inconfundible motocicleta azul turquesa aparcada frente al cuartel. Ya no hay duda de que ha sido arrestado.

—Yo tenía aquella moto rusa que me había regalado mi padre y, a mis dieciocho años, me movía por todas partes como lo puede hacer cualquier chaval de esa edad. Los guardias insistían en que la usaba para llevar comida y suministros a la gente que luchaba desde las montañas y, claro, era imposible convencerles de lo contrario —recordaba Mehrab, con una de esas carcajadas con las que parecía querer ahuyentar lo que estaba por venir.

—Me torturaron brutalmente con un cable que me arrancaba la piel como un cuchillo. El dolor era insoportable, pero lo peor era la humillación de que lo hicieran enfrente de mi padre, de que lo obligaran a verlo. Le insultaban mientras me golpeaban. Temía que le acabaran haciendo lo mismo. La impotencia que sentía era demoledora, y también para él. Mi padre, el que había de proteger a su hijo, no podía hacer nada más que mirar.

Mehrab salió libre nueve meses más tarde. Dice que nunca pudo a volver a mirar a su padre directamente a los ojos tras aquello. Y era un sentimiento recíproco. A su salida de prisión, sufre el veto para trabajar de profesor de primaria (había estudiado Magisterio antes de ser arrestado), aunque eso ya se lo esperaba. Es la idea de volver a pasar por lo mismo lo que no le deja dormir. Tiene que irse de ahí, cuanto antes. Su hermano lleva tiempo en Karachi y reunirse con él parece lo más lógico. Se instala en Lyari, en ese barrio que, dice Mehrab, es «la ciudad baluche más grande del mundo». Allí pasará nueve meses durante los cuales volverá varias veces a Saraván, a casa, para visitar a su familia, cruzando ilegalmente la frontera de Irán. Si no vuelves nunca, la gente piensa que estás muerto o aterrorizado. Es lo que dice siempre. En una de esas, llega incluso hasta Zahedán, tras atravesar doce puestos de control con su pasaporte falso, un par de trucos y mucha suerte. Tenía un asunto pendiente en la ciudad que no podía desatender. Es muy peligroso, pero volver a Karachi es como retroceder hasta la casilla de salida de una partida que no quiere jugar. Odia estar ahí, sin hacer nada. Es como si el tiempo se hubiera congelado, como si los mejores años de su vida se le escurrieran entre los dedos mientras espera. Además, ¿qué espera realmente? ¿Qué quiere hacer con su vida? Todavía no lo sabe.

Su hermano mayor —el que había intentado ir a Dubái y acabó pasando tres años en prisión— se había mudado al emirato nada más quedar en libertad. Es él quien consigue que un dubaití respalde la solicitud de visado de Mehrab. Se lo estampan en 1984 sobre un pasaporte pakistaní falso que ha comprado en Karachi. Mehrab me enseña una foto en la que posa junto a su hermano, ambos vistiendo ese *shalwar kamiz* baluche, de pantalones aún más holgados y con más pliegues que el resto. Poco más hay que contar de Dubái: cinco años conduciendo un autobús de trabajadores y tres intentos fallidos de crear una organización baluche. Con todo, es mejor que Karachi. Resulta que Pakistán sigue siendo miembro de la Commonwealth, por lo que Mehrab puede subirse a un avión a Londres con su pasaporte falso y pedir asilo nada más aterrizar. Hecho. En una conferencia organizada en la capital británica por baluches como él, conoce a los notables del clan de los Marri, a Attaullah Mengal y al kan de Kalat. Conectan enseguida y, juntos, empiezan a «repensar la resistencia baluche, a buscar nuevas estrategias y formas de organización». En 2010, cuando se organiza una *yirga* en Londres, el kan le pide a Mehrab que hable en su lugar. América está enfangada en Afganistán y la «guerra contra el terror» no va como se esperaba. ¿Se podrían tejer alianzas con pastunes, baluches, sindis y el resto de los pueblos de la región de otra manera? Mehrab siempre pone el ejemplo de Corea del Sur, o de Japón («Fíjate cómo quedó tras la Segunda Guerra Mundial y en lo que se ha convertido hoy»).

En aquella conferencia a la que asisten embajadores y gente que puede mover aún más hilos, Mehrab también deja caer la posibilidad de un Baluchistán independiente y de cómo eso podría beneficiar a América. ¿Han oído hablar de Kalat? ¿Quién puede pasar por alto su riqueza natural y su posición estratégica? Irán, Pakistán, Afganistán… hasta China queda cerca. Y luego está la secularidad tradicional de los baluches, un aliado potencial que puede ser clave en la lucha contra el integrismo, tanto el chií como el suní. No es tanto lo que los baluches puedan ganar sino lo que sus aliados se lleven a cambio. Aquel discurso queda apuntalado con una gran ovación y, sobre todo, una gran cantidad de contactos: desde Kabul a Washington, pasando por casi todas las capitales de ese trayecto por tres continentes. Mehrab sigue trabajando, haciendo contactos o facilitándolos, a menudo costeando sus viajes con un dinero que no tiene. Para alguien que vive tan lejos de casa, no hay nada peor que quedarse de brazos cruzados.

EL TERROR DE LA GUERRA «CONTRA EL TERROR»

Se llama Sanaullah Ghafari, aunque nadie en la base americana de Bagram (Afganistán) le conoce por su nombre en 2008. ¿Se ha fijado alguien siquiera en ese tipo cejijunto que hace compañía al arco detector de metales? En el mejor de los casos, en Bagram es «el hombre del arco»; solo él es consciente de su propia existencia. Se merece mucho más. Una carambola dentro de la agencia de seguridad que lo contrata lo catapulta hasta la escolta de Rashid Dostum —señor de la guerra uzbeko y vicepresidente de Afganistán—, pero Sanaullah ya entiende que está destinado a hacer cosas mucho más grandes. Antes debe desaparecer de la faz de la Tierra, ser aún más invisible de lo que lo era en Bagram y poder así mudar de piel. En abril de 2020, cuando vuelve a salir a la superficie, se llama Shahab al-Muhajir: ante ustedes, el nuevo emir del Estado Islámico Provincia de Jorasán. Él está al mando ahora; él hace y deshace, como cuando ordena el atentado en el aeropuerto de Kabul de 2021. Mueren casi doscientas personas, todos civiles afganos excepto trece militares norteamericanos. 10 millones ofrece el Pentágono por información sobre su paradero. No hay rastro de él hasta que los talibanes aseguran haberlo matado en 2023. Quién sabe. Nunca hay certezas en esta guerra repleta de personajes líquidos. Son seres capaces de intercambiarse con su propia imagen en un espejo que vomita monstruos.

Ghafari aún custodiaba el arco de Bagram durante aquel interrogatorio del FBI a Aafia Siddiqui en la base. Mujer de treinta y seis años, pakistaní de Karachi, hija de un neurocirujano, doctorada en Neurociencia por la Universidad de Massachusetts, madre de dos hijos. Parecía tenerlo todo, pero a Siddiqui le faltaba la yihad. En su segundo día de interrogatorio, la cautiva se hizo con el rifle que uno de los agentes había depositado en el suelo y disparó a su interrogador. Él sobrevivió, y también ella, a pesar de recibir un tiro en el pecho. Sí, la versión del FBI estaba llena de lagunas, como todo en esta historia. También eran un misterio tanto el paradero de la pakistaní como sus actividades entre 2003 y 2008. Sus abogados y Pakistán aseguraban que Siddiqui fue detenida por los estadounidenses; estos, que se la entregó la policía afgana en 2008 en Afganistán, que hasta entonces no supieron nada. En 2010, un tribunal de Manhattan le impondrá una pena de prisión de ochenta y seis años. Se podría decir que su historia acaba aquí. O no.

Lo que sabemos es que abrazar la yihad, un tercer hijo y un divorcio sucedieron de forma casi simultánea en su vida. Luego hubo un viaje a Pakistán y un nuevo matrimonio, esta vez con Ammar al Baluchi. Era un prominente cuadro de Al Qaeda. Pasaron poco tiempo juntos porque él fue capturado pocos meses después para acabar en Guantánamo. Dar cobertura a los autores del 11-S, hacer de correo para Osama bin Laden o desarrollar un plan para estrellar un avión cargado de explosivos contra el consulado de Estados Unidos en Karachi son algunos de los cargos que se le imputaron a Al Baluchi. Antes de eso pasó por una prisión secreta en Afganistán donde la CIA lo usó como muñeco de trapo en la instrucción de técnicas de interrogatorio. Tanto ahogamiento simulado, tantos golpes contra la pared... El daño cerebral fue tan inevitable como irreparable. Decían haber encontrado notas manuscritas en posesión de su mujer en las que se detallaba la construcción de bombas «sucias», y que incluían una lista de objetivos potenciales en Estados Unidos donde el número de víctimas sería masivo. Eso no es todo. Según confesiones extraídas a presos de Guantánamo tras llenar sus cuerpos de agua, Siddiqui se dedicaba a blanquear dinero para Al Qaeda en suelo americano. También habría transportado diamantes de sangre traídos de Liberia con los que se financiaron los atentados del 11S.

Lady Al Qaeda, la Dama Gris de Bagram o la Prisionera 650 fueron algunas de las fórmulas que emplearon los tabloides para referirse a la que ha sido la única mujer en la lista de terroristas internacionales confeccionada por el FBI. Organizaciones como Amnistía Internacional la incluyen en la lista de prisioneros «fantasma»: no se registra su detención y pueden permanecer años en ese limbo. El arresto y la posterior condena de Aafia Siddiqui fue vista por la opinión pública pakistaní como «un ataque al islam y a los musulmanes». El propio primer ministro pakistaní entonces, Yousuf Raza Gilani, la llamó la «hija de la nación» e impulsó una campaña para su liberación. A día de hoy, sigue siendo sinónimo de uno de los puntos más álgidos de la tensión entre Washington e Islamabad, y su caso se considera como uno de los más misteriosos de esa «guerra contra el terror» lanzada por George Bush hijo.

Siddiqui cumplía ya tres años de condena cuando Antonie Chrástecká y Hana Humpálová, dos veinteañeras checas, celebraban su licenciatura en Psicología con un viaje alrededor del mundo. Tras dejar Irán atrás para enfilar hacia India, fueron secuestradas en Baluchistán por un grupo de talibanes nada más cruzar la frontera entre Irán y Pakistán. La noticia de su secuestro se confirmó oficialmente el 13 de marzo de 2013 cuando, en un primer vídeo, sus captores exigieron la liberación de la pakistaní presa en Estados Unidos. La presión aumentó cuando las secuestradas dieron las instrucciones para su propio funeral en un segundo vídeo. Había que hacer algo. La inteligencia checa y el Ejército estadounidense pergeñaron una operación de rescate conjunta, pero una inoportuna tormenta de arena obligó a aplazarla. Mientras tanto, las checas fueron trasladas a otra localización.

Cumplido más de un año de su secuestro, el nombre de Aafia Siddiqui volvió a saltar a los titulares. Esta vez era el Estado Islámico el que pedía la liberación de la Prisionera 650 a cambio de Jim Foley y Steven Sotloff, periodistas estadounidenses secuestrados en Siria. Tampoco habrá trato, y los yihadistas acabarán decapitando a ambos. Las checas tuvieron más suerte: tras permanecer dos años en cautividad, fueron liberadas en marzo de 2015 en las montañas de Chagai, justo en la misma sierra en la que Pakistán probó sus cabezas nucleares en 1998. El último esfuerzo por liberar a Aafia Siddiqui hasta la fecha se produjo el del 15 de junio de 2022 cuando Malik Faisal Akram, un británico de cuarenta y cuatro años, tomó cuatro rehenes en una sinagoga de Texas. Akram era abatido por la policía tras mantener el pulso durante once horas y los rehenes consiguieron salir ilesos de aquello.

Aafia Siddiqui sigue cumpliendo condena en la prisión federal de Fort Worth, Texas.

Ocurría cada cierto tiempo, y siempre sin aviso previo. Los icónicos autobuses de dos pisos londinenses circulaban por la capital británica con un mensaje escrito sobre su carrocería:

«#FREEBALOCHISTAN, Save the Baloch People» («Baluchistán libre, salva al pueblo baluche»). No se trataba de una fiebre grafitera, sino de una campaña perfectamente organizada en la que la publicidad dejaba espacio a la denuncia. El verano de 2019 era uno de tantos en los que, gracias al transporte público, locales y foráneos descubrían que había un lugar en el mundo llamado «Baluchistán», y también intuían que la gente de ahí sufría. Los más curiosos podían buscar el exótico topónimo en sus móviles durante el trayecto y localizarlo en el mapa, e incluso iniciar una búsqueda y dar con páginas web en inglés como Balochwarna.org («juventud baluche»). Tomaba café en un bar de Paddington con Faiz, el hombre que gestionaba el sitio web. Conocía su historia desde hacía años, pero quería escucharla con detalle.

Como muchos baluches, Faiz había adoptado el genérico «Baloch» como apellido y, como la mayoría, también desconocía el día exacto de su nacimiento. Su madre decía que probablemente habría sido en 1982 aunque no se podía poner la mano en el fuego, no había habido un terremoto, una gran inundación o una prueba atómica que marcara en el calendario su llegada al mundo. Y luego estaba lo de su lugar de nacimiento, justo en esa línea fronteriza entre Pakistán e Irán. Uno mete «Kohak» en Google y no hay imágenes más que de una carretera en mitad del desierto. Pero el lugar existe, incluso se mueve. Sus abuelos se habían convertido en iraníes de la noche a la mañana, cuando su aldea y otras limítrofes fueron envueltas para regalo en un gesto de buena voluntad pakistaní hacia el sha de Persia. Faiz no sabía decir cuándo se había producido la transferencia. Tampoco conocía a nadie que tuviera esa información.

Ahí la vemos en Google Earth: caminos de tierra entre casas de adobe y una mezquita. Kohak. Todo es del mismo color ocre. Sin escuela, ni hospital, ni ninguna otra infraestructura básica, Faiz tiene diez años cuando lo mandan a estudiar a Quetta, al otro lado de la frontera. Es en la secundaria donde comparte clase con muchos chavales del clan de los Marri. Habían llegado a principios de los noventa desde Afganistán, lugar al que huyeron sus padres tras la ofensiva de los setenta de Bhutto sobre los baluches de Pakistán. Los apátridas se instalan en un arrabal a las afueras llamado Nu Kahan donde siguen respirando polvo. Los niños no tienen certificados de escolaridad pero un baluche local hace un apaño para que los mayores se matriculen en las escuelas de Quetta. Eso sí, los más pequeños y las niñas siguen sin tener dónde estudiar.

Es un tío de Faiz, quien trabaja con una oenegé local, el que consigue hacer llegar material escolar a Nu Kahan, pero no hay dinero para pagar a los maestros. ¿Quién va a enseñar a leer a todos esos críos? Faiz se une a un grupo de voluntarios que intenta compensar la falta de personal docente. Lo compaginará con sus estudios de Medicina hasta que, en enero de 2000, una operación conjunta de policías, soldados, paramilitares y hasta guardabosques arrase el asentamiento de Nu Kahan. Más de cien son arrestados, y muchos otros desaparecerán para siempre. Faiz recuerda una mañana fría y nublada: el área está desierta, las carpas, destruidas; las ventanas de las casas, rotas. Es como si hubiera pasado un huracán. Solo quedan mujeres, ancianos y niños, porque a los hombres se los han llevado, o han huido. En la escuela destruida, una mujer le dice que todos los maestros han sido arrestados, y también muchos de los estudiantes. Pasan tres semanas y sigue sin saberse nada de los Marris desaparecidos. Tras una consulta con los ancianos, Faiz se acerca la comisaría para pedir información. Por supuesto, ninguno de los oficiales tiene respuestas. Ante el silencio, Faiz y dos amigos contratan a un abogado con el que iniciar los trámites legales para dar con los desaparecidos. La Justicia actúa y los agentes son finalmente llamados ante el juez para que den las explicaciones pertinentes. Efectivamente, están bajo su custodia: 125 Marris han sido detenidos en el marco de una investigación del asesinato de un juez en 2000. Solo necesitan más tiempo para presentar los cargos, una semana o dos. Faiz activa contactos y tira de mordidas hasta conseguir localizar a la mayoría de los detenidos en dos comisarías de Quetta. Incluso consigue visitar durante cinco minutos a un pequeño grupo que tirita en una mazmorra insalubre. Todos han sido torturados.

Tampoco hay sorpresas cuando la policía finalmente acusa a los 125 hombres del asesinato de aquel juez. Se les envía a otra cárcel de Quetta, donde pasan a manos de las agencias de seguridad no policiales. Lejos de interrumpirse, la rutina de los interrogatorios nocturnos y la tortura escala varios grados. Faiz consigue dar con uno de sus colegas maestros voluntarios. Dueño de una barba que parece esforzarse en ocultar un rostro demacrado, su antiguo colega apenas puede caminar. Hablan durante media hora en presencia de un funcionario por lo que al preso le cuesta hacerle llegar al visitante un mensaje muy simple: también le investigan a él. A Faiz le preocupa ahora la seguridad de sus parientes así que, en el verano de 2002, vuelve a su aldea natal al otro lado de la frontera para evitar daños a los suyos. Pero allí solo le esperan más problemas. En Kohak, la mezquita es el único lugar de reunión hasta que unos misioneros chiíes intentan entrar: una discusión, un forcejeo, un cruce de insultos, desde «herejes» hasta «infieles», lo de siempre, y Faiz, ahí, aguantando el tipo. Los misioneros se van, pero el tema queda en manos de la policía. Tras el arresto de un amigo suyo, el baluche sabe que no puede volver a casa porque es ahí donde irán a buscarle. Se llevarán a su padre en su lugar. Nunca más lo volverá a ver.

Se atraviesan montañas a pie, desiertos en la trasera de una furgoneta, ciudades en los maleteros de un coche y mares en sentinas tan profundas como aterradoras, todo hasta desembarcar en uno de esos países del Golfo. El vuelo desde allí a Londres, sea con un pasaporte falso o el de otra persona, es ya una agradable cabezada antes de despertar de la pesadilla del tránsito. El 9 de septiembre de 2002, Faiz solicita asilo nada más aterrizar y le envían a Coventry, una pequeña ciudad a dos horas en automóvil de Londres. Un anciano al que conoce en una biblioteca le dice que, años atrás, a la gente se la enviaba a Coventry como castigo. Este no tardará en llegar. Mientras tanto, hay un periodo de tres meses hasta que el Ministerio de Interior británico dictamina que su vida no corre peligro si es repatriado a Irán. «No corre peligro»: Faiz ha leído bien. Puede recurrir y lo hace, pero sin éxito. Pocos días después, encuentran el cuerpo de aquel amigo suyo que había desaparecido tras el altercado con los misioneros chiíes en la mezquita. Tanto él como su abogado creen que eso ayudará a convencer a los que tienen su futuro en sus manos. Y así pasan tres años más, con la espada de Damocles de la deportación sobre su cabeza. Puede ocurrir en cualquier momento. Un día, alguien le habla de una protesta de baluches en el centro de Londres y allí conoce a Mehran y Hyrbyair Marri. Son los hijos de Khair Bux, los hermanos de Balach: los Marri con las letras más mayúsculas. Faiz les habla del castigo que sufren los suyos en Nu Kahan y de la persecución por intentar ayudarlos. Los Marris no tardan en acogerle en su casa a las afueras de Londres. Podría ser el final feliz de una historia triste, pero no es más que la calma antes de una nueva tempestad.

El 4 de diciembre de 2007 arranca con el estruendo de una puerta arrancada de su marco y varios policías saltando sobre su cama. Son las cinco de la mañana. Faiz lleva ya tres años gestionando Balochwarna.org, aunque la razón principal, dice, es su relación con los hermanos Marri y un perfil político demasiado perfilado por protestas en las que siempre participa. Pero hay más.

La prensa lleva ya semanas haciéndose eco de la historia de Rashid Rauf, un joven de Birmingham al que se acusaba de pertenecer a una célula de Al Qaeda que planeó hacer detonar varias bombas en 2006 en las tripas de aviones que volaban de Londres a Estados Unidos. Rauf consiguió escapar a Pakistán —de donde procedían sus padres—, donde la corte antiterrorista de Rawalpindi archiva los cargos de «terrorismo» que se le imputan (el ministro de Interior de Pakistán en persona había asegurado que se trataba de un miembro de Al Qaeda). A Londres no le convence la decisión y, en marzo de 2007, Margaret Beckett (ministra de Asuntos Exteriores del Reino Unido), viaja a Pakistán en compañía de un periodista de *The Guardian*. Su mensaje es claro: Rauf es ciudadano británico y debe ser extraditado. Musharraf pone sus condiciones: ocho baluches residentes en el Reino Unido, los hermanos Marri entre ellos, deben ser devueltos a Pakistán. Nadie sabe quiénes son los otros cinco. Tras aquella visita oficial a Pakistán, los servicios de seguridad ingleses y pakistaníes comienzan a monitorear las actividades de Hyrbyair y Mehran, así como la de sus amigos. Se detiene e interroga a sus amigos en los aeropuertos, en sus casas o lugares de trabajo… Es también durante aquel periodo cuando se produce la misteriosa muerte de Balach Marri, el hermano de Hyrbyair y comandante del BLA. Se habla de un encuentro fatal con fuerzas de seguridad pakistaníes «en un lugar sin determinar». También de un ataque con dron en Afganistán tras confundir la OTAN a Marri y los suyos con un grupo de talibanes. La confusión habitual.

Faiz ayuda a organizar un memorial en la Universidad de Londres. Editar las imágenes y subirlas a la página web le llevará tiempo, por lo que se irá tarde a dormir.

—Me preguntaron si tenía algún control remoto en casa. No entendí y los conduje a la sala de estar para señalar los controles de la televisión. Esto los enfureció mucho y aclararon que estaban buscando controles remotos para dispositivos explosivos. Les dije que no había nada en casa que explotara. Todavía no tenía idea de por qué me arrestaban y preguntaban sobre explosivos.

Mientras los agentes registran el apartamento, el que le retiene en el coche le pide que le cuente algo sobre Baluchistán. ¿Es como Irlanda? Faiz le dice que no, que se parece más a Kurdistán o Palestina. Huellas digitales, pruebas de ADN, formularios y más formularios en la comisaría de Paddington Green. Su abogado de oficio, un cristiano copto que dice no saber nada de Baluchistán, le visita en la celda. Antes de la entrevista, la policía les ha entregado un documento con las preguntas que le van a hacer durante el interrogatorio. La mayoría están relacionadas con el BLA y el BRM (Movimiento de Derechos Baluche) y Mehran Baloch. ¿Cómo conoció a Mehran Baloch? ¿Cuál es su relación con el BLA? ¿Y con los hermanos Marri? Faiz dirá que conoce al BLA a través de sitios web. La policía los controla casi todos, y le preguntan por www.balochvoice.com, balochwarna.com, balochunity.org y BaluchSarmachaar.wordpress.com. ¿Qué significa *sarmachaar*? «Combatiente», responde Faiz, aunque tiene derecho a no hacerlo. A la mañana siguiente, su abogado le trae naranjas y dátiles y le dice que se ha pasado la noche leyendo sobre Baluchistán. También que han detenido a un amigo suyo. Se trata de Hyrbyair. Los interrogatorios continúan todos los días durante una semana. Finalmente, ambos son acusados de «incitación a la violencia» y de «pertenencia al BLA». Luego se los llevan a Belmarsh, una conocida prisión de máxima seguridad del Reino Unido donde son clasificados como «prisioneros de categoría A». La mayoría son personas acusadas de terrorismo y otros delitos, prácticamente todos musulmanes. Entre los 1200 presos de Belmarsh se encuentran también altos líderes de Al Qaeda, como Abu Hamza, «el mulá del garfio». El propio Julian Assange sigue tras esos muros cuando se escriben estas líneas. Las visitas han de ser aprobadas por el Ministerio del Interior y los presos son registrados cada vez que salen de su celda y a su regreso. Allí permanecen durante veintiuna horas al día.

Tras ocho meses en prisión, Faiz sale bajo fianza (Hyrbyair lo hace dos meses antes) en espera de juicio. Son cinco cargos contra cada uno, todos de terrorismo, a rebatir frente a un jurado popular seleccionado de un barrio conservador con fama de no simpatizar con los refugiados. Solo cuando arranca el juicio descubren que los han seguido desde la muerte de Balach: salir de Sainsbury's con diez botellas de agua, comprar medicamentos en Boots, o una tarjeta de memoria en Argos, imprimir fotos de Balach y comprar un marco para la imagen... Faiz admite que todo es correcto, pero no entiende que todo eso le incrimine. Se han vigilado también sus conversaciones de mensajería instantánea y sus e-mails, pero sigue sin haber nada siniestro en ellos.

—Lo que más recuerdo sobre el juicio fueron todos los intentos del fiscal para convencer al jurado de que estábamos vinculados con Al Qaeda u otros extremistas islámicos.

Hasta el propio experto en Baluchistán elegido por la Fiscalía está de acuerdo en que Pakistán ha sido brutal con los baluches. Antes de que el jurado se retire a deliberar, Faiz y Hyrbyair hacen uso de su derecho a la última palabra

—¿Sabían ustedes dónde estaba Baluchistán cuando vinieron a esta corte por primera vez? Ahora lo saben, y también lo que le ocurre a nuestra gente allí —interpela Faiz al jurado.

Una de las pruebas que la fiscalía esgrimía era un folleto del BLA que la policía encontró en su casa. Mostraba una conocida imagen del gasoducto de Sui: una anciana camina junto al tubo con una maraña de leña sobre su cabeza.

—El gas fue descubierto en Baluchistán en 1952 y hoy, en 2008, nuestra gente sigue cocinando con leña o estiércol. Esa es la historia de Baluchistán que el señor fiscal no quiere contarles —les espeta Faiz.

Hyrbyair también está a la altura:

—Los islamistas nos estaban decapitando mucho antes de que comenzaran a matar a vuestra gente en Irak o Afganistán, y nos hemos enfrentado a ellos sin la ayuda de nadie.

El jurado tarda cuatro semanas en emitir un veredicto de inocencia de todos los cargos que se les imputan y la fiscalía decide que ya no es «de interés público» continuar con el caso. Durante el proceso, el abogado de Faiz presenta un nuevo recurso ante el Ministerio del Interior basado en la nueva evidencia que había surgido durante el juicio, así como el hecho de que su arresto lo ha convertido en una persona aún más vulnerable en caso de ser deportado. Para su sorpresa, rechazan incluso esta nueva solicitud de asilo y le dan instrucciones de regresar a Baluchistán. Faiz pide una revisión judicial al Tribunal Supremo, pero será la Agencia de Fronteras del Reino Unido la que bloquee finalmente el proceso. El baluche no será devuelto a Irán. Se acaba una pesadilla individual, no así la colectiva. La «guerra contra el terror» centraba la atención del mundo: Al Qaeda, los talibanes, Irán y Pakistán… Desayunábamos, comíamos y cenábamos con eso a diario, pero nunca había una sola mención al epicentro de aquel seísmo que era Baluchistán. La tierra se abría bajo los pies de ese pueblo olvidado y obligado a luchar contra todos, y ni siquiera estaban a salvo a miles de kilómetros de allí. Es una reflexión que he hecho varias veces antes, pero es que nunca dejará de sorprenderme.

Dos días después de aquel encuentro en Londres con Faiz, una avioneta sobrevolaba el cielo de Leeds sobre la final de la Copa del Mundo de críquet entre Pakistán y Afganistán. «Justicia para Baluchistán» se leía en una pancarta que colgaba del aparato. Tras el encuentro (ganó Pakistán) los seguidores de ambas escuadras alargaron la jornada a manotazos a las afueras del estadio, otro triste desenlace a cualquier evento deportivo del que la prensa se hizo eco. Algunas cabeceras incluso mencionaron la leyenda de la pancarta en cuestión. Faiz se conformaba con eso.

LA CARRETERA HACIA EL FUTURO PASA POR SIRIA

Hacía casi dos horas que el asfalto había desaparecido bajo las ruedas de nuestro 4×4. En el otoño de 2022, maniobrábamos con dificultad por algún lugar de la frontera entre Irak e Irán, y entre pistas de barro que las lluvias torrenciales habían deshecho casi por completo. Tanto el conductor como su acompañante eran miembros del PJAK (Partido para una Vida Libre en Kurdistán), un grupo guerrillero formado principalmente por kurdos de Irán. Su casa no quedaba muy lejos de donde estábamos.

—La frontera está justo detrás de esas montañas. Diría que es una hora a pie —soltó el copiloto, señalando unos picos nevados.

Tras varias coberturas en Irán dando voz a prácticamente todos los enemigos del régimen, desde disidentes políticos hasta «disidentes» sexuales, aquel barrizal justo en la frontera era lo más cerca que podía estar del país. Irán era uno más en una lista de países que me vetaban. No podía pisar Marruecos por mi trabajo en el Sahara ocupado, ni tampoco Argelia por cubrir aquellas protestas gubernamentales con un visado de ingeniero de pozos. También estaba en una lista negra en Libia por mi trabajo sobre los bereberes; Damasco me negaba la visa por acceder sin su permiso a las zonas kurdas; Azerbaiyán por cubrir la guerra de Nagorno Karabaj desde el lado armenio y Pakistán por mis historias sobre baluches.

Pero de todos los vetos que sufría como periodista, ninguno me pesaba tanto como el de Irán.

Pocos minutos después de aquel lamento que escuchaba a menudo en mi cabeza, media docena de combatientes, hombres y mujeres a partes iguales, nos daban la bienvenida desde una aldea abandonada. Un denso bosque de hayas la protegía de la vista de los drones. Es lo que dijeron y lo que yo quise creer. La cúpula de la guerrilla kurdoiraní había aceptado mi petición de entrevista con una única condición: que evitara fotografiar tanto a los milicianos como referencias espaciales que pudieran aportar pistas sobre su localización. Tras recordármelo, dos mujeres me invitaron a tomar asiento dentro de una casa de adobe. Los bombardeos constantes y las minas que corresponden a cada territorio fronterizo en Oriente Medio habían convertido aquella remota aldea en el último lugar que un pastor elegiría para él y su rebaño.

Zilan Vejin y Zilan Tanya se presentaron como «colíderes» del PJAK y del KODAR (organización paraguas de la resistencia kurdoiraní) respectivamente. La paridad de género en la jerarquía de mando es una de las marcas del maquis kurdo que reivindica la figura de Abdullah Öcalan, su líder encarcelado en 1999. Tras el té, arrancamos la entrevista centrándonos en las protestas que se habían encendido por todo Irán tras el asesinato, en septiembre de 2022, de Mahsa Amini. Aquella kurda iraní de veintidós años había sido asesinada a palos por la policía de la moral iraní por llevar mal colocado el velo islámico. Casi inmediatamente, miles de mujeres y hombres jóvenes tomaron las calles al grito de «Mujeres, Vida, Libertad». Dueña de un cabello negro recogido en una sencilla coleta, Vejin recordaba que aquel lema había sido acuñado por su movimiento «durante una reunión en 2013».

—El problema de la libertad de la mujer es una cuestión cuya importancia identificó, analizó y definió nuestro liderazgo hace más de cuatro décadas y hoy sufren todos los pueblos de Irán —soltó la guerrillera, con la seguridad y la templanza que demostraban siempre todos los interlocutores del maquis kurdo.

Los había entrevistado muchas veces antes, tanto al PKK como el PJAK. Eran conversaciones que, a menudo empezaban con una profunda radiografía de Oriente Medio que se remontaba hasta Mesopotamia, o arrancaba desde allí. Era siempre un discurso muy elaborado en lo político y lo social, literalmente en las antípodas de lo que podía escuchar de esos guerrilleros baluches a los que había entrevistado. Pocos iban más allá de un «luchamos por la independencia de Baluchistán».

Aquel día, Vejin se centró en el presente más inmediato. Las protestas, decía, eran muy diferentes de todas las que se habían producido en los cuarenta y tres años que los ayatolás llevan en el poder.

—Empezaron en Kurdistán lideradas por mujeres y de ahí se han extendido por todo el país porque aglutinan a gente de todas las nacionalidades dentro de Irán —insistió la guerrillera. La reivindicación contra el uso obligatorio del hiyab no es más que «la excusa para una revuelta que pide libertad y democracia».

Más allá de la discriminación que sufren las minorías en el país, las mujeres de cualquier etnia parecían haberse convertido en uno de los objetivos del Gobierno teocrático. Organizaciones como Human Rights Watch denunciaban la marginación de la mitad de la población en asuntos como el matrimonio, el divorcio, las herencias y la custodia de los hijos. Las iraníes no pueden obtener el pasaporte o viajar al extranjero sin el permiso escrito de sus maridos, y estos hasta tienen la potestad de prohibirles desempeñar trabajos considerados «ajenos a los valores familiares».

Me fijé en que Tanya y Vejin no tendrían ni cuarenta, pero ambas decían llevar «más de veinte años» en la guerrilla. Tenía sentido. Son aún demasiadas las jóvenes kurdas condenadas a parir recién estrenada su pubertad y a pasar el resto de su vida en una prisión doméstica cuyo alcaide es su marido. A menudo, las montañas son la única opción de escapar. Vejin hablaba de una crisis económica tan devastadora en el país que las líneas entre etnias se estaban diluyendo. Ya no era un tema de persas, kurdos o baluches, «sino del pueblo contra las élites». La retirada de Washington del tratado nuclear —en mayo de 2018— y las sanciones estadounidenses a Teherán se veían como los principales factores tras la brutal devaluación de la moneda persa. También se apuntaba a una debilidad estructural inherente al sistema agravada por una corrupción rampante y, por supuesto, al coste añadido de mantener milicias chiíes por todo Oriente Medio: desde Líbano hasta Yemen. De hecho, en uno de los actos por el cuadragésimo aniversario de la revolución, el propio presidente iraní, Hassan Rouhani, admitió que el país se enfrentaba a «su mayor desafío económico» desde el ascenso de Jomeini al poder. Pocos días después de aquel discurso, Estados Unidos organizó una cumbre de dos días en Polonia sobre «estabilidad y paz» de Oriente Medio que culminó con un llamamiento abierto a la guerra contra Irán como única solución para la estabilidad regional. Vejin se mostraba escéptica:

—Lo hicieron en Irak y ahí tienes los resultados. La solución llegará desde dentro, será el pueblo iraní el que consiga provocar el cambio porque el Gobierno ya no lo puede controlar. En realidad, lo insostenible de la situación ha convertido a la gente en el mayor enemigo del régimen —aseguraba tajante la kurda.

¿Cómo reorganizar el país tras la caída del régimen? Vejin decía que la respuesta había que buscarla en el noreste sirio. En 2011, tras el comienzo de la guerra en Siria, los kurdos del país se desmarcaron tanto del Gobierno como de la oposición armada, ejecutando sobre el terreno el ideario de Öcalan y su «confederalismo democrático». Ya desde principios de los noventa, el líder kurdo encarcelado había descartado la idea de un Estado propio como solución a la cuestión kurda para acabar virando hacia un modelo descentralizado: no se desafiaba la territorialidad de Oriente Medio, pero se apostaba por una atomización de los poderes tradicionalmente monolíticos de la región como el turco, el persa o el sirio.

—Es una democracia construida de abajo arriba, y en la que es la gente la que toma y ejecuta sus propias decisiones —resumía Tanya, con un entusiasmo que había controlado hasta entonces—. Eso que está en marcha ahora en el noreste de Siria es lo que queremos en Irán. Esa es la solución a la cuestión kurda, así como la llave de la paz para toda la región.

Pero todavía quedaba un largo camino por recorrer. En su intento de sofocar las mayores protestas en sus cuatro décadas en el poder, el régimen detenía o asesinaba a manifestantes y familiares, a defensores de los derechos humanos, profesores, abogados, taxistas, a cualquiera, y en números que nunca eran públicos. Muchos permanecían incomunicados, y tanto a sus abogados como a sus familias se les aportaba información falsa sobre su estado y su paradero. A la lista de dificultades para informar sobre el terreno se añadía el bloqueo del acceso a internet en gran parte del país. Se pidió al Consejo de Derechos Humanos de la ONU que estableciera mecanismos para abordar los delitos más graves según el derecho internacional y otras violaciones de los derechos humanos. Por supuesto, todo eso era imposible. Mientras tanto, los ayatolás culpaban a Occidente de instigar los disturbios. «¿Quién creería que la muerte de una niña fuera tan importante para los occidentales?», dijo el ministro de Asuntos Exteriores del país, Hussein Amir Abdollahian.

Poco a poco, la sala de conferencias del Hotel Altona de Hamburgo se iba llenando para recordar un evento histórico que pasa siempre desapercibido para el resto del mundo: en 2023 se cumplían 75 años de la anexión de Baluchistán Oriental por parte de Pakistán, el 27 de marzo de 1948. Organizada por el Movimiento por un Baluchistán Libre, la conferencia contaba con la participación de expertos y agentes políticos y sociales, tanto baluches como foráneos. A mí me habían invitado en calidad de «testigo de primera mano» y, como en ocasiones anteriores, aquella era una oportunidad única de volver a ver a viejos amigos como Faiz Baloch y Nobat Marri, así como para conseguir nuevos contactos. Tenía especial curiosidad por conocer a Martin Axmann, doctor en Ciencias Políticas y autor del imprescindible *Back to the Future* (Oxford, 2008). Me llevé mi ejemplar —ese que me había regalado aquel príncipe en Kalat durante mi visita al palacio en 2009— para que me lo firmara el autor.

El alemán decía que, tras licenciarse en Ciencia Política, se había embarcado en un viaje de mochila a China «para intentar entender todo aquello». Los tres meses que pasó allí le cundieron mucho menos de lo que esperaba y, decepcionado, decidió emprender el viaje de vuelta a casa por tierra. La India también era insondable e inabarcable, pero, al llegar a Pakistán, encontró unas lindes invisibles, de esas que no se pueden ni intuir en los mapas políticos, pero que no por ello dejan de existir. Así es como dio con los baluches.

—Aún hoy no acabo de entender cómo un territorio dividido por las fronteras de Irán, Pakistán y Afganistán es tan desconocido para el resto del mundo; no me viene a la mente otra nación sin Estado que reciba tan poca atención como esta —dijo Axmann al inicio de su comparecencia.

El alemán puso el acento en las lacras que sufren los baluches, pero insistía en no echar toda la culpa al ocupante. Sigue faltando la unidad, insistió, y también un liderazgo aceptado por una mayoría en un territorio que, a la vez, es diverso y transfronterizo. En palabras de Axmann, Khair Bux Marri había sido lo más parecido a un líder de la nación baluche, pero murió en 2014. Respecto a la falta de apoyo internacional, «pesa el miedo a perder apoyos por apoyar». Y es que no solo hablamos de Islamabad y de Teherán, sino también de Pekín, que ve en Pakistán el inmenso arcén de una de sus rutas comerciales principales: esa que empieza, o acaba, en el puerto de aguas profundas de Gwadar.

Tras Axmann le llegó el turno a Kawa Fathi, un kurdo de ojos azules de Kermanshá —capital del Kurdistán iraní— que hablaba «en representación del movimiento de liberación kurdo». Junto a los baluches, decía Fathi, ellos eran «la punta de lanza del movimiento de protesta contra los clérigos». Se trataba de una afirmación absolutamente objetiva cuando se cotejaban las listas de muertos y encarcelados desde el asesinato de Amini. Al poco de empezar a arder las calles por todo Irán, Zahedán volvía a reivindicarse como la capital de la violencia en el país. El 30 de septiembre de 2022 las fuerzas gubernamentales utilizaron ametralladoras pesadas y helicópteros para disparar contra los manifestantes: más de sesenta personas fueron masacradas y centenares resultaron heridas en menos de diecisiete minutos. Pedían justicia tras la violación de una niña de quince años a manos de un comandante de policía en Sistán y Baluchistán. Frente a una audiencia mayoritariamente baluche, Fathi recordó que la represión también alcanzaba picos de brutalidad en lugares como en Sanandaj, Mahabad y otras ciudades kurdoiraníes. La solución, decía el kurdo, pasaba por la cooperación para hacer frente al enemigo común y la apuesta por un Irán descentralizado y democrático.

¿Han renunciado los kurdos a la independencia en favor del Confederalismo Democrático? ¿Se puede trasladar ese modelo a Baluchistán? Las preguntas se acumulaban entre una audiencia mayoritariamente baluche.

—Ahí está el modelo de Rojava —respondió el kurdo—. En cuanto a la independencia, no se renuncia a nada.

El encargado de cerrar el evento sería Shahzavar Karimzadi, un antiguo preso político baluche de Irán que ejercía como profesor de Economía en la Universidad de Hertfordshire (Inglaterra). Karimzadi también era autor de varios libros, así como el vicepresidente del Movimiento por un Baluchistán Libre. Arrancó con fuerza:

—Estamos rodeados de criminales: los talibanes en el norte; los punyabíes en el oeste y los clérigos en el este, eso sin contar a los árabes del Golfo... —desgranaba el baluche, frente a un mapa de la región proyectado sobre una pantalla.

Irán y Pakistán, decía, no eran más que «proyectos sin identidad nacional pero que sirven para implementar la estrategia de agresión colonial de persas y punyabíes». Conocía a Karimzadi desde que coincidimos en una conferencia en Ginebra. Recuerdo cómo le molestaba el hecho de que solo se hablara de los baluches de Irán con la percha del grupo yihadista

Jundullah, incluso años después de la ejecución de los hermanos Rigi. Yo mismo había caído en esa trampa. Fue él quien me abrió los ojos hacia una realidad tan compleja como poco documentada.

Que Karimzadi hubiera invitado a un kurdo de la órbita del PKK a Hamburgo no me sorprendió en absoluto. Eran su principal referente, estaban mucho mejor organizados que los baluches y habían abierto el camino hacia una sociedad laica y democrática como alternativa a ese modelo arcaico y tribal que seguían padeciendo en los confines de Irán y Pakistán. A Karimzadi le preocupaba que en Irán la gente se conformara con un cambio de régimen, que el relevo cayera en manos de gente como el hijo mayor del sha. Desde su exilio en California, Reza Palevi II concedía entrevistas y publicaba vídeos en los que pedía a los iraníes que salieran a las calles a luchar por la democracia. La monarquía constitucional, decía el príncipe, era la solución a todos los problemas del pueblo.

Más que repetirse, la historia parecía regurgitarse a sí misma cuando un Palevi pretendía volver al trono en la segunda década del siglo XXI. Durante el mandato de su padre, ni siquiera las fuerzas más progresistas de entre la oposición a la monarquía persa —agrupadas en el Partido Comunista de Irán, el Hezb-e-Tudeh—, reconocían la opresión que sufrían las minorías en el país. No obstante, algunos baluches comunistas engrosaron las filas del Frente Nacional de los Pueblos de Irán, un grupo fundado en Bagdad y patrocinado por el propio Tudeh. Liderado por un antiguo general azerí, no solo aglutinaba a todas las naciones del país, sino que emitía programas de radio en sus lenguas respectivas. Su apuesta por un Irán «federal y socialista» se desplegaba en un detallado programa que, sin embargo, no explicitaba si el camino a recorrer era una vía pacífica o la acción militar.

En el otoño de 2022 se recurría a la desobediencia civil. Se especuló mucho sobre si la protesta había pillado por sorpresa al régimen. Ya antes del asesinato de Mahsa Amini, hubo informes filtrados que apuntaban a que el Gobierno esperaba disturbios debidos a la escasez de suministros de combustible y las dificultades económicas. Teherán pensó que podría reprimirlos muy rápidamente, probablemente por eso cometió la masacre en Zahedán de la forma en que lo hizo. En la capital de Sistán y Baluchistán hubo cien mil manifestantes en la calle en la misma protesta, y eso era un éxito sin precedentes para los baluches.

No bastaba. Que se movilizaran, o que se tratara de un pueblo con una visión relajada en lo religioso no significa que se trate de una sociedad igualitaria y desarrollada. La mezquita seguía siendo un nodo social muy importante porque los clérigos, aunque fueran suníes, nunca habían tenido ningún problema con el régimen. Los kurdos también mantenían el pulso, no así los azeríes o los árabes de Ahwaz. Estos últimos se habían quedado solos cuatro años atrás, cuando el régimen prendió fuego a un café en el que se reunían artistas e intelectuales. Murieron cuarenta personas, pero aquello apenas tuvo repercusión fuera de Ahwaz. Los árabes de Irán lo recordaban cada vez que se les preguntaba por qué no salían a la calle.

Los azeríes, por su parte, son la minoría más numerosa del país (hay incluso más en Irán que en la vecina Azerbaiyán), pero este pueblo de habla turca es mayoritariamente chií, y eso había permitido a muchos ensamblarse cómodamente al engranaje del régimen. Hasta el propio Alí Jamenei, el líder supremo iraní, venía de una familia azerí. Era cierto que había grupos autonomistas azeríes, o incluso abiertamente secesionistas, pero no estaban en las calles.

La protesta carecía de un bloque común, una entidad «paraguas» que aglutinara a toda la oposición iraní y contara con un interlocutor sobre el terreno capaz de trasladar sus reivindicaciones al régimen. Asimismo, aquella masa que tomaba las calles esgrimía la horizontalidad como una virtud democrática, pero esa misma falta de liderazgo era una grieta por la que algunos intentaban colarse. Junto al príncipe Palevi, la lista de los que se postulaban para pilotar la transición incluía, entre otras, a personalidades como Nazanin Boniadi —una actriz conocida en Occidente por su papel en la serie *El Señor de los Anillos*—, a Alí Karimi, centrocampista en la liga turca o a Esmaeilion, un dentista y novelista irano-canadiense más conocido en el país por haber perdido a su mujer y su hija en el malogrado vuelo 752 a Kiev, derribado por la Guardia Revolucionaria en enero de 2020 al poco de despegar de Teherán.

Era un elenco de individuos narcisistas que hablaban desde la distancia, poco más. Al fin y al cabo, ¿qué se podía esperar en un país donde la sociedad civil no era más que un anhelo siempre descabezado? Los miembros del Partido Comunista eran ya demasiado viejos; los Muyaidines del Pueblo tenían experiencia militar y presumían de cierta penetración entre los cuadros del régimen, pero carecían de capacidad de movilización en las calles al estar fuera del país. Así, la principal fuerza de oposición al régimen la conformaban las diferentes naciones de Irán. ¿Y los persas? ¿Acaso ellos no sufrían el castigo de los clérigos? Por supuesto, pero ese «centro desarrollado» del país no acababa de sentarse a hablar con una «periferia» cuyo atraso económico y social era consecuencia, insistían siempre los persas, de su alejamiento de ese centro.

En Hamburgo, Shahzavar Karimzadi recordaba que los kurdos y los baluches seguían presionando. Era cierto, pero seguían sin tener una masa crítica que pudiera poner en jaque al régimen. La clave estaba en las grandes ciudades persas como Teherán, Isfahán o Mashad —suman más de 15 millones entre las tres—, pero las protestas allí eran cada vez más esporádicas y minoritarias. Circulaban vídeos de mujeres que bailaban en mitad de la calle, o que quemaban sus velos, pero el drástico aumento de las ejecuciones dejaba a mucha gente atemorizada en casa.

La represión era más sutil de lo que parecía a primera vista: había mucha violencia, pero a veces la policía también miraba para otro lado. Me recordaba a las protestas en Argelia, donde la gerontocracia del Frente de Liberación Nacional —en el poder desde que Argelia es un Estado soberano— apretaba el puño, y también sabía cuándo soltar presión de aquella olla para evitar que estallara. Aquellas multitudinarias marchas en Argel acabaron convirtiéndose en una *story* de Instagram, y lo mismo pasó en Irán: la protesta fue masiva, pero no se supo qué hacer con ella después. Plenamente consciente de todo ello, Karimzadi pedía «unidad y esperanza» desde aquel hotel de Hamburgo antes de apuntalar su discurso.

—El siglo XXI es el de las mujeres, los kurdos y los baluches.

Tampoco dijo que fuera a ser mañana.

3.
HUIR AL INFIERNO (AFGANISTÁN)

Ya hemos destruido ochenta estatuas.
Solo quedan unas pocas y también las destruiremos.

MOHAMMAD OMAR, líder fundador del Talibán

MEDIODÍA

(En el museo de Minas y Explosivos de Kabul hay tres explosivos contra infantería PFM-1 expuestos en una urna).

—También les llamamos «mariposas».

—¿Por qué?

—Son casi de ese tamaño. Además, los rusos las lanzaban desde helicópteros. Todavía quedan muchas por todo el país. ¿Sabes por qué tienen colores distintos?

—Ni idea.

—Depende de las estaciones: el blanco para el invierno, el verde para la primavera y el naranja para el verano. Así es más difícil detectarlas. El problema es que los niños las cogen del suelo pensando que son juguetes. Casi siempre pierden las manos, y muchas veces los ojos.

Desde la comandancia de la ISAF (el contingente internacional en Afganistán) en Kabul, el sargento de primera Bradley hacía lo que podía.

—¿Ha dicho usted Nimroz? Déjeme buscarlo en el mapa.

La pregunta de por qué no hay tropas de la Coalición ni del Ejército afgano desplegadas en la provincia de Nimroz también le pilló desprevenido.

— Tiene usted razón. Es extraño…

En el otoño de 2010 descarté la idea de llegar hasta allí empotrado con los Marines, más que nada porque parecían haber descubierto la existencia de la provincia de Nimroz aquella misma mañana. Por allí salía heroína hacia Irán y entraban armas para los talibanes. Además, es la única provincia cuyas lindes están trazadas sobre el llamado «Triángulo Dorado», el punto en el que se tocan las fronteras de Afganistán, Irán y Pakistán. ¿Cómo podía quedar fuera del radar un agujero negro como aquel para la maquinaria de guerra estadounidense? Nimroz también es la provincia más remota, la más despoblada y la más pobre del país. Y la única donde la minoría baluche es mayoría. Con sendos vetos en Irán y Pakistán, la última alternativa que me quedaba para volver a pisar tierra baluche era intentar llegar al rincón más inhóspito de Afganistán. Pero llevaba ya tres semanas en Kabul y absolutamente nadie, ni mis colegas de profesión, ni las compañías aéreas locales, ni siquiera mis contactos en el Gobierno afgano habían podido explicarme cómo narices llegar a Nimroz. «Allí no hay nada», escuché a menudo de boca de gente que se acordaba de repente de que aquella también era una provincia afgana.

Lo que pasaba es que había otras prioridades. Tras ser elegido presidente de los Estados Unidos un año antes, Barack Obama tomó la decisión de enviar treinta mil soldados de refuerzo a Afganistán en un intento de darle la vuelta a una partida imposible de ganar.

—¿Que cómo va la guerra? Cada año es peor que el anterior. No se puede vencer a esta gente —me dijo un capitán de los Marines al que abordé en la sala de espera del aeropuerto de Kabul.

Ni siquiera esperaba que contestara a mi pregunta, pero lo hizo, y con la franqueza más absoluta. Desde el inicio de la guerra en 2001, aquel era el año en el que los americanos registraron más bajas, y serían aún mayores el siguiente. Esa era la progresión. Las carreteras hacia el sur de la capital quedaban bajo control talibán, con lo cual mi única opción para llegar hasta el suroeste era volar. La Misión de Naciones Unidas para Afganistán (UNAMA) tenía un vuelo programado cada miércoles «en función de las necesidades». No parecía haber muchas porque llevaba ya tres intentos fallidos. Tiré la toalla y me compré un billete a Herat, al oeste del país, donde pensaba hacer un trabajo sobre mujeres que se prenden fuego tras rociarse de gasolina (Herat es la capital de las mujeres «antorcha»). Los dioses quisieron que el hombre con el que compartía fila en aquel avión fuera precisamente de Nimroz.

—Perdone, ¿cómo hace usted para llegar a su casa?

—Fácil: mañana mismo hay un vuelo desde Herat.

En el aeropuerto, recuerdo a aquel tipo de ojos claros, cabeza rapada y *kamiz* marrón al que le pidieron que vaciara unas bolsas negras enormes en el control de equipajes. De ellas salieron docenas de *skates* que habían de volar a Kabul para un proyecto llamado Skateistan. Una oenegé alemana había levantado un *skatepark* en la capital de Afganistán donde niños y niñas desconectaban y se relacionaban lejos de aquellas calles donde eran demasiado vulnerables. Skateistan era un oasis que me prometí visitar a mi vuelta, pero no tenía nada que ver con esta historia. Yo volaba a Nimroz en un vetusto Antonov que hacía la ruta desde Herat tres veces por semana, eso cuando no lo impedía una avería en sus motores de hélice o una tormenta de arena. Ocurre que, entre mayo y septiembre, hay días en Nimroz en los que no se puede salir de casa por la violencia de temporales que sacuden carreteras, edificios y todo lo que encuentran a su paso, como un mar furioso cebándose contra la costa. Pasaba a menudo, como lo recordaba aquel amasijo de hélices, alas y otros restos de muchos aviones al final de la pista sin pavimentar de

Zaranj, la capital de la provincia. Como un macabro mensaje en morse, las piedras que golpeaban el fuselaje de la aeronave recordaban que en Nimroz nunca hubo un Equipo de Reconstrucción Provincial (PRT en sus siglas en inglés): así se conocía a los contingentes civiles y militares extranjeros supuestamente responsables del desarrollo y la seguridad de todas las provincias afganas menos dos. La otra era Dai Kundi, en el centro del país.

La logística en el Afganistán de 2010 era complicada. Uno volaba de Kabul a cualquiera de las capitales provinciales, pero no salía del centro y, por supuesto, no se aventuraba por las carreteras que quedaban bajo control talibán. Era agotador, y también muy caro. Apenas son dos horas de coche entre Kandahar y Helmand, pero no quedaba otra que volver a Kabul en avión de la primera y, de allí, volar a la segunda. En lo que también se conocía como la «zona roja» del país —la de mayor actividad insurgente—, uno se instalaba siempre en la casa del gobernador provincial. Por supuesto, este solía ser uno de los objetivos principales de los talibanes, por eso los muros solían ser gruesos y los sótanos lo suficientemente profundos para evitar el impacto de morteros. En cualquier caso, nunca se tentaba la suerte prolongando la estancia más de lo necesario.

El gobernador de Nimroz era un baluche llamado Karim Brahui que llevaba poco más de un mes en el cargo. Antes de descubrir cómo llegar a Nimroz, había hablado varias veces con él por teléfono para disculparme por mis continuas demoras para poder entrevistarle. No mostró ningún entusiasmo entonces, ni tampoco cuando pude finalmente sentarme frente a él en su despacho del fortificado complejo gubernamental de Zaranj. Ni pestañeó cuando le dije que también había visitado las regiones baluches de Irán y Pakistán; se limitó a responder a mis preguntas de forma lacónica, sin levantar la vista del partido de críquet (Bangladesh contra Australia) en una pantalla de plasma.

Me costaba creer que tuviera enfrente al hombre que fundó el llamado Frente de Nimroz (Jabha e Nimroz), un grupo guerrillero que luchó contra la ocupación rusa primero y después contra los talibanes. En Afganistán se ha idolatrado hasta el paroxismo a Ahmad Sha Massud, aquel comandante tayiko a quien casi se le atribuye el mérito de haber derrotado él solito a los rusos. Sin embargo, poco o nada se sabe de lo que sucedía en el extremo opuesto del país durante aquellos años. Todos hemos oído hablar de la famosa «Alianza del Norte» pero aquel hombre tan apático y falto de carisma resultaba ser el mismísimo fundador y comandante en jefe de una misteriosa «Alianza del Sur».

—No teníamos contacto con Massud y los suyos, pero coincidíamos en lo principal: expulsar a los invasores del país. Golpeábamos al enemigo y luego nos refugiábamos al otro lado de la frontera, en Irán —explicó arrastrando las palabras el baluche más conocido de todo Afganistán.

Tras graduarse en la academia militar de Kabul en 1973, Brahui volvió a su Nimroz natal para defender la provincia de la invasión rusa en 1979. Serían diez años de combate en el desierto contra los sóviets antes de luchar contra los talibanes, hasta que Nimroz cayó (en 1995) y Brahui se refugió en Irán. Se decía que mantenía vínculos muy estrechos con los servicios secretos iraníes, y también que gestionaba una enorme red de contrabando.

—Todo mentiras —zanjó el asunto.

Tampoco esperaba que lo reconociera. Además de comandante guerrillero y gobernador de Nimroz, Brahui también había sido ministro de Fronteras y Refugiados durante seis años. Hamid Karzai, el primer presidente tras la invasión de 2001, prefirió hacer oídos sordos a todos aquellos rumores que apuntaban a los negocios ilícitos de Brahui a cambio de mantener el apoyo de los baluches.

—Nimroz es una provincia en paz —dio por terminada Brahui la entrevista, justo al final de partido de críquet.

Ganó Bangladesh.

La temperatura rozaba los cuarenta grados a la sombra cuando un mulá arremetía contra el Gobierno en su sermón del viernes:

—¿A qué bolsillos ha ido a parar todo el dinero que llega de países extranjeros? ¿Han sido nuestros pecados tan grandes que no merecemos ni siquiera agua potable? —espetaba el sacerdote por megafonía, con una voz ronca y sincopada que sacudía las calles vacías de Zaranj.

En la mezquita, un centenar de hombres asentía con los ojos cerrados bajo una cascada de sudor que brotaba de sus turbantes.

—¿Acaso es la voluntad de Dios que nos muramos de sed? —continuó el mulá, antes de recordar que la más atroz de las sequías (1997-2002) en Nimroz fue un «castigo divino» por los crímenes de los talibanes durante su mandato.

Pero no era Dios el que les dejaba ahora sin agua, sino el vecino persa. En eso tenía razón: la única reserva en Nimroz es el río Helmand, pero, a su paso por Irán, la mayor parte de su cauce se acumulaba en un depósito gigante (se puede ver en Google Earth). Y luego estaban las apremiantes necesidades hidrológicas de los talibanes para regar sus campos de amapola. Si el 80 % de la producción mundial de heroína se concentraba en la vecina región de Helmand, el 100 % de esa cosecha atravesaba Nimroz camino de Irán: de ahí hacia

Europa vía Turquía, o hacia la Rusia más profunda a través de las repúblicas exsoviéticas. De hecho, otro de los «hijos ilustres» de Nimroz, Haji Juma Khan, había sido designado por Washington como «uno de los mayores traficantes de droga del mundo». De él se decía que había financiado a los talibanes y que tenía una relación fluida con sus líderes. Poseía numerosas propiedades no solo en Nimroz, sino también en Baramcha. Es desde esa ciudad en la frontera entre Helmand y Baluchistán bajo control de Pakistán donde se mueven enormes cantidades de droga hasta la costa, y de ahí al golfo Pérsico. También se decía que era informante de la CIA. Desde las autoridades de la administración de Nimroz al último desgraciado en hacer de mula por el desierto; desde los talibanes a la Policía de Fronteras… todos tenían los dedos manchados de opio en el suroeste afgano.

En Zaranj, una campaña de siniestros carteles, como ese en el que un niño caminaba por un campo entre plantas de amapolas con calaveras en vez de capullos, advertía de los peligros de su consumo a los nimruzíes. Tampoco hacían falta porque la ciudad estaba llena de individuos consumidos por la droga, auténticos espectros de mirada perdida y sin fuerzas para buscar una sombra en la que protegerse de aquel sol abrasador. Mucho antes de la llegada de los talibanes, los ladrones de agua o los contrabandistas de prácticamente todo, a Nimroz se la llamaba Dasht-e Margo, el «desierto de la Muerte». Fue el profeta persa Zaratustra el que calculó que, cuando el sol alcanzara su altura máxima sobre este arenal, sería de día en todo el hemisferio oriental (*nim roz* es «mediodía» en la lengua de los persas). Mil años más tarde llegaría el islam. Zaranj se convertiría en una de las principales paradas en la Ruta de la Seda, hasta que Tamerlán, otro persa ilustre, la destruyó por completo en el siglo XIV. Desde entonces, este erial donde las tormentas solo escupen polvo quedaría relegado a la periferia de los sucesivos imperios: desde el safávida hasta el soviético. En el siglo XXI, el único objeto digno de pertenecer al escudo de armas de la ciudad sería uno de esos bidones de plástico omnipresentes por toda la ciudad. Pueden ser amarillos o verdes, con agua o gasolina de contrabando, siempre descargados de carros tirados por un burro o de los *tuktkuk* que serpentean entre el tráfico. Los bidones se apilaban por miles a ambos lados de la carretera, y hasta los depósitos clandestinos en los bajos de los camiones se vaciaban en mitad de la calle a la vista de todo el mundo, incluidos los uniformados.

Zaranj era casi una ciudad iraní. Quitando las granadas de Kandahar, o las uvas y sandías que llegaban de la vecina Helmand, casi todo lo que allí se vendía entraba desde Irán y se pagaba en tomanes iraníes, y no en afganis. Más allá del género o el cambio, el bazar revelaba abiertamente su naturaleza fronteriza de muchas maneras. En vez de los hegemónicos burkas, las mujeres vestían «a la iraní», con un tocado de tela negro con el que se cubrían de la cabeza a los pies pero que, a diferencia del burka, les permitía mostrar su rostro. Todo el mundo usaba un servicio de telefonía persa y, por supuesto, resultaba imposible acceder a ninguna de las páginas web vetadas por el Gobierno de Teherán. Lo menos visible eran los dos pasaportes (iraní y afgano) que muchos nimruzíes llevaban encima. Al fin y al cabo, hay vínculos familiares muy fuertes y, cuando las cosas se tuercen, algo demasiado frecuente en Afganistán, uno siempre puede largarse y quedarse en casa de un primo al otro lado. Son novecientos kilómetros hasta Kabul, pero apenas dos hasta el puesto de frontera persa. La linde la marca el cauce seco del río Helmand. Aquel día, rebaños de ovejas marcadas a tres colores para evitar confusiones lo atravesaban en busca de un último hilillo de agua estancada. Mientras abrevaban, chavales en *kamiz* sobre motos iraníes fintaban entre ellas o pasaban rozándolas retándose entre ellos. El pastor gritaba y les amenazaba con su cayado. Mientras tanto, su mujer y sus dos hijos pequeños cargaban bidones de agua turbia.

No eran los únicos.

—Aquí hay tres formas de ganarse la vida: o traes gasolina desde el otro lado, o llevas opio, o coges agua del río y se la vendes a una de las dos depuradoras de la ciudad —me contaba un superviviente nato llamado Sattar.

Hacía entre siete y diez viajes diarios al río con su tractor y el pequeño tanque de agua que remolcaba. ¿Que qué tal con los talibanes? Decía que todos sabían quiénes eran, que los veían pasear despreocupados por el bazar y la calle. Al no haber americanos por la zona, la cosa no solía ir a mayores. No mientras el caudal de opio que llegaba directamente desde la vecina Helmand corriera más fluido que el del agua.

A falta de tropas internacionales o incluso de las del Ejército afgano, el único contingente armado «oficial» en Zaranj era un escuálido contingente de la Policía de Fronteras. Desde su comisaría, el comandante Abdul Jabar Purdely me hizo una radiografía de la seguridad sobre un mapa en la pared: los talibanes controlaban las zonas de Delaram, Khashrod y la zona fronteriza con Pakistán, pero Zaranj quedaba bajo control de Kabul. Había que creérselo, sobre todo tras el atentado cometido pocos meses atrás en el que nueve suicidas talibanes disfrazados de policías accedieron sin problemas a la oficina del Consejo Provincial de Zaranj. Fueron trece muertos, incluyendo los nueve asaltantes. Aquel día no había mucha gente a la que matar, pero sí muchas grietas en la seguridad del territorio supuestamente bajo control. Purdely, quien también era un veterano del Frente de Nimroz, me reconoció que, pocos días antes, habían decomisado un cargamento de diecinueve toneladas de explosivos procedentes de Irán. Los talibanes necesitaban suministros para seguir plantando esas bombas de carretera contra los vehículos de las tropas internacionales por todo el sur afgano.

Como casi siempre en tierra de baluches, quedaba todo por contar. Nimroz no era un lugar en el mapa del resto de mis colegas; nunca aparecía en el repaso de prensa internacional que los periodistas recibíamos a diario de Afganistán. Todo se reducía a un nuevo ataque suicida en Kabul, o el penúltimo ataque talibán en las atormentadas Kandahar o Helmand. No conocía a nadie que hubiera estado allí por lo que no podía recurrir a contactos de *fixers*, traductores, o a ideas de posibles historias. Aquella primera vez iba a ciegas, todo sería más difícil, pero, al menos, evitaba esas dinámicas repetitivas en las que a menudo caemos los periodistas, entrevistando a la misma gente y cubriendo las mismas historias. La número uno en la lista de las más recurrentes de Afganistán era la del librero de Kabul. ¿Quién no se había dejado caer por la librería de Sultan Khan para hablar con el protagonista de aquel *best seller* de 2002? El pobre hombre estaba cansado de repetir a los periodistas que había muy poco rigor en el libro de aquella escritora noruega, pero daba igual. No niego que fuera una buena historia, pero, ¿cuántas veces había que contarla? Me recordaba a todos esos reportajes sobre la calle Al Muntanabi de Bagdad. No importaba que la mayoría de los puestos y establecimientos del una vez secular mercado de libros estuvieran cerrados, ni que aquella calle no ocupara ya un solo segundo en los pensamientos de los bagdadíes. Al fin y al cabo, una cobertura en Bagdad sin la crónica de Al Muntanabi como «epicentro del renacimiento cultural» de Irak es como volver de Pisa sin un selfi junto a la torre, o como de Kurdistán sin una pieza de chicas guapísimas que luchan contra el Estado Islámico. Las kurdas llevaban más de treinta años en las filas de la guerrilla junto a los hombres, pero el periodismo no se libra de las modas. Cuando aquel editor alemán me pidió un reportaje en 2014 sobre las combatientes, le tuve que recordar que me había rechazado esa misma propuesta seis años atrás. Puestos a firmar una historia de manual de reportero, me quedo con las que ofrecen los zoológicos en zonas de guerra. Creo que hay que contar que los pobres bichos pasan hambre porque nadie se acuerda de ellos, pero sin dejarse llevar por el entusiasmo de una peli de Kusturica. Por más que insistiera alguno en el verano de 2011, nunca hubo un león corriendo salvaje por la *corniche* de Trípoli.

El Baluchistán afgano estaba en las antípodas de todo aquello. Consciente de que pisaba tierra virgen en las cartas de navegación de la prensa internacional, decidí mandar una propuesta a *The New York Times*. No era la primera vez que lo intentaba, pero nunca recibí una respuesta suya en ningún sentido. Lo que sí me llegó esta vez fue la constatación de que había elegido bien: a los meses de mi e-mail, el *NYT* publicaba su propia historia sobre Nimroz siguiendo mi escaleta. Hasta habían transcrito el nombre de Karim Brahui de la misma manera (errónea) que yo: «Brahvi». No sería ni la primera ni la última vez que alguien me robara una historia. Tampoco llevaba tantos años en esto del reporterismo para entender que un único reportaje en un «gran» periódico no vale nada comparado con la confianza que te otorgan medios mucho más humildes pero que confían en tu trabajo a lo largo de los años. Esos son los que te dan de comer y te permiten seguir trabajando.

Para aquella primera cobertura en Nimroz, lo único que había podido conseguir era un pequeño manual sobre la provincia publicado aquel año por IDS International, una consultora de seguridad norteamericana. En él se aseguraba que la mayor parte de Nimroz resultaba inaccesible para las tropas de la ISAF (Fuerza Internacional de Asistencia para la Seguridad en Afganistán), «tanto por razones de seguridad como políticas». La región, continuaba el manual, está «fuertemente minada y alberga numerosos puntos de cruce para los talibanes («caminos de ratas» en la jerga militar) entre la vecina región de Helmand e Irán». Los obstáculos políticos, concluía el dosier, tenían que ver con la frontera con Irán. En cuanto a información práctica que me pudiera servir en Zaranj y alrededores, tampoco me aportaba nada porque el trabajo de campo se había hecho en Delaram, una localidad estratégica justo en la carretera-anillo de Afganistán unida a Zaranj por una carretera de más de doscientos kilómetros construida por India. Tiene su explicación. Como el puerto pakistaní de Karachi está vetado a los buques de la archienemiga India, estos descargan en el de Chabahar (Baluchistán iraní). Desde ahí, toneladas de productos indios entran por esa carretera de Zaranj no solo al resto de Afganistán, sino que acaban cruzando la frontera a Pakistán.

Con una industria propia poco diversificada y de baja calidad, Islamabad no puede competir con ese aluvión de productos indios o chinos que entran de Irán a Afganistán por Nimroz, de ahí la importancia de esos doscientos kilómetros de carretera. Para muchos, era una autopista al otro mundo. Cuando Hamid Karzai (presidente de Afganistán entre 2001 y 2014) cortó la cinta durante la inauguración en 2009, más de 140 trabajadores habían muerto durante su construcción, seis de ellos indios. El tráfico por Nimroz era de tal magnitud que hasta los comerciantes hicieron piña para pedir al Gobierno que permitiera la presencia de un talibán en la oficina de aduanas: que se llevaran ahí mismo su mordida salía mucho más barato que los continuos asaltos de insurgentes que paraban el tráfico desde el arcén. Para Ashraf, un joven comercial pastún con quien compartía habitación en la casa del gobernador, la clave estaba en «mantener cierto equilibrio».

—Aquí al lado, en Helmand, hay soldados americanos, británicos, canadienses, estonios, georgianos... Pero un despliegue como ese en esta frontera haría saltar la zona por los aires —decía aquel emprendedor.

Ashraf vivía en Kabul, pero viajaba a Nimroz a menudo y tenía amigos en la zona. Su plan cada atardecer era juntarse con tres amigos locales, Juma Khan, Aziz y Muhamadí. Tras aprovisionarse de varios kilos de granadas de Kandahar en el bazar, se aventuraban en un Mitsubishi Pajero por la carretera «india». Juma Khan no bajaba de los doscientos kilómetros por hora.

—Esto está lleno de talibanes, ¿sabes? —se justificaba, con una emoción que contenía con carcajadas forzadas.

Le dije que no era necesario correr riesgos absurdos, que si les paraban con un occidental éramos todos hombres muertos. Ashraf nunca guardaba ningún teléfono ni contacto de nombre extranjero en su teléfono móvil que pudieran encontrar los talibanes. Aun así, sus gafas graduadas le delataban como alguien que sabía leer y, por lo tanto, con posibles contactos con occidentales. Ni siquiera un pastún de Ghazni como él se atrevía a viajar a Nimroz o a ninguna otra provincia sureña por carretera.

Finalmente, Juma Khan levantó el pie y paramos junto a una duna donde nos comimos las granadas. Una caravana nómada atravesaba el desierto con sus ovejas y camellos.

—Son kuchis —dijo Juma Khan.

Había visto antes a ese pueblo nómada en el valle del Panjshir, en el extremo norte del país, o gobernando sus rebaños entre las montañas de basura de Kabul. Muchos les acusaban de tener fuertes vínculos con los talibanes; ¿cómo, si no, atravesaban todo el país sin ser molestados? Supongo que pagando, con dinero, con cabras o, como decían algunos, transportando armas entre valles. Sea como fuere, era una mera cuestión de supervivencia porque el kuchi es un pueblo sin patria y sin más capital que los pastos. Empezaba a oscurecer. A falta de un muecín que llamara a la oración, se oía el aullido de los chacales desde el fondo del desierto. Observé a los cuatro afganos arrodillarse sobre la arena, justo cuando el sol se escondía bajo el horizonte.

«PUNTO CERO»

Cada capital provincial afgana tiene una plaza, generalmente circular, con un elemento central que se levanta desde una rotonda. Las opciones son variadas: desde el recurrente ejemplar verde del Corán hasta ese colorido globo terrestre que sujetan sobre sus alas dos palomas blancas en el centro de Lashkar Gah. A Zaranj le tocaba un mapa de Afganistán que sostenía un pedestal de forma fálica y desproporcionadamente grande. Tenía cierta lógica, había que esforzarse para distinguir la silueta del país, ahí arriba, y recordar así que uno no había cruzado a Irán o Pakistán sin darse cuenta, que seguía en Afganistán. También seguía esa misma lógica que un hostal en la misma plaza del Mapa fuera el principal punto de encuentro de todos aquellos que querían emigrar. Sentado sobre una alfombra en una habitación vacía, unos ojos rasgados y una barba lampiña delataban a Ahmed como un hazara de confesión chií. Sus inconfundibles rasgos lo convertían en una presa fácil para los talibanes. Ahmed no tendría más de cuarenta, pero parecía un anciano. Había dejado a siete hijos en su Bamiyán natal, al noreste de Kabul, para cruzar a Irán. Quizá pasara a Turquía después, y de ahí incluso a Europa… Todavía era demasiado pronto para hacer planes.

—Nunca pasan más de dos días aquí —soltó el propietario de aquel hostal, que no daría su nombre completo. Era el que mediaba entre clientes y contrabandistas—. Se los llevan hasta Pakistán en una camioneta. Luego tienen que andar a través del desierto durante un día hasta llegar a Irán. Muchos se quedan por el camino —decía delante de Ahmed.

El hazara mantenía clavada la mirada en sus pies desnudos, como si depositara todas sus esperanzas sobre ellos. Solo tenía que esperar a que su contrabandista les diera una oportunidad. Todo resultaba aún más doloroso cuando uno recordaba que, desde la plaza del Mapa, apenas eran dos kilómetros hasta el paso oficial de frontera con Irán. Sin un visado iraní en el pasaporte, aquella no era la ruta de ida para Ahmed. Como todos, el hazara también había visto esos carteles que el Gobierno había puesto por las calles de todo el país para evitar la emigración ilegal: un grupo de desgraciados naufragando en mitad del mar. Ahmed decía que la primera etapa era cruzar a Irán, y para eso no tenía que subirse a ningún barco. Pero tendría que poner su vida en manos de las mafias del tráfico que les ofrecían cruzar la frontera y dejar atrás un país que seguía sumido en el caos. Según datos de ACNUR, Afganistán era, tras Siria y Rusia, el país del mundo con más solicitantes de asilo.

La actividad era frenética en la plaza del Mapa. El encargado de otro hostal me recordó que un visado a Irán costaba 85 000 afganis (unos 1100 euros). Los precios para hacerlo de forma ilegal empezaban en torno a los veinticinco mil (alrededor de trescientos euros), pero siempre según destino. Los más caros eran Teherán, Mashad y Esfahán, las ciudades más grandes.

—Se paga únicamente cuando se llega al lugar elegido, por lo que los emigrantes lo vuelven a intentar hasta conseguirlo, o hasta que los matan —aclaró el hostelero. Detrás de él, Hamidullah, de cuarenta y tres, y su hijo Samim, de diecisiete, esperaban a que un traficante los llevara al futuro en su camioneta.

El «punto cero» se encontraba al lado del puente sobre el cauce seco del río Helmand, la «tierra de nadie» entre ambos países. Allí se registraba a todos los afganos que Irán expulsaba a través de aquel paso fronterizo o, simplemente, los que volvían por voluntad propia. Sucios, quemados por el sol, algunos incluso con señales de haber sido golpeados, con manchas de sangre en su *kamiz*, caminaban por el arcén en una fila india de espectros, todos con la mirada tan vacía como sus bolsillos. He visto sacar a mucha gente de las aguas del Mediterráneo en varias misiones de rescate humanitario en las que participé. Llegaban a cubierta en un estado similar, pero había una diferencia demoledora: ellos desembarcarían en Europa, mientras que los que caminaban sobre el cauce seco del Helmand volvían a la casilla de salida. Era la imagen más elocuente de la derrota.

A las cinco de la tarde había alrededor de quinientas personas, según los cálculos de Mirwais Arab, jefe de equipo del Directorio para Refugiados y Retornados, en el «punto cero». El oficial matizó que había 259 «deportados» y otros 211 que habían vuelto «por voluntad propia». Arab estaba desbordado, echaba en falta más recursos porque, decía, solo podía atender las necesidades más inmediatas de 65: comida y cobijo la primera noche y una aportación económica para que pudieran volver a casa. Dadas las limitaciones del cupo, la mayoría se limitaba a seguir su camino de vuelta una vez registrados sus nombres. Los hermanos Jalil, de veintiún y veintidós años, estaban entre los que llegaban demasiado tarde para recibir ningún tipo de ayuda. Abdul, el mayor, había salido de la plaza del Mapa seis días antes, para enfilar directamente hacia Pakistán. Además de la minuta de su traficante, tuvieron que pagar lo que les quedaba a unos talibanes que les dieron alto en mitad del desierto. Consiguieron cruzar a

Irán. Su objetivo era llegar hasta Teherán, pero la policía los paró en Iranshar, a casi dos mil kilómetros. Ya en comisaría, les insultaron y les golpearon con cables y porras por todo el cuerpo. Más que el hecho de que fueran migrantes ilegales, lo que realmente hizo enfadar a los guardias era que los afganos no tuvieran una sola moneda encima, un reloj, una bola de opio… nada que llevarse a los bolsillos para compensar la sudada. Lo siguiente fue meterlos en un autobús de vuelta a la frontera que acababan de cruzar a pie. Por aquel mismo arcén pasó también la familia Arifi. Habían atravesado el país de norte a sur desde la lejana Kunduz y también cruzaron la frontera a través de las mafias del tráfico. Eran cinco al salir y solo cuatro estaban de vuelta.

—Cuando nos encontraron nos metieron a mi hermano Mohammed y a mí en un coche y a mis padres en otro, pero no sabemos nada de nuestro hermano menor. Solo tiene siete años —explicaba Ziaud. A sus quince años, me daba los detalles con fluidez y sin emoción, como lo hace todo aquel que no acaba de asimilar lo ocurrido, como si todo eso le hubiera pasado a otro. Decía que su padre iba a intentar volver cuanto antes para buscar al pequeño.

Aquella riada de miseria humana era abrumadora, inabarcable. Era la misma sensación de reportear en un campo de refugiados o en un hospital en una zona de guerra: en una visita que durará una mañana, uno ha de elegir un puñado de camas de entre decenas, o de tiendas en un mar de plástico. No puedes hablar con todo el mundo, no sabes qué historias esconde la gente que descartas, o si les molestará que no te dirijas a ellos. ¿Cómo seleccionar a tus interlocutores si no es de forma aleatoria? ¿Es justo hacerlo así? ¿Cuántas historias hay que recoger para poder explicar el drama? También pesa la brevedad desoladora de esos encuentros: cinco minutos para contarle a un desconocido lo peor que te ha pasado en la vida antes de retomar el camino a pie hacia ninguna parte. Hay ocasiones en las que el reportero pierde el control, aunque no son necesariamente las que el lector imagina.

En muchas otras partes de Afganistán, especialmente en el este, son las montañas y los estrechos corredores entre ellas las que marcan las rutas de entrada y salida del país. En Nimroz son el río Helmand y, sobre todo, un desierto tan vasto y hostil que no basta únicamente conocerlo a la perfección. Es imprescindible una preparación previa adecuada, además de contar con contactos a lo largo de la ruta. Mi libreta se llenaba de relatos sobre travesías agotadoras de gente hacinada en las traseras de las Zambad, las camionetas iraníes que usaban los traficantes, y a las que se seguía subiendo gente desde sitios en los que no había referencias espaciales. La noche ayudaba a evitar encontronazos con los guardias iraníes, pero también era más fácil perderse, o que la camioneta se quedara atascada en un banco de arenas movedizas inesperado. Si bien algunas circulaban solitarias, era mejor hacerlo en grupo: cuando una reventaba, siempre se podía repartir su pasaje entre las otras. Se decía que en torno a doscientas camionetas salían de Zaranj a diario, excepto los viernes, que tocaba descansar. Calculando unas veinte personas por vehículo, hablamos de cuatro mil individuos escupidos al desierto cada día. Eran pastunes de Kandahar, hazaras de Bamiyán, tayikos del Panjshir, kuchis de ninguna parte y hasta uzbekos de Balj que no hablan una palabra de darí. La desconfianza entre los conductores era grande; al fin y al cabo, cualquiera de los que forman ese puzle humano a tu espalda puede ser un talibán, un miembro de una mafia rival o, simplemente, un bandido que espera el momento para desvalijarte con la ayuda de colegas agazapados en algún punto del desierto.

De hecho, era habitual que los traficantes hicieran bajarse a más de uno en mitad de la nada. Más valía prevenir.

Desde el puesto que la Organización Internacional de Migraciones (IOM) tenía en Zaranj aseguraban que Irán deportaba mensualmente a una media de doscientas familias y seiscientos hombres que viajaban solos. Eran cifras que no cuadraban con lo que había visto en un solo día en el puesto de frontera. De lo que no había estimaciones era del número de los desaparecidos. Human Rights Watch denunciaba que los afganos eran a menudo encarcelados bajo acusaciones de hurto o tráfico de drogas tras negárseles el derecho a un abogado. Cientos de ellos eran ejecutados sin que las autoridades afganas recibieran notificación alguna. Otros acababan, de forma voluntaria o forzada, en las filas de la División Fatemiyoun. El contingente creado por la Guardia Revolucionaria Islámica y desplegado en Siria se nutría de aquellos hazaras que llegaban a Irán huyendo del hambre. Los que sobrevivían obtenían la residencia.

CÓMO PONER PUERTAS AL DESIERTO

En la década de 1920, un humilde pastor de camellos baluche de Turkmenistán llamado Kerim Khan consiguió reunir a varios grupos de baluches pertenecientes a diferentes clanes. Sus padres y abuelos habían llegado desde Nimroz huyendo de las guerras anglo-afganas, por lo que la guerra civil rusa era una oportunidad para echar raíces en la emergente tierra soviética. Desde sus campamentos en el desierto de Karakum, ya reconvertido en un líder carismático, Kerim Khan dirigía con éxito su indómita camellería contra las tropas de antirrevolucionarios. Pero hasta el mismísimo camarada Khan podía caer en desgracia ante Stalin. Mientras el crac de 1929 hacía estragos en la orilla opuesta del Pacífico, Kerim Khan, sus hombres y sus camellos cruzaron hacia Irán o Afganistán, nadie sabe exactamente a dónde. Poco después, el telón de acero que partió a Europa en dos también se levantaría en la frontera con ambos países. Los padres no se podían reunir con sus hijas, ni los hermanos con sus hermanas. Pasaría casi medio siglo hasta que la *perestroika* de Gorbachov permitiera el reencuentro.

A mediados de la década de 1980, la Unión de las Sociedades Soviéticas para la Amistad y las Relaciones Culturales con Países Extranjeros invitó a Moscú al presidente de la Asamblea Provincial de Baluchistán, Mir Muhammad Akram Baloch. La Sociedad de Amistad URSS-Pakistán incluso le organizó un viaje a la república socialista de Turkmenistán, donde conoció a estudiantes baluches y participó en una de sus reuniones tradicionales. Sin embargo, no pudo visitar la región de Mari, donde se concentran prácticamente todos los baluches turcomanos. Dicen que quedan unos cincuenta mil en el país más hermético del mundo tras Corea del Norte.

Me costó cuatro años volver a Nimroz, aunque parecía que hubieran sido décadas. Tras mi primera visita en 2010, una oleada de protestas a la que alguien tuvo la infeliz idea de llamar «primavera árabe» estallaba por Oriente Medio y el norte de África: desde Túnez hasta Yemen, déspotas enquistados en el poder durante décadas caían en cascada mientras sus respectivos países se desplomaban por el abismo de la guerra. Al igual que Irak, Afganistán despareció por completo de un foco que se desplazaría a puntos como Libia o Siria. Sí, había rayos de esperanza como el de la revolución de los kurdos, pero no era menos cierto que el horror más absoluto se hacía carne en un lugar llamado «Estado Islámico». Iba todo muy rápido. ¿Podía volver a Afganistán un periodista independiente que cobra por pieza publicada? Imposible. Ni siquiera las grandes cabeceras se dejaban ver por Kabul. Había que esforzarse, y mucho, para romper esa dinámica que te mantenía alejado de la zona.

Nada más llegar a la capital afgana, la primera buena noticia era ese vuelo directo semanal a Zaranj. Ya no había que hacer noche en Herat, pero nada podía garantizarme que una nueva tormenta de arena no me dejara varado en el suroeste (cuatro años atrás había sido un vuelo especial de la ONU el que me evitó semanas de espera).

Al aterrizar, recordé que el sonido de las piedras martilleando furiosas contra el fuselaje era el equivalente al «Bienvenido a Nimroz». Y luego estaba ese chorro de aire ardiendo en la cara nada más salir del avión. ¿Podía ser que siguiera todo igual en el inhóspito sudeste? Podía, pero no. Había hoteles nuevos en la plaza del Mapa, un supermercado que robaba clientes al bazar y varios restaurantes que eché en falta la vez anterior. Gasolina, cemento, explosivos, fertilizantes, opio y hachís en todos sus derivados, teléfonos móviles chinos, juguetes indios, camisas de Bangladesh, pantalones vaqueros persas y los individuos más desposeídos de Asia Central: todo seguía pasando por una ciudad que doblaría su superficie en apenas diez años. Pero no era la fiebre del contrabando la que había arrastrado a todos sus nuevos habitantes.

—¡Tenemos que ir a Barichi! —me dijo Samim, el que sería mi traductor durante aquella cobertura y se convertiría en un amigo.

Aquel chaval de veinticuatro años destilaba una bondad que no nublaba su juicio a la hora de acercarse a la gente y tratar con ella. Luego hablaré de él con más detalle porque lo más urgente ahora es ir a Barichi. Tomamos la carretera hacia el norte desde Zaranj, la que corre paralela a la frontera iraní. Realmente era urgente porque una caravana de camionetas circulaba ya en sentido contrario: eran los que se iban de Barichi. Casas de adobe sin agua ni luz, un burro solitario atado a un poste y gente cargando cuatro cosas, prácticamente aperos y mantas en las traseras de sus Zambad. Teherán estaba construyendo un muro de hormigón de cinco metros de altura a lo largo de toda la frontera. Si nunca había sido fácil sembrar en mitad de aquel desierto, ahora era ya imposible. Abdul Bazir, un anciano que no había cumplido los cincuenta, decía que le disparaban cada vez que intentaba acercarse a sus tierras. No es que estuvieran demasiado cerca del muro, sino que este se levantaba justo en mitad. El campesino lo señaló con los dedos curvados de su mano derecha, como si lo fuera a coger. Se aseguró de que lo veíamos. No había más que decir. Como sucede siempre en esos lugares a los que nunca llega ningún foráneo, enseguida se formó un grupo de curiosos a nuestro alrededor. Al fin y al cabo, si alguien de Europa se había acercado hasta Barichi era porque realmente había pasado algo importante en la aldea. Barichi era noticia por primera vez, aunque esta fuera la de su propia desaparición. La mudanza podría esperar un par de horas o tres.

Más apretones de manos, más presentaciones y explicaciones porque siempre hay que dejar claro que, uno: nadie tiene la obligación de hablar con el periodista; dos, todos tienen derecho a preservar su identidad en caso de hacerlo, y tres: no se va a pagar a nadie por contar su historia. Pregunta habitual: «¿Qué saco yo contándote mi historia?». Respuesta tipo: «Mi trabajo es contar lo que pasa para que los que toman las decisiones reaccionen. No puedo garantizarte que eso vaya a ocurrir, y menos aún que vaya a ser de forma inmediata». Aun así, diría que cuento con los dedos de una mano las veces que alguien se ha negado a hablar conmigo.

Seguimos. A Dost Mohamad también le habían disparado, un mes atrás. Se levantó su *kamiz* para enseñarnos un impacto de bala a la izquierda de su ombligo. Luego se dio la vuelta para recordarse a sí mismo la suerte que tuvo de que el proyectil hubiera salido de su cuerpo sin tocar ningún órgano vital. Se veía que era un gesto que había hecho muchas veces desde el incidente, incluso llegó a sonreír, justo antes de recordar que había perdido a sus dos burros y tres de sus quince ovejas en aquel mismo tiroteo. El marco lo aportaba Abdul Bazir, el alcalde del pueblo: de las más de cien familias que una vez tuvo la aldea quedaban menos de la mitad, y ya habíamos visto a muchas de ellas cargar sus vehículos.

—¿Has visto que los persas hasta han levantado un puesto de control a este lado de la frontera? Está a unos veinte metros del muro —soltó el que estaba destinado a ser el último alcalde de Barichi. Como el resto, él también se iría a Zaranj.

Es lo que tiene echar raíces sobre arenas movedizas. Aquella frontera había sido trazada por cartógrafos británicos en 1872, y el sinuoso cauce del río Helmand era lo único que tenían a mano. Pero la linde se movía: a un río no se le puede pedir que no aumente su caudal dependiendo de la estación del año, o incluso su trazado. No fue hasta la década de los ochenta del siglo pasado que se decidió optar por algo más sólido: 172 pilares de piedra definirían los casi mil kilómetros de frontera entre Irán y Afganistán. Por supuesto, tampoco fue suficiente, por lo que, a finales de los noventa, Teherán empezó a levantar una red de muros y trincheras sobre la que desplegó treinta mil soldados. Aquello provocó fuertes tensiones con los talibanes. Asaltar la embajada iraní en Mazar (al norte del país) y ejecutar a nueve de sus empleados fue su respuesta más inmediata. Esa violenta reacción probaba que, efectivamente, la nueva infraestructura fronteriza funcionaba. Pero en aldeas como Barichi apenas se notaba su impacto. Los locales seguían manteniendo el contacto con familiares y amigos al otro lado o, simplemente, gente con la que poder hacer pequeños trabajos de contrabando. Una opción era sobornar a los guardias persas o afganos con los que uno se pudiera topar en trayectos generalmente cortos, pero aquello solo funcionaba si los uniformados eran gente de confianza. Un tayiko de Faizabad asqueado de servir demasiado lejos de su casa, un azerí de Tabriz en la misma situación… un cambio de guardia no previsto y las cosas se torcían en cuestión de segundos. Para eso se inventaron las *golak,* esas catapultas de fabricación casera capaces de lanzar un kilo de opio o metanfetamina a una distancia de doscientos metros. Se evitaban así encontronazos desafortunados y se reducían mucho los costes al no tener que sobornar a los guardias. Pero hasta aquello tenía fecha de caducidad.

El cuartel de la policía afgana quedaba a menos de doscientos metros del muro. Aquel edificio de hormigón de una sola planta sería el último en ser desalojado. Enfundado en un uniforme de camuflaje gris a juego con su barba, el comandante Ali Ahmad se encogía de hombros. ¿Qué podían hacer él y los diez hombres a su mando? Sobre un mapa en la pared, señaló con un abrecartas la falla por la que se desplomaban todos aquellos pueblos. Veinte aldeas limítrofes habían quedado desiertas, pero le dolía aún más el cierre de la escuela: sin ella no quedarían niños, y sin estos el futuro también se esfumaba. A pocos metros de aquel despacho, dos de ellos mataban el tiempo intentando rescatar, entre un montón de arena y escombros, una señal con el logo de la Comisión Europea. Los críos se emplearon a fondo contra el amasijo de cascotes y hierros hasta que lograron poner de pie aquel panel sobre sus dos patas metálicas. Al parecer, una vez hubo un proyecto de llevar agua al pueblo financiado por Bruselas. Nadie de entre los últimos de Barichi decía recordar nada de aquello, ni tampoco que el agua hubiera llegado nunca a sus casas. En cualquier caso, ya daba igual.

DELETREA «BALUCHE»

En la década de 1930 hubo un intento de convertir el baluchi en una lengua escrita en Turkmenistán utilizando el alfabeto latino. Incluso se llegaron a publicar algunos libros y un periódico en Mari y Asjabad, pero aquello no prosperó: un cambio repentino en las políticas soviéticas hizo que la diversidad cultural fuera considerada «nacionalista», así como un «obstáculo en la construcción del socialismo». El autor del alfabeto y los libros de texto fue ejecutado en 1938 tras considerar que era un «elemento antisoviético». Pronto se adoptaría el alfabeto cirílico a lo largo de aquel país que se extendía desde la costa del Báltico hasta el Pacífico. Cincuenta años más tarde, un modesto maestro de escuela elaboró un alfabeto para el baluchi basado en el cirílico. Consiguió publicar varios libros de texto para las escuelas y una página completa en baluchi dos veces por semana en el periódico turcomano del distrito. Pero aquello tampoco prosperó: en 1991, el coloso soviético se partió en mil pedazos y el Turkmenistán independiente recuperó su antiguo alfabeto latino. El baluchi no se volvió a desarrollar más como lengua escrita en el espacio postsoviético.

(Un puesto ambulante de zumo de caña de azúcar en el arcén de una carretera de Kabul).

—¿Cuántas cañas hacen falta para un vaso?

—Vale con dos. Las meto por aquí, en la trituradora, y el zumo sale por el otro lado. Es dulce, y también muy bueno para ir al baño.

—¿Llevas mucho tiempo aquí?

—Desde 2002. Mi pueblo fue arrasado y me vine a Kabul. Luego me compré este carro.

—¿Tu hijo te acompaña siempre?

—Sí, me ayuda con todo.

—¿No va al colegio?

—No, no ha ido nunca. Tiene doce años y ya es demasiado tarde.

—¿Por qué?

—No sabe leer y se reirían de él en clase. Hay gente muy mala por ahí.

Había visto subir aquel cofre al avión en el que llegué a Nimroz, pero tardaría unos días en saber por qué viajaba sobre las rodillas del señor Lalahand y no en la bodega. Afortunadamente, aquel pastún de Paktika —al norte del país— también se alojaba en la casa del gobernador y no desaproveché la hora del desayuno para preguntarle sobre aquel tesoro.

—Son las pruebas de acceso a la universidad —me explicó Lalahand: pómulos huesudos, barba blanca venerable y gafitas redondas. Sonrió consciente de que uno podía pensar que se tratara de un antiguo tesoro bactriano, o una máscara funeraria de Alejandro Magno. Era mucho más valioso que eso.

—Hablamos del futuro de los jóvenes de esta provincia olvidada, de ofrecerles una alternativa al tráfico o la emigración.

Con cuarenta años de docencia combando su espalda, Lalahand conservaba aún la llama del maestro que se enfrenta a su primera clase. Se adelantó a mi pregunta: sí, le podía acompañar a la prueba. Le ayudé a llevar el cofre durante aquel paseo de cinco minutos. Lalahand repitió por tercera vez que solo se podía abrir el candado justo antes de entregar los exámenes. Ver cómo le desbordaba la emoción cada vez que lo decía fue una de las imágenes imborrables de aquel viaje.

35 chicas y 179 chicos esperaban sentados en pupitres distribuidos por el pasillo del instituto femenino de Zaranj. Con la ceremonia que exigía la ocasión, Lalahand sacó la llave de su bolsillo y abrió un candado sobre el que se clavaban cuatrocientos ojos. Luego rompió aquel silencio sacro:

—Tienen ustedes dos horas para completar el ejercicio, ni más ni menos. Si los veo copiando, les romperé el examen.

Eran las diez en punto de la mañana cuando se revelaron aquellas 160 preguntas tipo test sobre todas las asignaturas cursadas en bachillerato. La corriente de aire del pasillo ayudaba a mitigar la sensación de bochorno cuando aún no habían dado ni las once de la mañana. El señor Sarmast, ayudante de Lalahand, hablaba de «un milagro» sin levantar la vista de los estudiantes.

—Son doscientos, incluso más —se congratulaba aquel tayiko del valle del Panjshir sin levantar la vista de los examinados.

Las chavalas se cubrían con el velo, no todos negros, y uno de los chicos con un turbante blanco. Hubo algún conato de copia y un par más de chivatazos, pero nada que el señor Sarmast no pudiera gestionar con un simple chasquido de su lengua. Dieron las doce sin contratiempos. Los alumnos entregaron sus ejercicios y devolvieron lápices y gomas de borrar.

Casi se podía calcular la procedencia de cada uno atendiendo a sus ojeras: cuanto más lejos la aldea, más se hundían los ojos. Ahmed, por ejemplo, había salido de madrugada de

Delaram no tanto por la distancia (son dos horas), sino para evitar los controles de los talibanes. Llevaba desde las seis esperando sentado a la entrada del instituto; de hecho, recordaba haberle visto recostado contra el muro cuando llegamos con el cofre. Decía que había podido dormir algo. ¿Que cuáles eran sus preferencias para el año que viene? Medicina estaría bien, pero vivir en Kabul sería inasumible para su familia. Fahim, de Zaranj, decía haberse quedado satisfecho con su examen, pero no lo estaba tanto con la educación que había recibido. Decía que en Nimroz faltaban profesores.

—¿Quién va a querer venir aquí pudiendo quedarse en Kabul o Herat? —soltó, girando su cabeza como el que busca sin encontrar.

Se había prematriculado en Física en la Universidad de Kabul, no tanto por la disciplina en sí misma como «por pasar lejos de Nimroz una buena temporada». En cuanto a Ahmar, llegaba desde el remoto distrito de Chahar Borjak. A sus dieciocho años hablaba baluchi, pastún, darí y un inglés más que fluido. Su futuro dependía de una beca que le permitiera estudiar Filología Inglesa en Kabul.

—Los baluches somos el pueblo más subdesarrollado de Afganistán porque hemos sido nómadas, sí, o porque nunca nos hemos quejado —sentenció aquel adolescente de pelo negro engominado. Era el menor de cinco hermanos y el único de aquella casa que había estudiado. No quería dedicarse al negocio familiar de la gasolina, pero era totalmente consciente de que eso no dependía únicamente de sus calificaciones.

Como a la mayoría de los afganos, a Ahmar le preocupaba más la corrupción que la violencia. Conseguir su certificado de escolaridad a tiempo para poder matricularse en la universidad le costaría una mordida de tres mil afganis al funcionario del Ministerio de Educación en cuestión. El problema es que este último no llegaba a fin de mes con su sueldo, ni tampoco el policía que te pedía mil afganis por dejarte vender bisutería en la calle, el funcionario que le daba el visto bueno a la inspección anual de tu camión, el que expendía el permiso para regar tus campos… Se calculaba en más de un 20 % del PIB la cantidad que los afganos pagaban en sobornos. «La corrupción está destruyendo al país», llegó a decir el presidente Karzai. Lo sabía bien porque su propio hermano, Ahmed Wali Karzai, había pasado de hacer albóndigas en uno de los restaurantes de su tío en Chicago a ser dueño de un emporio comercial y financiero en su Kandahar natal. También era uno de los mayores narcotraficantes del país.

A Fadila no le importaba demasiado lo de su certificado porque no lo necesitaría de forma inmediata. Decía haber trabajado duro durante el curso y estaba segura de que sacaría la prueba con una nota más que suficiente para poder estudiar Derecho en Herat. Pero no sería así. Su familia ya había concertado su matrimonio para el año siguiente. Si había hecho las pruebas de acceso a la universidad era porque pidió a sus padres que le dejaran acabar la secundaria antes de casarse.

—Aun así, estoy contenta. Llegar a esta prueba era un reto que me había marcado desde siempre, y ya lo he conseguido —explicó la joven, mientras escondía un mechón de pelo rebelde bajo su chador.

Aquellos jóvenes pertenecían a ese 20 % que sabía leer y escribir en Nimroz —las cifras eran aún inferiores en el caso de ellas—. No era siempre una cuestión de posibles. ¿Acaso sabían leer esos traficantes de heroína que lucían relojes de oro? ¿Y los que llevaban gente hasta Irán en sus camionetas o traían gasolina desde el otro lado? Hasta entre los constructores locales encontrabas analfabetos. Precisamente, había conocido a varios de ellos la semana anterior en Helmand. Tras una solemne presentación en la que un capitán de Marines norteamericanos insistió en que la reconstrucción del país se haría «por y para los afganos», todos corrieron en busca del traductor de la unidad: era él quien tenía una empresa a través de la que subcontrataba. En resumen, que había que levantar escuelas con apenas un 20 % del dinero del contribuyente norteamericano; el resto iba a bolsillos privados.

Con semejantes referentes del éxito en el mundo de los adultos, era normal que muchos de entre la chavalería de Nimroz no le vieran sentido a lo de la universidad. Rahman llegaba desde el distrito de Kang para examinarse y podía seguir estudiando, pero no quería.

—No pienso desperdiciar mi dinero y años de mi vida en una carrera que no me va a servir de nada en este país, y mucho menos fuera de él —despachó el asunto aquel chaval, con un último sorbo a un brik de zumo recalentado. Traería gasolina y motos de Irán. Luego, cuando se cansara, se largaría a Europa.

A su lado, a Ihmatullah, Zafar, Nabat y Rahim también les parecía un buen plan.

Durante mi primer viaje a Zaranj había intentado entrevistar a Abdul Sattar Purdely, un profesor universitario y escritor baluche al que se consideraba como el principal intelectual de este pueblo en Afganistán. Era difícil coincidir con aquel nimruzí que vivía en Kabul. Por supuesto, volvía a casa de cuando en cuando, pero eso dependía de los caprichos de la meteorología y de la tecnología aeronáutica soviética. Otras razones podían ser un congreso en Herat, o una visita a un pariente en Kandahar. Aquella comunicación tan fluida como infructuosa ante la imposibilidad de conocernos en persona creó un vínculo entre nosotros, de esos que te hace pensar que conoces a alguien desde hace mucho, aunque lo veas primera vez. Fue un martes por la tarde, en el campus de la Universidad de Kabul. Aquel hombre calvo y huesudo de sonrisa franca, a punto de cumplir los setenta, me abrazó como se abraza a un pariente que vuelve a casa después de mucho tiempo.

Hablamos de los baluches, de su tierra y de sus problemas, de lo que había visto en Irán y Pakistán, y también de mi primer viaje a Nimroz. ¿Sabía yo que aquel comandante que entrevisté de la Policía de Fronteras, Abdul Jabar Purdely, era su hermano? Ya imaginé que no andaría lejos. No obstante, era el Purdely de Kabul el que tenía las claves que yo buscaba. Además de su prolífica carrera en el campo de la literatura y la educación, aquel intelectual había sido diputado durante el gobierno de Mohammad Najibullah (1987-1992). Era esa foto sepia que decía llevar siempre encima la que mejor describía su trayectoria política: Purdely es un joven apuesto, de cabello y barba negra, y enfundado en un traje de chaqueta impecable. De riguroso uniforme, Fidel Castro posa su mano izquierda sobre su hombro durante una recepción en Cuba. Era un retrato que le acreditaba como testigo directo de uno de los capítulos más desconocidos de la Guerra Fría, cuando el apoyo soviético a un Baluchistán independiente (o la eventual anexión de este a un Afganistán ocupado) habría de alterar radicalmente el equilibrio militar del estrecho de Ormuz. A pesar de las dificultades para armonizar el marxismo-leninismo convencional con las ansias independentistas de los baluches, la URSS gozó siempre de una visión favorable entre este pueblo sin aliados. Sea como fuere, ya sabemos cómo acabó aquella aventura de Moscú hacia las playas del Índico.

Todo aquello era historia. A Purdely le interesaba más el presente y, sobre todo, el futuro que pudiera germinar sobre el mismo. El suyo, el baluche, era «el único pueblo en Afganistán que mantiene relaciones fluidas con todos los demás»: no pesaban cuitas tribales enquistadas desde tiempo inmemorial, ni valles en disputa, ni la sospecha de gobiernos extranjeros apoyando a señores de la guerra locales (Turquía a los uzbekos, Pakistán a los pastunes, Irán a los hazaras...). Tenía sentido. Cuando se preguntaba por los baluches en las calles de Kabul, a menudo se abría una sonrisa entre el puro desconocimiento y la imagen de un pueblo nómada viviendo allí abajo, muy lejos, sin molestar a nadie. De repente, alguien recordaba que existían, pero poco más podían decir. Su número era un misterio para todos. En ausencia de datos censales, Purdely hablaba de «aproximadamente dos millones repartidos por todo el país» con una población más compacta en las zonas fronterizas de Kandahar y Helmand —un tal Naim Baloch era el gobernador de la provincia vecina de Helmand— y, sobre todo, en Nimroz. Eso sí, no todos los baluches de Afganistán hablaban baluchi.

Dado su número reducido y el aislamiento que habían sufrido históricamente, resultaba curioso descubrir que la primera escuela baluche de la historia se había inaugurado en Afganistán en 1922, durante el reinado de Amanullah Khan. Sin embargo, apenas hubo ningún avance más en el campo de la educación en los siguientes cincuenta años: a diferencia de su gente en Irán y Pakistán, los baluches de Afganistán no se movilizaron para demandar autonomía política o derechos culturales hasta la década de los setenta. Otro dato curioso: en 1979 solo había veinte de ellos con educación universitaria. Fue justo ese año cuando, bajo el auspicio de los soviéticos, se recuperó el baluchi para la enseñanza reglada y se diseñó un currículo para todo el ciclo educativo en escuelas de Nimroz. El inicio de la guerra en 1980 contra el ocupante de Moscú marcó el final de aquel despertar cultural. Y luego estalló esa guerra civil que ganaron los talibanes en 1996. Antes de que aquello condenara a Purdely al exilio en Irán, el académico había sido uno de aquellos que trabajaron para promocionar su lengua. Volvió en 2001, con la idea de retomar lo que ya había empezado más de diez años atrás. De un maletín a sus pies, sacó los libros escolares en baluche que había escrito y publicado «en coordinación con el Ministerio Afgano de Educación».

—Se usan ya en tres escuelas en Nimroz —explicó orgulloso, pasando las páginas de uno de ellos sin buscar ninguna en concreto.

Visité una de esas escuelas dos días después de mi encuentro con Purdely, y también las dependencias de la Radio y Televisión Nacional de Zaranj. Desde allí, todos los días, de cinco a seis de la tarde, se emitía el único programa en lengua baluche del país. Podía parecer poca cosa, pero no cuando se conocían los antecedentes. Los aportaba su director general, Sadullah Baloch:

—Es el único programa de televisión en Afganistán y, sí, es solo una hora diaria. Aun así, tuvimos que luchar durante años para obtener este espacio, ya que solo nos daban diez minutos. Hoy emitimos en un radio de cien kilómetros para que nuestro programa se pueda ver en casi toda la provincia —contaba aquel hombre de pelo cortado a cepillo que completó sus estudios universitarios en el Tayikistán soviético.

¿Los planes para el futuro? «Crecer, tanto en contenido como en espacio». Baloch y su equipo, no obstante, no eran pioneros. El primer canal de televisión en balochi de Afganistán se inauguró oficialmente en 1978, una iniciativa que precedería a la impresión de los primeros libros y periódicos del país en esta lengua. El colapso cultural que siguió a la caída del Gobierno comunista barrería todo aquello de la faz de la tierra. No era tanto la lengua sino la visión «relajada» del islam de este pueblo lo que molestaba a la ultraortodoxia suní. El mulá Omar, el líder de los talibanes, hasta llegó a publicar una fatua —ley islámica— pidiendo la limpieza étnica de la población baluche.

Aquella pulsión por reivindicar la lengua y cultura propias la estaba siguiendo, casi de forma simultánea, entre los kurdos de Siria y los amazig de Libia. Tras décadas bajo la bota de un panarabismo que amordazaba toda expresión «no árabe» en sus respectivos países, ambos pueblos trabajaban contra el reloj para recuperar el tiempo perdido en cuanto liberaran sus territorios. Me encanta contar esas historias que hablan de ilusión, de construcción o reconstrucción, y no del habitual mar de cascotes. La primera revista en lengua amazig de Libia, la primera escuela de kurdo en Siria… Muchos colegas que no le veían el interés a estas historias lo achacaban al hecho de que, siendo yo vasco, me gustaban las historias «de independentistas». Es justo lo contrario: lo que me gustaba y me sigue apasionando es la diversidad, y eso pasa por entender que el llamado «mundo árabe» no es un tapiz monocromo en caqui, sino una preciosa alfombra en la que se entretejen lenguas, culturas y creencias y por la que uno no se cansa de caminar descalzo. Desconocer la complejidad de estas regiones hace imposible dar con las claves de sus conflictos, de ahí que surjan términos como «primavera árabe» bajo el que, entre otros, se engloba a pueblos que ni son árabes ni comparten su agenda, ni su cultura ni, a menudo, el islam hegemónico en toda la región. ¿Cómo entender que los kurdos de Siria se desmarcaran de aquello si no sabemos quiénes son? ¿Por qué los bereberes de Libia, aplastados por la bota de Gadafi durante cuatro décadas, no se fiaban de sus compañeros de armas árabes durante la guerra de 2011?

Para contar una historia, la que sea, es imprescindible presentar convenientemente a sus personajes. Era ilustrativo que la primera escuela de lengua kurda de Siria fuera algo que te publicaban no solo medios vascos o catalanes, sino también otros internacionales como Deutsche Welle (la radio-televisión pública alemana) o la edición en inglés de la catarí Al Jazeera, no así ninguna cabecera nacional española, de izquierdas o derechas. Por supuesto, pasaría lo mismo con aquel despertar cultural de los baluches. Lo que resultaba impensable en Pakistán e Irán estaba sucediendo en el confín de Afganistán. Más allá de lo apasionante que a uno le resulte, ¿no era eso algo revelador sobre las dinámicas internas de aquel pueblo desconocido? ¿No era digno de contar?

Sucedía en el arenal más remoto de aquel país. La falla fronteriza sobre la que se suspendía Nimroz temblaba hasta bajo las casas más humildes. Desde la suya a las afueras de Zaranj, Mir Mohamad Baloch, un baluche de cuarenta y cinco años que se presentaba a sí mismo como un «activista político y cultural» decía que la ciudad era un «nido de espías» de Teherán: los persas tenían una red de confidentes e informadores y todo el mundo sabía que esas supuestas asociaciones de caridad iraníes que operaban en la zona no perseguían un fin filantrópico. Entre otros objetivos, se buscaba sofocar cualquier iniciativa baluche. El último caso conocido era el de un taller organizado por voluntarios para enseñar baluchi e inglés a todo el que quisiera.

—Hace dos años alquilamos un piso en Zaranj para establecer una biblioteca y ayudar a desarrollar nuestra cultura. La presión de Irán, a través de llamadas telefónicas, visitas personales o incluso vía Kabul, fue aumentando hasta que, un día, el local fue saqueado y uno de nuestros compañeros asesinado durante el asalto —recordaba el activista. Decía que ya estaban trabajando en un proyecto similar, pero que este se levantaría «en un lugar no revelado en Nimroz, y convenientemente alejado de la frontera».

HUIR AL INFIERNO

Había que viajar a Kandahar para conocer otro de aquellos proyectos educativos. Ir por tierra desde Zaranj atravesando Helmand quedaba descartado, por lo que se volaba de vuelta a Kabul y, de ahí, a Kandahar. A la salida del aeropuerto me esperaba un grupo de tres baluches en una camioneta Toyota. Me habían pedido que vistiera un *kamiz*, aunque no hacía falta que me lo recordaran. Ya sabía que, más allá del centro de Kabul, siempre era lo más conveniente. Me sentaron en el asiento de atrás, entre dos de ellos, para quedar más lejos de las miradas en los controles del Ejército afgano en la carretera. Mi vida no corría peligro, pero tendría que dar muchas explicaciones sobre quiénes eran mis anfitriones, y eso podría traerles problemas. Solo nos pararon en uno: mientras notaba la mirada inquisitiva de aquel soldado, me dediqué a chupar distraído el borde del pañuelo que llevaba al cuello. Es lo que hacen los afganos cuando su mente se escapa durante unos segundos de su cráneo. Nos dejaron pasar sin hacer preguntas y el hielo dentro de la camioneta se rompió entre carcajadas.

Hassan Janan se sentaba a mi izquierda. A pesar de tener el cuerpo y el gesto de un adolescente, Janan tenía treinta y tres años y había sido profesor de la Universidad de Baluchistán en Quetta. Allí pasó un año en prisión por «actividades sediciosas» en Pakistán. Tras ser liberado volvió a la enseñanza, pero la presión de las agencias de seguridad se acabó volviendo insoportable.

—Decidí escapar a Afganistán después de que un colega fuera secuestrado y asesinado —recordaba el baluche, ya desde la casa en la que vivía el grupo a las afueras de Kandahar.

Impulsado por Abdul Sattar Purdely, el recién creado Departamento de Lengua Baluche de la Universidad de Kandahar le había dado una nueva oportunidad de retomar su labor docente. Fue el propio Purdely quien le ofreció el puesto. El proyecto había arrancado con solo tres estudiantes y en el segundo trimestre ya eran sesenta, de los cuales dieciocho eran mujeres. Según Janan, la mayoría eran baluches que no podían hablar su idioma, pero estaban deseando aprenderlo.

Por supuesto, las clases de lengua en la escuela o en la universidad, el programa de televisión, los libros y los talleres se perderían como el polvo en el desierto con la retirada americana y la posterior vuelta de los talibanes a Kabul. Fue en agosto de 2021 cuando Ashraf Ghani, el presidente entonces, huyó del país en helicóptero con todo el dinero en efectivo que tenía a mano —unos quinientos mil dólares— y viajó a Emiratos Árabes Unidos. También huyeron los señores de la guerra que habían prometido luchar hasta el final. Todos. Se cerraba un círculo de veinte años de presencia internacional: unos pocos, locales y foráneos, se habían hecho inmensamente ricos, y millones de afganos quedaban abandonados a su suerte. En cuanto a los baluches, pesaba el miedo a nuevas fatuas contra ellos, a ser colgados del cañón de un tanque o molidos a palos hasta la muerte por «apóstatas». Muchos en Nimroz enfilaron hacia Irán; otros cruzarían hacia Pakistán y unos pocos, los más afortunados, consiguieron salir del país. Cuando llegara el momento, Hassan Janan no pararía hasta poner el pie en Holanda, y uno de sus tres compañeros de piso, Sadiq Raisani, llegaría hasta Finlandia. Dueño de un cabello crespo, unos ojos fieros y un cuerpo de oso que se revelaba incluso bajo aquel enorme *kamiz* color piedra, uno podía pensar que Raisani había dedicado su vida al boxeo profesional. Su nombre se me hacía familiar, pero, a primera vista, nada me invitó a pensar que me encontraba frente a un conocido abogado de Quetta. Si lo buscan en Google lo encontrarán vestido de traje y corbata defendiendo a algún activista baluche en los tribunales, encabezando una marcha de protesta o denunciando el drama de las desapariciones forzosas desde el Club de Prensa de Quetta.

—Me venía de familia: mi padre, mis abuelos, mis tíos... todos tenían estudios, así como una fuerte cultura política —matizó Sadiq, antes de retomar la historia por el principio.

Fue en 1984 cuando se unió a la Organización de Estudiantes Baluches, a los dieciséis, «en cuanto pude». Estudiar Derecho no era más que otra forma de reforzar su compromiso por una vía que le llevaría a formar parte de un grupo de legados que defendieron casos tan sonados como los de Ajtar Mengal, Allah Nazar o Khair Bux Marri. Hubo muchos más porque, como decía Sadiq, en Baluchistán todo el mundo es sospechoso, y aún más los abogados como él. En 2006, dos meses en aislamiento fueron su primera experiencia en prisión. No se presentaron cargos contra él entonces, ni tampoco el resto de las veces que sería arrestado.

—El equipo de abogados que teníamos conseguía sacarme a los cinco días o a la semana. Cuando salía en libertad, era a mí a quien le tocaba trabajar para sacar a otros.

Había que compaginar aquella batalla interminable en los tribunales con las huelgas y las protestas de todo tipo. Sadiq acabó convirtiéndose en un personaje tan visible como incómodo para el Estado, y eso no hizo sino aumentar la presión sobre él: desde registros aleatorios en su casa hasta un hostigamiento constante por parte de individuos con y sin uniforme. El abogado recordaba aquel día en el que, camino hacia el juzgado de Quetta, notó que le seguía un coche. Llamó inmediatamente a sus colegas y, en cuestión de un minuto, aparecieron corriendo treinta o cuarenta de ellos para protegerle. El coche se dio la vuelta, pero Sadiq no volvería a salir de su casa en todo un año. Poner un pie en la calle podía hacerle desaparecer para siempre. Fue el asesinato de un activista político tan reconocido como Gulam Muhamad, muy amigo suyo, el que le animó a dar el siguiente paso: si quería seguir con vida, tenía que salir del país. No fue fácil planteárselo a su mujer y a sus dos hijas, aunque todas entendieron que no había otra opción. Sadiq huiría a Afganistán.

Utilizó la ruta de las montañas de Chagai para cruzar a Helmand y, de ahí, llegar hasta Kandahar. Sadiq se valió de una red de solidaridad transfronteriza entre baluches y pastunes que se remontaba a los tiempos del protoestado baluche de Nasir Khan, y que también funcionó durante las guerras afganas, o cuando los Marris buscaron refugio en Afganistán en la década de los setenta del siglo pasado.

Al día siguiente de mi llegada a Kandahar, Sadiq insistió en llevarme a uno de los lugares por los que todo baluche recién llegado pasaba, antes o después. Atravesamos un barrio laberíntico de muros de adobe hasta que se abrió una puerta metálica verde. Era la casa de Bagya Marri, un anciano tocado con un turbante imponente y barba teñida. Había llegado a Afganistán desde aquella primera oleada de Marris en los años setenta, cuando el Gobierno comunista les ofreció cobijo gracias a la mediación, entre otros, de Ahmed Rashid. Centenares de exiliados baluches encontraron allí un lugar donde pasar la noche y algo que llevarse a la boca. Además de ser toda una leyenda local, Bagya Marri era una persona muy querida. Insistió en que nos quedáramos a comer ese cordero que asan trinchado en un palo clavado entre las brasas. El proceso dura entre tres y cuatro horas, pero nos tuvimos que ir sin probarlo. Un revuelo que llegaba desde detrás del muro de la casa resultó ser lo suficientemente inquietante como para que alguien se molestara en acercar el coche hasta la misma puerta. Parecía imposible que cupiera por aquellas callejas. Desde la ventana del asiento trasero, vi a aquellos niños —el mayor tendría diez años— apuntándome mientras gritaban «*American, American!*», moviendo el pulgar de izquierda a derecha bajo su cuello. Nos fuimos antes de que llegaran los mayores. Al fin y al cabo, por mucha hospitalidad baluche de la que estuviera disfrutando, aquello no dejaba de ser Kandahar, útero y baluarte histórico de los talibanes.

Trabajar en Kandahar era como hacerlo en Mosul (Irak) antes de la llegada del Estado Islámico. Pasaban días en los que no se oía ni un solo tiro ni la explosión de un coche bomba; las tiendas abrían, los universitarios iban a clase y los barberos seguían trabajando a destajo. Pero no podías esquivar la sensación de que te vigilaban, de que cada día que pasaba tu secuestro estaba un poquito más cocinado. Probablemente no era así, pero podía ocurrir y ocurría. Fue precisamente durante aquella cobertura en Kandahar cuando vi que el Estado Islámico había hecho público el vídeo de la decapitación del periodista Jim Foley en Siria. Había coincidido con él en Trípoli unos años atrás, apenas media hora de charla compartida con otros dos colegas. Poco después conocería los detalles de su cautiverio a través de Ricardo García Vilanova, el fotoperiodista catalán que compartió meses de secuestro en Siria con el americano. Tras ser liberado, en marzo de 2014, a Ricardo le llovieron las ofertas por contar aquella historia a la prensa en cantidades de hasta cinco cifras. Nunca lo hizo por respeto a la familia y a los que seguían secuestrados. Siempre decía que quería que le conocieran por su trabajo —reconocido con los premios de fotoperiodismo más importantes del mundo—, y no por ser «el fotógrafo que el Estado Islámico secuestró en Siria».

Lo importante es poder elegir, aunque sea remando a contracorriente. Wojciech Jagielski, ese veterano reportero polaco que ha contado la guerra como nadie, habla de la imposibilidad del periodista de mantenerse al margen, de ser arrastrado por la pesadilla hasta convertirse en un participante involuntario de la misma. Es entonces cuando, dice Jagielski, «el deseo de palpar la pesadilla se transforma invariablemente en el deseo de largarse de allí a cualquier precio». Desde Kandahar, me volví a preguntar cómo afectaría al resultado final de aquella cobertura trabajar en un lugar del que irme cuanto antes. ¿Cuántas entrevistas se quedarían sin hacer? ¿Cuántas historias le negaría al puro azar por haberme ido antes de tiempo? Por otra parte, ¿cómo afectaría ese miedo a la propia crónica? ¿Sería esta igual sin él? ¿Debería serlo? Como lector, quiero saber qué se siente en el lugar de los hechos, y también cómo es ese encuentro entre dos individuos que, muchas veces —diría que la mayoría— no volverán a verse nunca más.

Afortunadamente, Sadiq y yo volveríamos a encontrarnos. El abogado de Quetta consiguió salir del país un año después de aquellos días que pasamos juntos en Kandahar. A pesar de numerosos intentos, no fue el Alto Comisionado de Naciones Unidas para los Refugiados el que obró el milagro, sino un visado de Emiratos Árabes Unidos estampado sobre un pasaporte falso que se había agenciado en Nimroz. Durante el tiempo que pasó en Kandahar solo mantuvo contacto telefónico con su mujer y sus hijas. No volvieron a abrazarse de nuevo hasta que se encontraron en Dubái. El baluche pasó allí cuatro años en los que pidió decenas de visados a otros países. Un día, Finlandia dijo «sí», y Sadiq aterrizó en Helsinki justo antes del covid-19. Su petición de asilo se aprobó poco más de un año después.

Nos volvimos a ver en 2023, durante aquella conferencia baluche en Hamburgo. Fue una alegría inmensa para ambos. Decía que se sentía a gusto en Finlandia, que es un buen país, muy seguro y con muchas facilidades para rehacer tu vida. Hoy espera la reagrupación familiar desde Lahti, una de esas capitales de los deportes de invierno.

Volver a Zaranj era un poco como volver a casa. Samim me esperaba en el aeropuerto. Como siempre, tenía flexibilidad para coger unos días de vacaciones de la organización internacional establecida en Nimroz para la que trabajaba. Su herramienta principal era el inglés que había aprendido de forma autodidacta, aunque no sabía explicar exactamente cómo. Nos juntamos de nuevo para seguir el rastro de esos baluches de Pakistán que se refugiaban en Afganistán. Ya sabíamos que la mayoría estaba en Zaranj. Los hermanos Baloch nos citaron en el humilde apartamento que compartían con otras dos familias baluches desplazadas. Sentado sobre una alfombra en mitad de una habitación sin muebles, Karim, el mayor, contó que habían llegado hacía dos años desde Juzdar tras una brutal operación del Ejército pakistaní en la zona. Una vez más se había ejecutado la secuencia de aldeas arrasadas, arrestos masivos y hospitales que cerraban sus puertas a los heridos por orden gubernamental. La gente huía por el desierto a pie, y sin saber realmente adónde. Karim abrió una carpeta de cartón azul de la que sacó las fotos de su hermano Rahim y de su padre, Mohamed Rahim. No habían vuelto a saber de ellos desde entonces, ni tampoco de los otros tres familiares que perdieron aquel día. Los dos hermanos posaron para una única foto, ocultando sus rostros tras las fotografías de sus familiares muertos. No supe si interpretarlo como que nunca olvidarían a sus seres queridos, o que ellos serían los siguientes en la lista si alguna vez volvían a casa. Pocas semanas después me volví a acordar de los dos hermanos cuando se dio la noticia de que se había encontrado una enorme fosa común en Juzdar. Pensé que los restos de los cinco miembros que habían perdido podrían estar ahí. También que eso es algo que nunca sabremos.

Los baluches llegados desde el otro lado de la frontera también se hacinaban en Haji Abdurrahman, otra de esas aldeas de adobe sin agua ni luz. Deambulé por aquellas callejas de tierra reseca y agujeros que parecían hechos por grandes meteoritos buscando señales de vida humana. Alguien vino al rescate, y me llevó hasta una casa donde me esperaba una docena de hombres sentados a horcajadas. La mayoría eran Bugtis a los que otra operación había expulsado un día de su tierra. Entre sorbos de té verde, escuchamos historias como la de Sattar Khan, un profesor de primaria en una vida anterior. Llevaba siete años en la aldea con su mujer y sus cuatro hijos y repetía que le dolía no poder escolarizar a ninguno de ellos por su situación irregular. Aun así, los dos más pequeños tenían prioridades más urgentes:

—Sufren de hidrocefalia. Conseguimos dinero entre todos para que les pudieran atender en Herat pero necesitan de una operación cada dos años —explicaba Khan, mientras guiaba a su hija Sarah por la estancia.

Tenía dos años cuando llegó; siete años más tarde, la enfermedad también le había robado la vista. Como el resto, los

Khan habían intentado pedir ayuda en la oficina que la Agencia de Naciones Unidas para los Refugiados tenía en Zaranj. El problema era que ni siquiera les dejaban entrar.

Al día siguiente, Samim y yo tocamos el timbre de la puerta metálica y nadie nos impidió el paso. Mientras esperábamos a que nos atendieran, una mujer rubia de mediana edad y con acento estadounidense exigía por teléfono que la subieran al primer vuelo fuera de Nimroz. Decía que odiaba el lugar, que se había quedado atascada varias veces sin poder salir y que quería volver a Kabul «cuanto antes». El responsable de la oficina decía saber que había muchos baluches de Pakistán en la provincia, pero insistía en que ninguno de ellos había solicitado asistencia. Las versiones de unos y otros se contradecían, así que decidimos comprobarlo por nosotros mismos. Al día siguiente, un grupo de diez baluches de Pakistán tocó la puerta metálica de la sede mientras Samim y yo contemplábamos la escena desde la distancia. Ante la insistencia del grupo, alguien, supongo que el mismo funcionario que nos recibió a nosotros, les dio un número de teléfono por el resquicio de la puerta. Llamamos varias veces a ese número: casi siempre comunicaba, hasta que alguien respondía para decirte que tenías que volver a la oficina a rellenar unos formularios, que ese era el protocolo. Los baluches lo intentaron al día siguiente, y les volvieron a dejar en la calle. Les dieron otro número de teléfono, presuntamente de la delegación de Kabul. Desde allí, otro funcionario les recordaría que había una oficina en Zaranj, que allí se lo aclararían todo. En mi tercera visita a la oficina también me remitieron a Kabul. Aquel era un bucle que empezaba y acababa en una puerta metálica para los baluches y en un funcionario de *kamiz* marrón oscuro para mí. Si todo aquello me sacaba de quicio, no me atrevo ni a imaginar cómo se sentiría aquella gente que llevaba años esperando no ya una respuesta, sino que les dejaran simplemente preguntar.

Desde el despacho del gobernador de Nimroz, entre cortinones naranjas atados con cordones dorados y un chorro de aire acondicionado a dieciséis grados apuntando directamente a su barba gris, Amir Mohamad Akhundzada aseguraba desconocer que hubiera una comunidad baluche procedente de Pakistán en su provincia.

—Probablemente son baluches locales que fingen estar necesitados para obtener ayudas de las oenegés —se dijo a sí mismo la máxima autoridad en la provincia sin llegar a convencerse.

Había que ir a Kabul.

En la capital, Gulam Mohamed, un baluche de Quetta de treinta y ocho años, me había citado en el Kabul City Center. Era un centro comercial desangelado al que sendos atentados suicidas habían privado de inversión y de futuro. Gulam llevaba dos años en Afganistán, adonde había huido con su mujer y sus dos hijos. Se trataba de otro abogado con un perfil político muy marcado y con vínculos con la Organización de Estudiantes Baluches. Había pasado por prisión y aseguraba haber perdido a tres familiares en aquella guerra desconocida para el resto del mundo. No era una cifra especialmente inusual. Había tenido más suerte que la mayoría en lo que concernía a la ONU porque, a su llegada a Afganistán, se había podido registrar en la sede de ACNUR en Kandahar. Hasta le habían dado unas mantas y algo de ropa para los críos, pero eso había sido todo. Añadí su nombre a una larga lista sobre la que necesitaba preguntar al jefe de la misión de ACNUR en Afganistán. Tras varios e-mails y llamadas de teléfono, su servicio de prensa solo dio señales de vida cuando expliqué que mi plazo para mandar el artículo a Al Jazeera

English expiraba el día siguiente. De no recibirme, tendría que decir que la ONU «declinó responder a preguntas y hacer declaraciones». Respondieron por e-mail en menos de media hora.

«¿Puedes acercarte a nuestra oficina hoy mismo a la tarde?».

El máximo responsable de la misión se llamaba Bo Schack, un tipo espigado que no disimulaba lo que le molestaba todo aquello. Decía sentirse «muy sorprendido» por la cuestión que le planteaba; es más, yo era el primero en hacerlo.

—Ni a los baluches ni a nadie se le ha negado jamás el acceso a ninguna de las oficinas de ACNUR —sentenció categórico, sin levantar la vista de unos papeles con los que me hacía entender que estaba muy ocupado.

Le conté lo que había visto en Zaranj con mis propios ojos y lo que me habían contado esos refugiados aparentemente indeseados por todo el país. Entre otras cosas, ¿cómo se explicaba que los baluches nunca aparecieran en la lista de «comunidades amenazadas» en el informe sobre Pakistán que la ONU publicaba cada año? ¿El hecho de que hubiera gente que huía a Afganistán no era lo suficientemente elocuente sobre su situación? Schack no se molestó en buscar respuestas ni excusas razonables que explicaran la inacción de su delegación. Ni siquiera un «nos vamos a ocupar de ello inmediatamente». Se limitó a mantener un silencio con el que me invitó a irme. Su asistente me acompañaría hasta la puerta.

Tenía que haber una razón tras aquel silencio. A falta de respuestas por parte de quienes las tenían, muchos baluches lo explicaban así: tras el terrible terremoto que sacudió la región de Dera Bugti en 2008, varios equipos de la ONU se desplazaron a la zona para ayudar a contener la emergencia. Que se volvieran por donde habían venido en cuestión de horas se achacaba a un supuesto aviso del entonces presidente de Pakistán, Pervez Musharraf: si la ONU se empeñaba en desplegar sus equipos en zonas baluches, Pakistán cerraría su misión en el país. Más allá de la cuestión puramente humanitaria, los millones de refugiados afganos en Pakistán eran la gran gallina de los huevos de oro para la ONU. Perderlos no era parte del plan. No constato un hecho probado, sino la teoría que más fuerza cobra entre los baluches y la única de la que se puede echar mano.

En julio de 2021, el Movimiento Nacional Baluche (BNM) emitió un comunicado en el que volvía a acusar a ACNUR de dar la espalda a los baluches de Pakistán que huían a Afganistán. Vuelvo a ver a Schack en su foto de perfil en X —junto a una refugiada palestina y su hijo— y me acuerdo de su gesto de indiferencia cada vez que rebusco entre los informes anuales de Naciones Unidas algo sobre Baluchistán. En los de 2022 solo se mencionaban las inundaciones; no había una sola línea sobre los desaparecidos, las operaciones militares ni los desplazados provocados por estas. El único problema en Baluchistán era el mal tiempo.

UN GEMELO PERDIDO

Últimos días en Kabul antes de volver a casa. Me dejé caer por el parque de Shar-e-now, uno de los pocos lugares en los que se puede disfrutar de un paseo en la capital afgana. Unos chavales jugaban al críquet, a muy pocos metros de donde un grupo de adictos fumaba heroína en cuclillas y bajo su *kamiz*. Eran como capullos gigantes y humeantes que hubieran brotado en los márgenes de ese parque durante la noche. Justo al lado se vendían palomitas, lo último de Bollywood en DVD o retratos de los señores de la guerra afganos: desde Ahmad Sha Massud hasta Dostum. Al otro lado de la calle, el restaurante Herat seguía abierto y de una pieza desde antes de los soviéticos. No me viene a la cabeza una institución más sólida en todo el país. Tras despedirme de él con medio pollo y guarnición de arroz a la kabulí (cordero, cebolla, zanahoria y uvas), caminé hacia la casa de la familia de Samim. Me insistió en que fuera porque su padre tenía mucha curiosidad por conocer a ese extranjero que viajaba en busca de historias de baluches.

¿Qué había visto en Pakistán? ¿Y en Irán? ¿Me había tratado bien su gente? ¿Dónde estaban peor? ¿Y mejor?

Tras el té, Samima y Samira, las dos hermanas de Samim, entraron en el salón principal para saludar al invitado. Sonrieron tímidas y regresaron a la habitación contigua.

Me fijé en ese retrato de un bebé colgando de la pared.

—Es Arián, mi hermano pequeño —dijo Samim, con esa sonrisa que salía tan fácilmente a la superficie.

Dos años antes, un pariente suyo ingresado en el hospital les llamó para decirles que una mujer del Zabol iraní acababa de parir gemelos. No tenía medios para mantener a los dos y les pidió a los médicos que abandonaran a uno de los recién nacidos en el desierto.

—Mi madre me dijo que sacara todo el dinero que tenía y me pidió que la llevara a ver a esa mujer. Le dio todos mis ahorros y le dijo que esa cantidad era para cuidar a uno de los bebés. Del otro nos hicimos cargo nosotros.

Samim siempre se emociona cuando cuenta esta historia.

Se sabe que la madre volvió a su casa al otro lado de la frontera, poco más. Desde entonces, el joven baluche se pregunta a diario qué habrá sido del hermano gemelo de Arián, incluso si seguirá vivo. Nimroz, «toda esa zona del sur», dice, es dura. Lo único que le retenía allí eran esos novecientos dólares mensuales que recibía trabajando para una de las pocas oenegés establecidas en el suroeste, solo así podía mandar a sus dos hermanas pequeñas a la Universidad de Medicina de Kabul. Si sobraba algo, se lo guardaba para poder ir él también algún día. No lo conseguirá, al menos no antes de que aterrice en la base de Torrejón de Ardoz en agosto de 2021. Un milagro hará que se suba a ese vuelo fletado por el Ministerio de Exteriores español.

Con los talibanes de vuelta en Kabul se multiplicaban los enfrentamientos en la frontera de Nimroz con el Ejército persa por algo tan básico como el agua. Ya no eran las necesidades impuestas por el cultivo de la amapola las que había que atender, sino el mero derecho a hidratarse de las personas. El derecho a estudiar de las mujeres también había sido conculcado: ya no estaban en institutos y universidades porque los talibanes solo permitían que las niñas cursaran hasta sexto de primaria. Decían que muchas repetían curso para poder seguir yendo a la escuela y, de paso, retrasar un poco su casamiento forzoso.

Desde Madrid, Samim me cuenta que sus hermanas se pasan casi todo el día en casa, que apenas salen a la calle, y siempre bajo un burka. Entre los continuos cortes de luz, buscan en internet una universidad en el extranjero que les abra sus puertas. Hay programas educativos específicos para mujeres afganas, y la última solicitud la han enviado a Japón. Esperan respuesta de la Universidad de Tokio. En cuanto a Arián, Samim les pidió a sus padres que se lo mandaran a Madrid, pero, claro, no quieren desprenderse de él.

—Te mando una foto ahora mismo —dice.

Un chavalito de once años vestido con un *kamiz* blanco posa serio para un retrato hecho en Kabul.

EPÍLOGO

La cita era en el Club de Prensa de Ginebra, una casita suiza de techo de madera a la que un único salón de actos había despojado de sus habitaciones. Coincidiendo con una nueva sesión del Consejo de Derechos Humanos de la ONU, el BNM proyectaba desde allí el penúltimo esfuerzo para atraer antenas y telescopios astronómicos hacia su planeta. Éramos unas cincuenta personas: algunos vestían *kamiz* baluche, con esos pantalones extra anchos, y lucían un *kulla* a juego sobre la coronilla. Había gente de Gwadar, de Turbat, de Quetta... Hasta había miembros fundadores del BSO Azad, y también alguien que aseguraba haberme visto en Nushki «hace un millón de años». Otro que decía que nos habíamos encontrado «en las montañas». Por supuesto, casi todos habían conocido las prisiones pakistaníes y la tortura. Juntos sumarían muchos siglos de exilio.

Seis de nosotros encadenábamos turnos desde una mesa alargada frente a aquel público exclusivamente baluche y a los que seguían el evento por internet. Se habló de los desaparecidos, de que Punyab multiplicará su estrategia «extractiva» en Baluchistán ante el colapso de su economía, o de cómo aquella marcha hasta Islamabad liderada por mujeres se había convertido en un hito en la historia de todo un pueblo. Hubo un ponente de Sind que nos recordó a todos que comparten verdugos con los baluches, y también la esperanza de pasar página algún día. De los pobres sindíes tampoco se acuerda nadie. Yo hablé sobre el bloqueo mediático, intentando explicar por qué no llegan noticias de Baluchistán, y otros lo hicieron por videoconferencia. Desde Londres, un antiguo parlamentario británico —más conocido por su activismo por los derechos del colectivo LGTBI y de los baluches— puso sobre la mesa una hoja de ruta que constaba de seis fases, entre ellas un alto el fuego, la liberación de prisioneros y un referéndum supervisado por la ONU. Luego descubrí que una profesora sueca de la Universidad de Uppsala había dedicado cuatro décadas de su vida al estudio de las lenguas iranias. Por supuesto, dominaba el baluchi, e hizo un encendido llamamiento a los intelectuales para que, de una vez por todas, adopten un estándar. «No hay futuro para una lengua sin él», sentenció aquella mujer de pelo gris, desde una pantalla sobre nuestras cabezas.

Después de tres horas de conferencias, los participantes pasamos a un edifico anexo, donde nos dieron de comer carne especiada con arroz cocinado por voluntarios. Una foto de grupo remató la despedida. Tenía aún varias horas por delante antes de ir al aeropuerto, así que enfilé a pie hacia el lago desde la imponente estación de Cornavin. Atravesando el puente de Mont Blanc, conté hasta una docena de cisnes sobre un agua cristalina, e incluso vi a una pareja de ellos enroscar sus cuellos bajo un cartel gigante de Cartier (juro que lo vi). El tráfico de bicicletas era más denso que el de coches, pero me dejé llevar hacia el jardín inglés para presentar mis respetos al Neptune. Ya centenario, es el único superviviente en activo de ese noble linaje de veleros suizos; navíos de lago, chatos y con mucha manga. Había granizado durante la charla, pero quedó una tarde preciosa. Subirse a uno de esos barcobuses amarillos incluidos en el bono de transporte público era realmente una buena idea. A estribor, el geiser ginebrino se elevaba hacia el cielo con puntualidad suiza, aún en horario de invierno. Cuando llegamos a la altura del faro de Pâquis, los rayos del sol atravesaban aquellos nubarrones negros y tupidos. Había nevado sobre los picos que amurallaban aquel mar interior. Rebajándole el barniz de opulencia, podía ser un mundo perfecto a escala, un lugar de ensueño en el que uno podría entregarse al placer, completamente ajeno a lo que ocurría más allá de esas montañas. Pero no dejaba de ser un mundo en miniatura.

Ginebra, 11-03-2024

LISTA DE SIGLAS Y ACRÓNIMOS

ACNUR: Alto Comisionado de las Naciones Unidas para los refugiados.

AI: Amnesty International (Amnistía Internacional).

AaF: Ansar al Furqan (Partidarios del Criterio).

BLA: Baloch Liberation Army (Ejército de Liberación Baluche).

BLF: Baloch Liberation Front (Frente de Liberación Baluche).

BLUF: Baloch Liberation United Front (Frente Unido para la Liberación de Baluchistán).

BNM: Baloch National Movement (Movimiento Nacional Baluche).

BNP: Baloch National Party (Partido Nacional Baluche).

BPLF: Baluch People's Liberation Front (Frente Popular de Liberación Baluche).

BRA: Baloch Republican Army (Ejército Republicano Baluche).

BRAS: Balochistan Raaji Ajoi Sangar (Defensa Nacional Baluche).

BRG: Baloch Republican Guard (Guardia Republicana Baluche).

BRP: Baloch Republican Party (Partido Republicano Baluche).

BSO: Baloch Students Organization (Organización de Estudiantes Baluches).

BYC: Baloch Yakjehti Committee (Comité para la Unidad Baluche).

CIA: Central Intelligence Agency (Agencia Central de Inteligencia).
CPEC: China Pakistan Economic Corridor (Corredor Económico China-Pakistán).
EI: Estado Islámico.
EI-K: Estado Islámico Provincia de Jorasán.
FBM: Free Balochistan Movement (Movimiento por un Baluchistán Libre).
GRI: Guardia Revolucionaria Islámica.
HRW: Human Rights Watch (Observatorio de los Derechos Humanos).
IMAFT: Islamic Alliance to Fight Terrorism (Alianza Militar Islámica contra el Terrorismo).
ISAF: International Security Assistance Force (Fuerza Internacional de Asistencia para la Seguridad).
ISI: Inter-Services Intelligence (Inteligencia Inter-Servicios).
JeN: Jabha e Nimroz (Frente de Nimroz).
JuA: Jaish ul-Adl (Ejército de la Justicia).
KODAR: Komalgeyê Demokratîk û Azadê Rojhilatê Kurdistanê (Sociedad Libre y Democrática del Este de Kurdistán).
LeB: Lashkar-e-Balochistan (Ejército de Baluchistán).
LeT: Lashkar-e-Taiba (Ejército de los Puros).
LeJ: Lashkar-e-Jhangvi (Ejército de Jhangvi).
MeK: Moyahedin-e-Jalq (Muyaidines del Pueblo de Irán).
MSF: Médicos sin Fronteras.
NWFP: North Western Frontier Province (Provincia de la Frontera Noroccidental) .
OIM: Organización Internacional para las Migraciones.
OLP: Organización para la Liberación de Palestina.
PMAP: Pashtunkhwa Milli Awami Party (Partido Nacional Awami de Pashtunkhwa).

PKK: Partiya Karkerên Kurdistanê (Partido de los Trabajadores de Kurdistán).

PJAK: Partiya Jiyana Azad a Kurdistanê (Partido por la Vida Libre en Kurdistán).

PUK: Patriotic Union of Kurdistan (Unión Patriótica de Kurdistán).

PTM: Pashtun Tahafuz Movement (Movimiento para la Defensa de los Pastunes).

RSF: Reporteros sin Fronteras.

UNAMA: United Nations Assistance Mission in Afghanistan (Misión de Asistencia de las Naciones Unidas en Afganistán).

VBMP: Voice for Baloch Missing Persons (Voz de las Personas Baluches Desaparecidas).

TRECE LIBROS SOBRE BALUCHISTÁN Y SU PERIFERIA PARA LOS MÁS CURIOSOS

Sigue sin haber mucho escrito sobre Baluchistán y, por el momento, tenemos que recurrir al inglés para seguir explorando. Cito a continuación algunos de los que he rescatado de mi estantería para este libro y omito aquellos demasiado densos o académicos.

AXMANN, Martin, *Back to the Future*, Oxford, 2008.

BRESEEG, Taj Mohammad, *Baloch Nationalism: its Origin and Development*, Royal Book, 2004.

DASHTI, Naseer, *The Baloch and Balochistan: A Historical Account from the Beginning to the Fall of the Baloch State*, Tratford, 2012.

HARRISON, Selig, *In Afghanistan's Shadow: Baluch Nationalism and Soviet Temptations*, Carnegie, 1980.

HEATHCOAT, T. A., *Balochistan, the British and the Great Game*, Hurst, 2016.

MACGREGOR, C. M., *Wanderings in Balochistan*, Forgotten Books, 2018.

MARX, Willem y WATTRELOT, Marc, *Balochistan, at a crossroads*, Niyogi, 2014.

MATHESON, Sylvia, *The Tigers of Balochistan*, Oxford, 1999.

MAZARI, Sherbaz Khan, *A Journey to Disillusionment*, Oxford, 2000.

RASHID, Ahmed, *Descenso al Caos*, Península, 2009.

RASHID, Ahmed, *Los talibán*, Península, 2014.

RASHID, Ahmed, *Yihad*, Quinteto, 2003.

SALZMAN, Philip Carl, *Black Tents of Baluchistan*, Smithsonian, 2000.